Le bouclier de sainte Odile

Yves-Olivier MUHLHEIM

Le bouclier de sainte Odile

Roman

éditions Les Nouveaux Auteurs

Éditions Les Nouveaux Auteurs
4, rue Daru. 75008 Paris
www.lesnouveauxauteurs.com

PRISMA ÉDITION
6, rue Daru. 75008 Paris
www.prisma-presse.com

 ISBN: 978-2-917144-61-9

Chapitre I

Alsace, 20 janvier 1995

La petite voiture était bringuebalée, secouée en tous sens par un vent violent et des trombes d'eau glacée. Elle s'accrochait de son mieux à la route qui s'enfonçait dans la masse noire et hurlante de la forêt. Gravir cette montagne était son unique but, mais la tempête s'y opposait avec rage et puissance.

Sa conductrice sentait la peur grandir dans son ventre, cette sourde mais implacable angoisse qui lui pressait les entrailles et ressortait par la bouche et les yeux en gémissements et larmes. Jamais encore en trente années d'une vie affligeante de banalité, Brigitte n'avait imaginé que les éléments pussent se déchaîner avec autant de rage dans un pays d'ordinaire si paisible. Les arbres fouettaient le ciel lacéré, défiaient la frêle mécanique en lui refusant le passage. La nuit se déchirait sous les éclairs et les branches surgissaient comme autant de hachoirs. Terre et sable arrachés à la pente faisaient déraper la voiture dans les virages ; elle butait sur chaque ornière, patinait, pour reprendre son élan et, contre toute attente, attaquait la montée suivante. Accrochée à son volant, aveuglée par ses pleurs, la jeune femme essuyait du plat de la main la buée sur le pare-brise. Elle devinait à travers la loupe déformée et la neige fondue les bords de cette route vaguement éclairée par des phares impuissants. Elle redoutait de mordre le bas-côté, ou de se prendre un bloc de grès décroché des pierriers entre les sapins. Elle aurait voulu traverser cette foutue montagne, rentrer chez elle, retrouver son lit, s'enrouler dans les couvertures et tout oublier. Mais elle savait maintenant qu'elle n'y arriverait plus.

Elle avait quitté Dabo plus tôt dans l'après-midi, par un frais soleil d'hiver. Pas un nuage au-dessus des montagnes alsaciennes. Une de ces journées de fin de semaine appréciées des fumistes qui inventaient n'importe quel prétexte médical pour ne pas aller travailler et qui, hilares d'avoir dupé leur employeur, filaient en groupe rejoindre les stations de ski vosgiennes.

Elle n'était pas partie avec l'esprit léger, bien au contraire. L'appel téléphonique qu'elle avait reçu un peu plus tôt l'avait terrifiée. Son correspondant ne s'était pas identifié. En quelques mots, l'inconnu l'avait convaincue qu'il ne plaisantait pas. Il connaissait le secret.

Personne ne pouvait le connaître ce secret, en dehors de sa propre famille. Il représentait sa particularité, sa force, mais également un fardeau d'une responsabilité infinie. Il en était ainsi depuis des générations et ça devait se perpétuer.

Alors quand l'homme au bout du fil, d'une voix monocorde et sèche, lui avait ordonné de venir à lui, elle s'était précipitée sur les routes forestières sans demander son reste, pied au plancher.

Le vent s'était levé.

— Tu as le Geistliche Schild[1] ?

L'homme ne s'était pas embarrassé de formules de politesse. Il se détachait dans la nuit noire et ressemblait à un oiseau maléfique. Les pans de son manteau étaient secoués par les rafales. Devant son silence, il avait tonné :

— Tu as le Bouclier ?

— Non.

Elle frondait :

— Et même si je l'avais sur moi, vous ne pourriez pas le prendre, et vous le savez bien !

— Que tu crois, petite imbécile ! Je te conseille de ne pas te mettre en travers de mon chemin…

— Sinon ? l'interrompit-elle.

— Tu n'as pas la force. Pour se servir du livre, il faut de l'expérience. Tu es jeune. Tu es bien trop immature. Donne-moi ce putain de livre !

Elle enrageait :

— Vous ne l'aurez jamais.

— Alors pourquoi es-tu là ? lui demanda-t-il.

Elle voyait son visage dans un vague rayon de lune. Ses yeux étaient noirs et ses traits décidés. L'homme ne plaisantait pas. Ce rendez-vous, au pied des ruines d'un château médiéval, avait quelque chose de sinistre. Il sentait la mort. Elle le savait, mais elle affrontait ce regard dur.

— Je voulais savoir. Comment se fait-il que vous connaissiez notre secret ? Je pensais que ma famille l'avait gardé plus précieusement que ses propres enfants.

— Ta famille a bien gardé le secret, jeune fille. Là n'est pas la question. Vous vous êtes trahis sans le vouloir. Vous avez fait votre devoir pendant très, très longtemps. Aujourd'hui, vous devez passer la main, et je viens réclamer mon dû.

1 Bouclier spirituel.

— Votre dû ? s'exclama-t-elle. Je vois où vous voulez en venir ! Vous n'êtes pas là pour le livre : vous êtes là pour ce qu'il contient.

Elle reprit froidement :

— Vous n'êtes personne et vous n'avez rien à me réclamer. Nous n'avons jamais trahi la confiance qui a été placée en notre famille et nous continuerons ainsi.

— Et si je te disais, chère enfant, que *je suis* ta famille. Aujourd'hui, pour des raisons de sécurité évidentes – parce que vous vous êtes trahis – il te faut me transmettre le Geistliche Schild. C'est ton devoir et tu le sais. Tu ne serais pas ici ce soir, face à moi qui t'affirme connaître ce fameux secret, si tu n'en étais pas convaincue.

Brigitte tremblait de tous ses membres. Elle dévisageait cet homme comme s'il se fût agi du diable lui-même. Ses propos étaient censés. Seul un initié pouvait savoir qu'elle était en possession du livre et de ce qu'il contenait. Néanmoins, elle ne se connaissait ni cousin, ni oncle ou tante, n'avait pas de frère, et aussi loin qu'elle pouvait remonter elle ne voyait qu'une longue succession de filiations directes. Pourtant, à le voir ainsi lui faire face, elle ressentait une curieuse impression de familiarité.

Elle avait repris la route vers Dabo. La tempête s'amusait à lui entraver le chemin, soulevait des feuilles mortes, abattait des branches pour frapper la carrosserie, misérable tambour.

Soudain la route et les sapins s'illuminèrent et elle fut éblouie par son rétroviseur. Surgie de nulle part une lumière fusa, si intense que la forêt sembla presque se calmer.

Ce devait être un engin forestier, un de ces grumiers à rallonge, équipé d'une rampe de projecteurs, qu'elle n'avait pas vu venir par l'arrière. La surprise passée, elle se reprit à espérer. Elle n'était plus seule et cette imposante masse couronnée d'un pareil éclairage lui semblait une force presque paternelle, qui l'accompagnerait jusqu'au bout de la route, lui ouvrant le chemin, écartant les embûches, lui procurant chaleur et réconfort.

Un choc. Sèche surprise. La frêle voiture fut projetée en avant, mais se rattrapa.

L'engin l'avait heurtée. Comment cela se pouvait-il ? Ne l'avait-il pas vue ? Était-ce à cause de la pluie ? Brigitte pressa hystériquement le klaxon pour se signaler, mais son bruit était dérisoire, couvert par le tonnerre et le vent. Il y eut un nouveau choc. Elle n'eut plus l'ombre d'un doute. Ce monstre la voulait. L'exécuteur ne serait pas la tempête. Il serait de fer et de feu, mécanique, mû par la volonté humaine. Était-ce l'inconnu qu'elle venait de rencontrer ? Peut-être que oui.

Elle mourrait cette nuit, dans cette forêt, et ce serait écrasée par un énorme camion. Elle disparaîtrait, broyée. Dans le vacarme de la tempête, sans que personne, mis à part son bourreau, ne l'entende hurler.

Car de toute façon il fallait qu'elle meure. Elle s'y résignait.

Mais au lieu de capituler, elle appuya de toutes ses forces sur l'accélérateur et serra les dents. Ses coups de volant se firent plus vifs, plus précis. Elle évita les obstacles sur la route défoncée et reprit de la distance. Elle ne se laisserait pas prendre aussi facilement. Si, un temps, elle avait cédé à la panique, c'était maintenant oublié... Des restes de l'éducation rigide et froide que lui avait donnée son père, colonel de l'armée de terre. Elle le revit en un éclair, vingt ans auparavant, de retour de campagne, lui infliger des corrections à l'aide de son ceinturon de cuir. Il n'était ni méchant ni violent, seulement militaire de corps et français d'esprit. Catholique de religion. Entre chaque coup asséné, il lui lâchait un glacial : « Quand on a fait une bêtise, on accepte sa punition et on ne pleure pas. » Jusqu'au jour où elle n'avait plus pleuré. Après la raclée, elle l'avait regardé droit dans les yeux en serrant les dents. Elle n'avait versé aucune larme, pas un son n'était sorti de sa bouche. Elle n'avait plus jamais fait de bêtises. Il ne l'avait plus frappée. Il en avait été très fier.

Ce n'était pas du courage, mais une sérénité qui la gagnait. Elle savait à cet instant quand et quelle serait sa fin. Mais elle se battrait. Sans gloire, sans espoir de victoire, juste parce que son éducation reprenait le dessus.

Quand la petite voiture s'envola dans le ravin, elle pensa « merci papa », et s'écrasa contre un tronc.

Elle ne ressentait pas de douleur. Le pare-brise avait explosé en une myriade d'éclats et, dans la semi-inconscience dans laquelle elle se trouvait, cette image d'un feu d'artifice multicolore persistait. Le bruit de l'impact, sec et mat, semblait lui aussi figé dans son cerveau. Elle avait trouvé l'impression curieuse. Elle devait avoir ouvert les yeux. Sa joue frottait contre l'écorce rêche et odorante du sapin, elle respirait mal. Une sensation de bien-être la gagnait. Plus de pluie, ni de vent, ni de froid. Elle aimait la terre ouverte, confortable, la résine, l'essence et le métal brûlant. Un univers sylvestre, mêlé de tôles tordues, feutré et reposant.

Elle le vit venir.

Noir, silencieux, cruel. Il la voulait.

Trop tard, elle s'en allait.

Chapitre II

— Christmann, ton papier, tu comptes me le pondre avant ou après ta retraite ?

Le rédacteur en chef avait beuglé à travers toute l'agence. Les secrétaires s'étaient empressées de s'intéresser à leur travail. Les journalistes, ravis de voir le courroux patronal se lâcher sur un autre, terminaient de ranger leur bureau. On était vendredi soir, on bouclait l'édition du samedi. Tous seraient lus au petit déjeuner, entre tartines, café fumant, rubriques mortuaires et faits divers… Tous, sauf Christmann, qui n'avait pas déposé ses feuillets dans la corbeille désignée à cet effet.

Le Christmann en question n'avait pas l'air de quelqu'un proche de la quille. Il ressemblait à un de ces éternels adolescents, étudiants à la manque, mal coiffés, mal rasés et mal habillés. Le type même du jeune journaliste qui soigne son image pour ne surtout pas avoir la tête du premier de la classe. Il ne détestait rien de plus que ces peigne-culs endimanchés et fiers de leur importance professionnelle, produits formatés par l'université et par un système qui favorise l'apparence et les flagorneurs.

Christmann, lui, avait toujours été en retard. Sauf dans la vie. À l'école du village, les instituteurs lui avaient trouvé maints talents qui devaient faire de lui un énarque ou un professeur de renom. Plus tard, pendant que ses camarades jouaient à se la mesurer en tirant dessus, il s'amusait avec une femme plus âgée que lui dans le lit du mari.

Pour faire la fête non plus, il ne se faisait pas prier. Tania, dévouée secrétaire d'accueil de l'agence, le réveillait régulièrement en faisant sonner le téléphone avant que Muller-Meyer le Terrible ne fasse son entrée tonitruante dans les bureaux. Ce devait être pour cela qu'Aloyse Christmann n'était jamais coiffé. À force, sa coiffure était devenue son image de marque. Tout comme les blue-jeans crasseux qu'il portait des semaines entières. Il en avait trois, et il les alternait subtilement pour qu'on ne puisse jamais repérer la date du changement.

Il était un professionnel fantasque, et toutefois consciencieux ; toujours à la bourre, mais ses papiers sentaient le vrai. Vérifier ses sources, recouper les informations était son credo. Dût-il prendre son temps, comme il l'expliquait à ses camarades de labeur en soulignant cet aveu d'un clin d'œil et d'un large sourire. Sa prose ne cadrait pas avec son apparence, il était adepte de l'austérité et de la synthèse. Une plaisanterie courait dans son dos : « Comment avez-vous trouvé l'article de Christmann ? — Coincé entre deux petites annonces. »

Il ne pouvait en être autrement, car il détestait écrire.

Alors qu'il était pigiste, payé au feuillet par le quotidien local *L'Est libéré*, il avait trop souffert d'être obligé de tirer à la ligne pour arriver à se payer les paquets de nouilles de la survie. C'était un exercice considérable que de trouver quelque chose à écrire sur un événement sans importance, tout en gardant un style supportable pour le lecteur. Il ne voulait pas compromettre sa future carrière au sein du journal, car il se sentait bien incapable d'exercer son art ailleurs. Et toute autre forme de travail et de soumission lui était insupportable.

Avec le temps et l'obtention tant attendue de la carte de presse, il était devenu un faignant du verbe. Il fallait alors que ce dernier tombe juste, dès le premier jet, pour éviter toute fioriture, tout superflu. Ses maîtres condamnaient les adverbes, les « qui », les « que », les phrases à rallonge, les redondances et répétions, les poncifs et les comparaisons, les « ceci », les « cela », et lui, il était d'accord avec eux. « Car moins t'en rajoutes, plus vite t'as fini de taper ton texte. »

Il ne se mettait à la machine à écrire qu'en dernier ressort, motivé par le fouet du chef et par la perspective d'une bonne bière à l'« annexe », pour terminer sa journée.

Les reporters de *L'Est libéré* se retrouvaient fréquemment à l'annexe en question : le restaurant *Au Sapin rouge* était installé depuis plus d'une centaine d'années à l'angle de la Grand-Rue et de la rue du Bouclier. C'était une brasserie historique du centre de Strasbourg, fréquentée à midi par des représentants de commerce, des ouvriers de la manufacture d'horloges Ramspacher, en bleu de travail, des vendeuses des grands magasins, toutes caquetantes. Des paysannes venues faire leurs courses en ville y faisaient étape avant de s'en retourner dans leurs villages. Par une fenêtre ouverte, été comme hiver, les clochards venaient y prendre un bol de soupe fumante que les patrons leur servaient gracieusement.

Une salle qui grouillait et se restaurait à peu de frais de cervelas salade de pommes de terre, de potages, de plats du jour caloriques, sillonnée par des serveuses pressées qui saluaient les convives avec humeur et gouaille. Les garçons portaient des costumes noirs, souvent tachés, mais personne ne s'en offusquait. On s'y rassasiait entre habitués : fonctionnaires et chômeurs, putes et policiers qui se tutoyaient, employeurs et employés, médecins et malades. Pour tout le monde, le même plat, seule changeait la boisson : quart de rouge pour les uns, blanc pour les autres, Carola pétillante pour ces dames et « une plate pour Mme Liselotte qui a ses gaz », comme le braillait avec finesse la Grosse Sonia. Elle faisait office de boute-en-train. De toutes les filles en jupe noire et tablier blanc, elle était la plus populaire, la plus grande en gueule, la plus crainte aussi. Elle cassait du benêt, du client trop exigeant, en une phrase bien sentie, remballait avec fracas l'inconscient qui frôlait un peu trop ses énormes fesses. Elle était connue pour être capable de servir dix bières à la fois, sans utiliser de plateau, en les tenant uniquement par les anses, ainsi que pour avoir jeté à la rue le père Wendelin, le curé de la paroisse, qui avait trouvé que son demi était arrivé un peu trop chaud. Sonia Muckensturm dite la Grosse Sonia, une maîtresse de maison née qui, hélas pour elle, ne l'était jamais devenue. Elle avait fréquenté Sepp, le maître d'hôtel, pendant ses années de jeunesse, mais ce dernier avait épousé Myriam, une fille à papa qui apportait le restaurant *Au Sapin rouge* dans sa dot. Sonia avait pris une cinquantaine de kilos et Sepp s'était affublé d'un regard affecté qui ne le quitta plus. Ces deux-là se côtoyaient au boulot depuis des années, sans plus se parler avec tendresse, sans pouvoir non plus se séparer. L'une cachait sa tristesse par une exubérance toute à son métier, et l'autre l'observait au travers d'un verre dont il vérifiait éternellement la propreté.

À l'heure où les milliers de laborieux attrapaient le bus pour s'en retourner dans leur foyer, les habitués du soir prenaient leur place. Face au grand comptoir, quelques tables, parfois accolées parfois séparées selon l'envie des participants, étaient le centre de l'activité de la brasserie.

Le Stammtisch[1], là où s'installait la crème des habitués. Et parmi eux, Aloyse était un pilier. Il ne l'aurait cédée pour rien au monde, cette chaise en bois, patinée par la crasse et les années, brillante et inconfortable. C'était Sa Place.

Ce vendredi, début de soirée, il voulait une bière.

— Tu n'es toujours pas allé chez le coiffeur, beau gosse ? lui lança la Grosse Sonia en lui posant un demi dégoulinant de mousse sur le carton.

— Plus d'argent, j'ai tout donné à ton patron, répondit-il.

De l'autre côté de son comptoir, éclairé par une lampe de billard, derrière des volutes de fumée, Sepp grommela :

— Faudrait d'ailleurs que t'oublies pas l'ardoise. Y'a tellement longtemps que t'as plus payé qu'il faudrait que je t'envoie les huissiers.

— T'inquiète pas, à la fin du mois, je penserai à toi, l'ardoise vient avant le loyer, même avant les cigarettes !

— Pourquoi t'aurais besoin d'un appartement d'ailleurs, vu qu'après le boulot, c'est ici que tu passes ton temps. On pourrait te mettre des coussins sur une banquette pour dormir, et te laisser les toilettes ouvertes. Tu ferais un excellent chien de garde pour mes fûts. Je te poserais une gamelle pleine de bière comme pitance.

— Tu sais, mon Sepp, mon plaisir à moi, ce n'est pas de vivre chez toi, mais d'y venir. Chaque jour, c'est une nouvelle découverte. Je trouve Sonia chaque fois plus sexy, et toi plus souriant, c'est dire ! Je pourrais finir par me lasser, à voir tant de bonheur jour et nuit.

— Tais-toi, bois ta bière et garde ta salive pour plus tard, lui claqua la Grosse Sonia. Y'a du beau linge qui vient ce soir au Stamm'. Va y avoir philo au programme : Teddy

1. Stammtisch ou Stamm' : table des habitués.

le footballeur, lui, quand il se sert de sa tête, c'est pour placer la balle entre les poteaux. Ton collègue des *Dernières Nouvelles rhénanes* va vouloir se venger de l'humiliation de la semaine dernière, quand tu lui as affirmé, espèce d'ivrogne, qu'il était à la botte de la Banque mutuelle de dépôt. Il y aura même Fuchs, le poulet qui enquête sur ton accident.

Aloyse perdit son sourire. L'évocation de l'accident le fit frissonner. Il reprit, hésitant.

— Non pas ce soir, je ne reste pas. Je rentre chez mémé. J'ai besoin d'air.

Il avala son verre d'un coup, ponctua son geste d'un rot guttural qui provoqua l'indignation de la serveuse. Elle lui hurla d'aller se faire voir chez les ploucs, mais de ne surtout pas oublier de l'embrasser en partant.

Chapitre III

Le véhicule était à l'image de son propriétaire : déglingué, sale, fumant, et surtout il consommait plus que de raison. Mais Aloyse l'aimait. Il l'avait choisi parce qu'il ne se serait jamais senti à l'aise dans une petite citadine de marque française, pourtant si pratique et si mignonne. Trop propret, trop... féminin pour lui. Question de budget, aussi. Alors que son vieux Toyota rouillé, ça c'était de la caisse ! Il l'avait trouvé chez le voisin de mémé qui voulait s'en séparer après une vingtaine d'années de services dans la forêt, à ramener du gibier ou transporter du bois. Aloyse l'avait toujours désiré, il avait proposé deux fois la valeur du poids du métal pour l'obtenir. Puis il l'avait amoureusement lavé, récuré, passé à l'aspirateur, pour la première et dernière fois. Il l'avait même customisé en lui installant un combiné radiocassette stéréo haut de gamme avec, comble du luxe, un lecteur de disques laser. Il était très cher mais, pour la voiture de ses rêves, Aloyse n'avait pas lésiné.

Fumant et couinant, il était parti, ce vendredi soir, passer le week-end à Weiterswiller.

Niché au pied des Vosges du Nord, dans le parc régional naturel, Weiterswiller était fait de maisons typiques construites sur un rez-de-chaussée surélevé en pierres du pays, agglutinées autour de ce qui, autrefois, était un château féodal. De la forteresse médiévale, il ne subsistait qu'un glacis herbeux orné de quelques bâtiments plus récents et de bouts de vieux remparts. Ce village se mourait depuis des décennies malgré ses richesses passées, ses églises, l'une protestante, l'autre catholique, son ancienne synagogue. Beaucoup de ces reliques n'en finissaient pas de se fissurer, perdaient leur crépi par plaques entières, dévoilant un antédiluvien torchis. Certains toits de tuiles plates qui recouvraient les granges, tordus par les siècles, laissaient apparaître des trous béants.

Aloyse revenait régulièrement dans son village. Une petite heure de route à travers la campagne, au soleil couchant. Il gara son 4 x 4 dans la cour derrière la maison de mémé. Il observa la façade massive sur laquelle s'accrochaient les restes d'une vigne vierge et devina derrière la fenêtre la silhouette de sa grand-mère qui l'épiait certainement. Comme à chaque fois qu'il revenait chez lui, dans sa maison, il éprouvait un pincement au cœur. Il se sentait l'héritier d'une vieille famille, responsable d'un patrimoine et d'une histoire, qu'il ne respectait pas à sa juste valeur. À la mort de ses parents, il avait fui et laissé mémé seule dans cette vaste demeure dont elle ne pouvait plus s'occuper. Depuis quelques années, il se sentait coupable de lâcheté et, pour se donner bonne conscience, il venait passer quelques jours par mois avec sa grand-mère.

Comme chaque fois, après avoir gravi les escaliers vers l'entrée, il inspira à fond en passant le seuil de la maison pour s'imprégner de l'odeur des profondes caves, qui malgré le froid remontait des entrailles voûtées avec des relents de moisissures, de fruits pourris, de vieux bois et de poussière. Sa madeleine.

Mémé était assise près de la fenêtre de sa cuisine. Il la

devinait dans la pénombre d'une grande pièce au plafond bas. Elle cousait, ou plutôt tentait d'y parvenir, aux dernières lueurs du jour. La cuisine était, en hiver, la pièce la plus habitée. Un étonnant poêle en faïence diffusait sa douce chaleur dans la pièce par une de ses faces. L'autre côté donnait dans la Stube[1], la pièce de vie de la maison, et y maintenait une température largement supportable pendant les périodes de grand froid. La cuisine, elle, était surchauffée par une cuisinière en fonte qui ronronnait à longueur de journée et ajoutait sa puissance calorifique à celle du poêle. Les petits plats y mijotaient pendant des heures, ainsi que des casseroles dans lesquelles mémé alternait l'eau du petit ménage, puis l'eau de la vaisselle et enfin l'eau de la toilette. Quand le charbon ou les bûches venaient à manquer, la toilette se faisait à l'eau glacée dans l'évier de la cuisine.

Aloyse et mémé avaient un rituel. Il commençait par apporter une chaise et s'installait en face d'elle, de l'autre côté de la fenêtre. Elle n'avait pas pipé mot, encore moins levé la tête. Il entamait toujours la palabre de la même façon :

— Salut mémé. Tu sais qui te rend visite aujourd'hui ?

— Les gens de même sang se reconnaîtront toujours. Le temps ne change rien à la mémoire du cœur. Comment vas-tu mon fils ?

Sans avoir cessé son ouvrage, elle daignait enfin lever un œil bleu délavé et rieur. Il se penchait alors pour l'embrasser.

Ses quatre-vingts ans passés dont plus de soixante-dix aux champs l'avaient tannée, ridée et cassée. Elle se levait péniblement, une main sur les hanches, l'autre s'appuyait sur les meubles, allait à la Stube, rapportait une bouteille

1. Autrefois, pièce la plus importante de la maison ; elle était chauffée.

de schnaps. Deux petits verres sur la table étaient prestement remplis.

— Ce qui me fait du bien à moi ne peut que te faire du bien à toi, disait-elle.

C'était sa façon à elle de signifier la bienvenue à un visiteur : lui faire goûter l'eau-de-vie.

— C'est gentil de venir me voir, mon fils. Qu'y a-t-il de nouveau à la ville ?

Alors la conversation prenait un tour normal. Sans ce rite, Aloyse aurait été perdu. Il aimait énormément sa grand-mère, elle était sa seule famille directe, cependant il évitait toute forme de familiarité en sa présence. Il la respectait pour son austérité et sa rigueur. Mémé n'était pourtant pas dénuée d'humour, et quand tous les traits de son visage étaient figés sous un masque de sévérité, il savait lire la plaisanterie dans la lueur de ses yeux. Il la sentait porter sur son monde un regard acerbe, parfois moqueur, mais toujours tendre.

Dans le village, mémé était crainte. Ses ennemis la traitaient de sorcière. Ses amis également. Elle n'avait pas beaucoup d'amis. Elle avait peu d'activités sociales et ne sortait de sa demeure que pour aller chez le boucher ainsi qu'aux enterrements. Comme elle n'avait pas beaucoup d'invités, le boucher ne la voyait pas souvent. Les enterrements étaient l'occasion de s'habiller avec beaucoup de soin et de porter de magnifiques tenues en dentelle noire, ouvragées avec art, dont les mauvaises langues prétendaient qu'elles lui venaient de sa propre grand-mère. Ce n'était pas faux.

Les sorties se raréfiaient depuis quelque temps parce que les escaliers en grès étaient trop raides pour ses vieilles jambes et qu'elle préférait se réfugier dans sa cuisine. À la belle saison, elle pouvait passer des journées entières à entretenir son potager. Il se situait derrière le corps de bâtiment et jouxtait la grange.

Du temps du grand-père, des clapiers grouillaient de petits culs blancs. Aloyse choisissait un lapin que pépé accrochait dans le chambranle de la porte de la porcherie avant de l'égorger et de l'écorcher pour le repas du dimanche. Quelques poules fouillaient l'herbe entre les pavés de la cour. Et partout fleurissaient des géraniums rouges et blancs, soulignant les vitres cul-de-bouteille des fenêtres à meneaux, rehaussant le moindre muret. En été, Aloyse était chargé de l'arrosage des nombreuses jardinières. Puis c'était au tour de la chasse aux doryphores, activité dont il s'était autoproclamé responsable. Il les écrasait par dizaines dans les allées, entre le carré de pommes de terre et celui dédié aux haricots grimpants.

À la mort prématurée des parents d'Aloyse, les géraniums séchèrent dans leurs pots, les lapins se firent plus rares le dimanche. Et le grand-père se laissa dépérir.

Mémé resta seule avec le petit. À peine se voûta-t-elle un peu plus. Aloyse était trop jeune pour comprendre les cauchemars qui le faisaient se réveiller en hurlant toutes les nuits. Ses parents lui manquaient, mais il avait toujours un édredon dans lequel se blottir. Souvent, il retrouvait sa grand-mère, assise dans un coin sombre de sa chambre, accrochée à un bréviaire qu'elle récitait en une litanie monocorde en allemand ou en alsacien, sans le lire, car elle n'y voyait pas dans le noir.

Mémé veillait sur ses quatorze ans, lui faisait réviser ses cours, lui achetait son premier paquet de cigarettes, l'écoutait raconter les filles tout en coupant sèchement les queues aux haricots.

Jamais cependant elle ne le serrait dans ses bras, ni ne lui caressait les cheveux. Il grandissait avec le sentiment d'être protégé par sa grand-mère, par un amour d'autant plus fort qu'il était invisible.

Il voulut s'émanciper à l'adolescence et rejoignit, à sa

demande, l'internat tenu par les frères. Il y apprit la solitude de la vie en communauté. Il découvrit la cruauté gratuite de ses semblables. Il devint fort en gueule et amuseur pour éviter les coups. Il ne rentrait plus au village que pour les vacances.

Il bâcla la fac et se découvrit une passion pour le journalisme. Par miracle, il réussit à décrocher une place à l'École supérieure de journalisme de Lille, et ne revint pas en Alsace avant l'obtention de son diplôme, à vingt-quatre ans.

Ce jour-là, mémé était installée près de la fenêtre. Il s'approcha d'elle en silence, la tête basse, prit une chaise et la posa face à elle.

Le petit-fils prodigue était de retour, mais il préféra l'animation de la grande ville à son village. Mémé suivit le démarrage de sa carrière en le lisant dans la presse. Tous les jours, elle recherchait avidement le moindre article signé de lui, parfois même ceux non signés qu'elle lui attribuait quand elle croyait reconnaître son style d'écriture. Elle les découpait et les collait dans un vieux cahier d'école. Quand elle n'eut plus de cahiers, elle mit les articles dans une boîte à biscuits en fer, puis une seconde, et les rangea au fond du buffet. Il lui arrivait, pour passer le temps, de les relire avec fierté. Lorsqu'il était de passage, jamais elle ne lui en parlait.

Aloyse grandit vite et mémé vieillit sans qu'il ne s'en rende compte.

Il prit l'habitude de revenir plus souvent. D'abord pour effectuer les corvées de bois et de charbon. Monter ces degrés, abrupts et dangereux, qui menaient de la cour au rez-de-chaussée était devenu un supplice pour la vieille femme. Afin de lui éviter de se fatiguer, il lui préparait des réserves dans un renfoncement prévu à cet effet près de la cuisinière. Il s'occupait également d'entretenir l'ancestrale bâtisse, reclouait, traitait les bois, repeignait les huisseries. Régulièrement il montait contrôler la majestueuse charpente et sa couverture. Il repérait les fuites et replaçait les tuiles manquantes, non sans prendre de risques, puisqu'elle s'élevait sur deux niveaux de combles. Au milieu d'un bric-à-brac de malles et de vieux meubles, il lui arrivait de trouver une pièce ou une autre qui s'imbriquait dans le puzzle de ses souvenirs. Des images furtives du bonheur avec ses parents. Le temps des parties de cache-cache avec sa maman. Les recoins sombres étaient innombrables de la cave au grenier, de la grange aux dépendances autrefois réservées aux domestiques. Ici, des jouets remisés. Là, un lit de bébé en bois ouvragé, celui-là même qu'il avait été le dernier à occuper, mais qui, d'après la légende, avait été assemblé par l'arrière-grand-père de pépé… À quelle époque ? Il évitait d'y penser.

L'aïeul qui avait édifié ces épais murs était riche, la maison était l'une des plus imposantes du village. Elle était située dans sa partie basse, assez proche des ruines de l'ancien Schloss[1] du XIIe siècle, mais elle dominait tout l'environnement de ses hauts murs crépis. Dans la cour, on accédait au rez-de-chaussée surélevé par un escalier de grès. Au-dessus de la porte principale était gravé sur le linteau le nom de son premier propriétaire, Aloyse Christmann, et l'année de l'édification, 1501. Ce linteau ouvragé était peut-être plus ancien que la maison elle-même. Elle comportait deux étages, percés de fenêtres à meneaux et surplombés par les deux niveaux de combles sous un toit pentu. Elle semblait plantée là pour l'éternité, ayant survécu à trop de guerres et d'orages.

À la mort de sa grand-mère, elle lui appartiendrait.

1. Château.

— Je t'ai préparé un Bæckeoffe[1], rien que pour toi, lui dit mémé. Je sais qu'en ville on ne mange pas bien.

Elle voulait de cette façon montrer son mépris pour la vie moderne. Manger des plats sous vide ou congelés était impensable. Ce n'était pas une question de qualité, mais les citadins ne prenaient pas le temps de se sustenter. C'était assurément une question de manque d'hygiène. Une nourriture variée, fruit de son propre jardin, apportait certainement plus de vitamines et de choses importantes pour nourrir un homme qui travaille. Accompagnée, cela va de soi, par des charcuteries, saucisses en tous genres – à frire, à tartiner et à recouvrir de mayonnaise (oh ! quel délice), à manger entre deux bonnes tranches de pain. Tout ce qu'en ville on ne trouve pas. Sans parler de la choucroute, du Kassler[2], des boulettes de foie, des quenelles, des pommes de terre en salade, des pommes de terre sautées, du Bibeleskaas[3]...

— Mémé, c'est bon, j'ai compris. Mais en ville au moins j'ai du travail. Il ne doit pas y avoir un emploi qui vaille dans ce bled, lui répondit Aloyse, un peu amusé.

— C'est pas un bled, espèce de vaurien. C'est notre village depuis au moins mille ans, et toi, tu l'as quitté !

— Comme papa avant moi.

Mémé s'étrangla. Ses yeux s'embuèrent d'indignation à l'évocation de son fils unique tragiquement disparu, comme si en parler en vain valait blasphème.

Aloyse tenta de se rattraper :

— Mais tu vois, je suis ici. Et je suis content d'être là pour ce week-end. Rester à Strasbourg, en particulier ce soir, m'était un peu pénible. J'ai eu besoin de changer d'air

1. Potée alsacienne.

2. Viande de porc fumée et salée.

3. Fromage blanc salé.

toute la semaine. J'ai évité d'y penser ces derniers temps.

Mémé le regarda avec gravité.

— Oui je sais, continua-t-il. C'est le jour anniversaire.

— Trois ans. Ça passe vite. Mais tout cicatrise avec le temps. Moi aussi j'ai eu mon lot de douleur. La perte de tes parents, et pépé qui est parti juste après eux. Sans parler de ton accident qui a failli me tuer. Et pour finir, tu me laisses seule. Malgré cela, comme tu le vois, je suis toujours debout.

Elle évoquait cet incident dramatique dans la vie d'Aloyse comme si elle-même avait été concernée au premier chef. Il n'en était évidement rien. Le temps avait passé, trois années, mais alors que son petit-fils s'en était sorti, soutenu à bout de bras par mémé, ce fut elle qui montra des signes de fatigue. Elle avait refoulé ses émotions tant qu'elle avait pu. C'était une question de principe et d'éducation. Il fallait faire face à la tragédie la tête haute. Il en était ainsi chez les paysans. La terre donne une noblesse et une force aux âmes. Elle avait été très éprouvée par les événements, s'était battue, en particulier contre la dépression dans laquelle s'enfonçait son petit-fils, et elle ne s'en était jamais totalement remise.

Mal à l'aise, Aloyse se dit qu'il valait mieux sortir faire un tour, histoire de prendre l'air.

— Comment ! Tu ne vas pas partir maintenant. On va manger, c'est l'heure. Et puis il fait nuit, il fait froid, il y a de la neige sur les routes !

La vieille femme était montée crescendo dans les aigus et montrait des signes d'affolement.

— C'est bon mémé, il peut attendre dix minutes ton Bæckeoffe, il n'en sera que meilleur ! répliqua le garçon, étonné des intonations de sa grand-mère. J'ai vraiment besoin de respirer une seconde. Je ne pars pas faire le tour du monde.

— Pas ce soir, mon fils, s'écria-t-elle. Pas ce soir !

— Bon, là, vraiment, tu exagères.

Il attrapa son anorak et se précipita à l'extérieur, prenant soin de ne pas claquer la porte. Il répugnait à lui désobéir, ne voulait en aucun cas la blesser, mais la tension venait de monter avec tant de force qu'il avait besoin de se décharger. Il sauta dans son 4 X 4 et fila dans un grand nuage de fumée.

Il ne comprenait toujours pas pourquoi elle s'était émue au point d'en trembler. Ce n'était qu'un Bæckeoffe. Il n'y avait vraiment pas de quoi en faire tout un plat.

Il faisait nuit et il mit un certain temps à remarquer que le ciel avait changé. Comme si le climat et mémé s'étaient mis à l'unisson. Les feuilles mortes volaient devant son pare-brise. Il roulait en direction de La Petite-Pierre, une station de montagne éloignée de quelques kilomètres qui, à la belle saison, ne désemplissait pas de touristes. Il connaissait un rocher dans les alentours, sur lequel il aimait s'asseoir quand il avait du vague à l'âme. Le panorama offrait une vue splendide sur les illuminations de la forteresse du village, et dans une autre direction, sur l'ombre des sommets vosgiens qui se détachaient dans le ciel noir.

Plus il s'enfonçait dans la forêt, plus il se disait que son rocher ne serait pas le meilleur endroit pour fumer une cigarette à l'abri des intempéries. Cependant une force irrésistible le poussait à continuer. Il n'était pas seul. Devant lui une petite voiture rouge semblait avoir des difficultés à avancer. Le vent qui secouait les fourrés était certes fort, mais pas assez pour empêcher un véhicule de conserver sa trajectoire…

— Il doit être bourré, celui-là ! lâcha-t-il.

Il était assez fréquent de croiser des ivrognes sur la route. L'isolement et le chômage n'étaient pas les seuls en cause. Une certaine culture locale pour les excès de table expliquait un taux de décès par accident plus élevé que la moyenne. Instinctivement, il alluma sa rampe de projecteurs sur le pavillon puis ralentit pour prendre un peu de distance avec son prédécesseur. Bien lui en prit car la voiture se mit à zigzaguer dangereusement. Elle mordit le bas-côté, se reprit, accéléra, ralentit, fit voler de la terre et de l'herbe.

Aloyse, soudain très inquiet, klaxonna à plusieurs reprises et fut stupéfait de s'entendre répondre de la même façon.

— Un vrai con ! Je ferais mieux de ne pas trop le provoquer.

L'autre se mit à accélérer et, au premier virage, il sortit de la route.

Aloyse en eut le souffle coupé. La pente était tellement raide à cet endroit qu'il ne se fit aucune illusion : soit le chauffard s'était abîmé en une course sans fin, et on ne retrouverait pas une pièce assemblée, soit…

L'auto avait dévalé la pente abrupte sur une trentaine de mètres et s'était encastrée dans un sapin. Une veilleuse orpheline éclairait la scène en clignotant.

Après avoir garé son engin et allumé les feux de détresse, il entama – non sans hésiter – la descente. Il glissa sur la boue neigeuse, s'agrippa aux racines et aux rochers, en fit une partie sur les fesses.

Le silence était retombé, entrecoupé par les seuls appels essoufflés du jeune homme qui se signalait et tentait de rassurer les occupants de l'épave. Si toutefois ils étaient encore vivants…

Il parvint avec beaucoup de difficulté jusqu'à la carcasse broyée. Il ne distingua personne à l'intérieur, mais continua d'appeler. En vain. Pas un bruit à part les métaux tordus qui se détendaient. Son cœur qui battait la chamade s'arrêta brusquement. Il sentait l'essence. Beaucoup d'essence. Le réservoir était crevé et le liquide se répandait de façon invisible dans les mousses, les rochers et le sable. À la moindre étincelle…

Il la vit. Plus bas, contre un arbre. Pâle silhouette, dans la lumière vacillante de la dernière ampoule restée allumée. Il la héla.

— Madame ! Madame, ça va ?

Question idiote.

Elle ne répondit pas.

Il lui sembla qu'elle avait bougé. Avec précaution, il s'approcha. C'était une jeune femme aux cheveux blonds, aux vêtements clairs. Des taches sombres de sang s'élargissaient un peu partout.

— Ne vous faites pas de souci. On va prévenir les pompiers, lui dit-il pour la rassurer. Je suis là maintenant. Il y a quelqu'un d'autre avec vous ?

Elle leva la tête vers lui et il sentit tout son être se glacer. Elle avait la moitié du visage arrachée, laissant paraître ses dents et un œil à vif. Une branche, tel un pieu, lui entrait dans la poitrine, et ressortait dans le dos. Elle le fixa un moment de son œil sans paupière. Avec une espèce de rage, de haine.

Aloyse perçut l'étincelle et vit le feu grandir. Il ne bougea pas. Il aurait pu l'attraper, la tirer, quitte à la décrocher de son pal. Faire quelque chose… Mais il ne réagit pas, comme hypnotisé par ce regard. Il laissa le feu envelopper la jeune femme.

Après un long moment, l'esprit vidé, il s'en retourna chez lui.

Un bon Bæckeoffe l'attendait.

Chapitre IV

L'hôtesse d'Air Inter lui adressait un sourire éclatant d'hypocrisie. Aloyse lui tendait son titre de transport d'une main mal assurée.

— Votre séjour à Lyon vous a plu ? lui demanda-t-elle en prenant le billet qu'elle inséra dans un lecteur.

Oui, connasse, lui répondit-il in petto.

— Bien sûr, reprit-il à haute voix, c'est vraiment une belle ville, mais je n'ai malheureusement pas eu le temps de faire du tourisme. Le travail, vous savez !

Elle lui rendit son billet.

— J'espère que nous aurons le plaisir de vous revoir !

— Merci, mademoiselle.

Il lui donnait du « mademoiselle », mais il dissimula les pensées salaces qui lui venaient à l'esprit. S'il avait le plaisir de la revoir… Il s'occupait la tête comme il pouvait.

Aloyse n'aimait pas l'avion. Il n'aimait pas plus cette belle ville de Lyon. Il n'aimait rien ni personne quand il était obligé de se sangler dans un fauteuil à l'intérieur d'une boîte en fer pour se faire projeter dans le ciel. C'était contre nature. Il partageait le rêve d'Icare, mais juste en rêve. Il trouvait la sensation d'accélération et d'élévation fascinante, estimait splendide la France vue du ciel... mais en ce 20 janvier, lors de l'embarquement, il faisait nuit. Aloyse perdait ses repères dans le noir. Il avait les mains moites et son cœur cognait dur dans la poitrine. Son emplacement, au moins, le satisfaisait : près de la queue de l'appareil, à côté du hublot. Même s'il n'y avait pas grand-chose à voir, il aurait au moins la liberté de scruter le vide et se sentirait moins emprisonné. De plus, en cas de crash, il avait une chance de survie. C'était statistique. Pour se rassurer, il avait emporté son baladeur – le meilleur walkman de Sony. Il y inséra une cassette qu'il avait enregistrée lui-même, une sélection des meilleurs vieux tubes de Genesis. Il avait une passion pour le son de qualité. Et tant qu'à planer, autant le faire sur les accents de rock progressif des années 70.

Ses ongles lui faisaient mal quand, enfin, il relâcha ses doigts qui enserraient les accoudoirs. L'aéronef avait terminé son ascension, donc, statistiquement, la phase la plus dangereuse était passée. Il se trouva ridicule.

Tranquillisé, bercé par les ballades psychédéliques, il put à loisir observer les autres passagers. La place à côté de lui était libre et lui offrait un large champ de vision.

Certains avaient, comme lui, les stigmates de la nervosité. En particulier un gros monsieur, engoncé dans un fauteuil trop petit, étranglé par son col de chemise et sa cravate. Aloyse l'avait repéré à l'embarquement parce qu'il avait copieusement insulté la pauvre préposée au contrôle des billets. Cette dernière, qui appliquait les consignes avec zèle, voulait lui faire prendre et payer une seconde place pour lui tout seul du fait de son surpoids. Obèse n'était pas le mot. Il avait le gabarit d'un rugbyman. Ou plutôt d'un pack de rugbymen néo-zélandais. Après avoir ameuté tout le hall, crié au scandale et gesticulé en faisant des moulinets de ses énormes bras, il avait fini par obtenir gain de cause. Il s'était toutefois engagé à faire entrer ses imposantes fesses dans un seul fauteuil, dût-il pour cela utiliser un chausse-pied. Le service de sécurité de l'aéroport était resté sagement à distance, puisqu'on avait jugé qu'à six agents l'effectif était insuffisant pour venir à bout de l'énergumène. Le responsable de l'embarquement avait fait preuve d'une mansuétude tout à son honneur, estimant, entre autres, que le vol était loin d'être complet. L'attroupement de clients prenant fait et cause pour le malheureux handicapé avait également pesé lourd dans la décision.

Son postérieur enfoncé entre les deux accoudoirs, il laissait ses bras reposer chacun sur le siège voisin. Ce n'étaient pas deux mais trois places qu'il aurait dû prendre.

Installée juste derrière le colosse, une jolie blonde se refaisait une beauté devant un miroir de poche. Elle était tout à fait du goût du jeune journaliste, et il ne put réprimer un sourire quand elle leva de magnifiques yeux verts et que son regard croisa le sien. Pour le coup, il était fier de lui. D'habitude il était timide avec les femmes et fuyait leur regard. Elle lui rendit son sourire avec naturel et, à l'instant, il sut qu'elle serait la femme de sa vie. Le coup de foudre. Ce vol, qu'il avait d'office classé dans les corvées professionnelles, devenait, en un battement de cils, un enchantement. Il était parmi les anges et glissait entre les nuages.

Tiens, un steward.

— Oui monsieur, je boucle ma ceinture. Excusez-moi, je n'avais pas entendu le message.

Les passagers s'étaient retournés vivement et dévisageaient l'hurluberlu qui venait de hurler dans la cabine. D'abord interloqué, il rougit jusqu'au bout de ses oreilles, et se débarrassa de son casque audio qu'il avait oublié l'espace d'un instant. Il aurait voulu se glisser sous le siège, mais il ne fut pas longtemps l'objet de la curiosité des voyageurs.

En un instant, il retrouva sa bonne humeur quand il vit sa blonde rire de bon cœur devant cette petite humiliation. Il sentait l'affaire dans la poche et échafaudait une technique pour oser l'aborder. Tout un chacun se serait précipité sur l'occasion, mais Aloyse manquait sérieusement de confiance en lui et passait régulièrement à côté des femmes de sa vie…

Il fit semblant de s'intéresser à la petite famille installée à l'arrière, contre la paroi de la queue de l'avion. Une mère seule et deux gamins.

Deux immondes petits crapauds qui faisaient tourner leur maman en bourrique. Ils se chamaillaient si bien qu'elle dut les séparer et s'asseoir entre eux. Ils devaient avoir entre six et huit ans et se disputaient pour des mini-consoles de jeux électroniques Donkey Kong qui faisaient fureur dans les cours de récréation.

Aloyse se dit que ce serait peut-être un sujet intéressant comme entrée en matière avec la créature de ses rêves, et alors qu'il se décidait enfin à agir, ce fut elle qui s'assit d'office à côté de lui.

— Excusez-moi, mais ce siège est-il occupé ? lui demanda-t-elle sans attendre de réponse.

— Oui, bien sûr, répondit-il sans réfléchir.

— Votre bouche, dit-elle en lui montrant la chose qu'il gardait grande ouverte.

— Ma bouche ? Oh pardon.

Il n'en revenait pas. Comment avait-elle pu lui faire ce coup-là. En principe c'était à lui de faire le premier pas.

— Je m'appelle Charlotte, se présenta-t-elle en lui tendant la main juste sous le nez. À qui ai-je l'honneur de demander si je peux m'asseoir à côté de lui ?

Il essaya d'articuler et de ne surtout pas avoir l'air stupide.

— Bonjour. Euh bonsoir. Excusez-moi.

Elle prit l'air un peu agacé.

— Ne vous excusez pas, vous ne m'avez pas encore invitée à danser, et vous ne m'avez pas encore écrasé les orteils.

— À danser ?

Il sentait qu'il perdait son assurance et qu'elle était d'office maître du jeu de la séduction, un rôle qu'il ne voulait pas lui laisser. Heureusement, un trou d'air lui permit de reprendre son rôle viril, car elle s'agrippa à son bras et poussa un juron sous l'effet de la surprise :

— Putain !

Il lui tendit la main à son tour et d'un ton très assuré lui dit :

— Et moi, c'est Aloyse et je suis journaliste.

Elle rit. C'était gagné.

Les présentations faites, le monde pouvait s'effondrer. Si le bonheur avait pu se localiser, c'était bien sur une banquette du vol Lyon-Strasbourg, ce 20 janvier 1992.

Et le monde s'effondra.

D'abord un sifflement. Comme quand les oreilles se débouchent. Puis vaguement quelques taches de lumière.

Un monstre veut me tuer. Il me secoue. Il veut m'arracher les bras. Il me dit :

— Réveille-toi. Putain ! Merde, t'es mort ? Réveille-toi !

Il me gifle.

Plus personne.

Il me gifle de nouveau. Qu'est-ce qu'il me veut ce monstre ? On dirait le gros. Le gros de l'avion. De quel avion ?

Le gros de l'avion ! Qu'est-ce qu'il me veut ? Il a réussi à sortir son gros cul du fauteuil ? Du fauteuil. Où est le fauteuil ?

Où sont les fauteuils ?

Lentement, Aloyse émergeait. Il avait chaud au nez. Le gros l'avait lâché puis avait disparu dans le noir. Le jeune homme voulut se lever. Rien à faire. Il ne parvenait pas à se situer dans l'espace. Tout était sombre, avec des points de lumière épars.

Des feux. Des feux dans un avion ? Où est l'avion ? Le gros revient. Il va me taper.

— Où est l'avion ?

L'autre fixa sur lui un regard ahuri. Il était tout décoiffé. Sa cravate pendait sur une toison abondante. Il n'avait plus de chemise.

— L'avion ? Il est où l'avion ? répéta le gros, comme atterré. Mais il est partout l'avion. Il est là et là et là, cria-t-il en montrant le noir et le feu de ses énormes paluches. M'en fous de l'avion. Je veux ma veste. T'as pas vu ma veste ?

Sans attendre la réponse d'un Aloyse tout hébété, il se tourna et repartit dans le noir. Lentement, les réflexes du journaliste reprirent le dessus.

Où : dans un avion. Quand : le vol de la fin d'après-midi. Comment : l'avion s'est écrasé.

Il était sanglé sur ce qu'il restait de sa banquette. Essayant de se dégager, il vit avec horreur ses doigts se plier. Dans le mauvais sens… Il vit des morceaux d'os mélangés à du sang. Sa conscience se faisait plus précise. Mais il n'avait pas peur. Ses doigts étaient cassés, et alors ?

Alors il fallait qu'il se dégage au plus vite. Avant que ça n'explose. Il trouva des doigts presque intacts et défit sa ceinture. Il tomba comme une masse et sa figure heurta quelque chose de dur. Un tronc d'arbre couché. Sous son siège, un tronc d'arbre. Il n'y avait plus de plancher. En rampant pour se redresser, il sentit la neige. Le froid. Un peu plus loin, au milieu d'un méli-mélo de branches de pin et de troncs étrillés, brûlait une rangée de fauteuils. La lueur du foyer avait quelque chose de rassurant dans cet enchevêtrement de poutrelles métalliques et de branchages. Elle délimitait un espace de survie au-delà duquel tout était noir. Tout était mort. Glacé.

Il entendit appeler :

— Maman ? Maman ! Tu es où ? Maman.

Puis plus rien.

Devant lui, issu de la masse noire, s'échappa un long gémissement. Aloyse avança comme il put dans la direction du bruit, enjamba branches et troncs. Il enfonça son pied dans un trou, força pour le ressortir et y parvint. Mais la chaussure resta coincée. Il ne lui fallut pas longtemps pour comprendre qu'il n'arriverait jamais à la remettre, sans ses doigts. Pendant un instant, il se sentit vidé et dut s'asseoir sur un arbre fauché. Il ferma les yeux et se mit la tête dans les mains. Qu'est-ce qu'il foutait là ? Dans cette nuit glaciale, en pleine forêt, dans la neige.

Il vit son premier corps. Un jeune homme, couché sur le dos. Il avait l'air intact. Jusqu'à la ceinture. En dessous, plus rien. Lentement, Aloyse scruta les amas de tôle qui l'environnaient. La lumière se faisait plus forte car le feu avait pris de l'importance. Et il fit un inventaire froid de ce qu'il découvrait. Attaché à son fauteuil, un couple. Décapité. Une femme, dont il ne voyait que la croupe offerte, sa jupe relevée comme pour une improbable et obscène saillie. En se retournant lentement, il vit une tête seule, les yeux grands ouverts. Il ferma les siens.

Un instant de vertige.

La douleur n'avait toujours pas fait son apparition, pourtant, en examinant ses deux mains, il ne se faisait pas d'illusions. Et puis il entendit. Des voix. Qui parlaient presque normalement. Une conversation. Une dispute même. Et des pleurs. Des appels au secours. La forêt se réveillait, dans le cauchemar. Avec des cris de détresse. De longues plaintes.

Soudain, un hurlement. Inhumain. Long. Trop long… Le hurlement finit par cesser. Aloyse n'avait pas réussi à savoir d'où il était monté ni qui l'avait lancé. Quand enfin il cessa, Aloyse se surprit à remercier Dieu d'avoir fait taire ce pauvre être.

Où est le gros ? se demanda-t-il.

Il voulait trouver un être aussi vivant que lui. Il ne connaissait personne. Il l'appela.

— Hé ! Ho ! Le Gros !

Le Gros se reconnaîtrait. Il ne se vexerait pas pour si peu. Mais personne ne répondait. Les gémissements continuaient à fuser, dans leur coin, dans le noir, égoïstes. Aloyse restait seul. Se sentant défaillir, cisaillé par le gel, il essaya de se concentrer sur la situation dans laquelle il se trouvait. Il avait survécu à un crash. Il n'était que légèrement blessé étant donné les circonstances. Bientôt il allait avoir mal. Il n'avait pas de quoi se soigner. Qui le soignerait ? Les secours certainement. Ils n'auraient aucune difficulté à retrouver l'aéronef, avec toute l'électronique embarquée, les radars, les satellites. Et même s'ils étaient dans une forêt, et manifestement, vu l'inclinaison du terrain, en montagne, les pompiers se dirigeraient vers les lieux de l'accident grâce à la lueur des petits foyers qui maintenant se multipliaient et devaient se voir de loin…

— Venez m'aider ! S'il vous plaît, je suis coincée. Aidez-moi !

Une voix de femme, assez proche. Derrière lui, certainement.

— Où êtes-vous ? J'arrive ! répondit-il.

Il se dirigea vers l'appel, trébuchant à chaque pas.

— Où êtes-vous ? J'arrive ! répéta-t-il.

— S'il vous plaît, aidez-moi…

— Je viens, mais où êtes-vous ?

— Je ne sais pas. Je suis coincée sous des sièges.

La femme pleurait doucement. Elle ne devait pas être très loin. Cependant il ne parvenait pas à la situer.

— Vous voyez quelque chose d'où vous êtes ? lança-t-il en continuant à progresser dans l'épave disloquée.

— Oui, il y a un feu pas très loin.

— Mais quel feu ? Il y a plein de feux, un peu partout. Il est grand, il est petit ?

— Je ne sais pas, mais venez, s'il vous plaît.

S'orientant au son de la voix, il finit par la retrouver. La pauvre femme était retenue contre la terre labourée, par une rangée de fauteuils qui lui bloquait le tronc et la tête. Ses jambes, de l'autre côté, étaient brisées et partaient en équerre.

— Monsieur, s'il vous plaît, aidez-moi. Il faut que je retrouve mes enfants.

Aloyse venait d'en découvrir au moins un. Elle ne pouvait pas le voir puisqu'il était écrasé sous elle. Il valait mieux qu'elle ne le voie pas.

Utilisant les paumes de ses mains, le jeune homme tenta de soulever la rangée de fauteuils, sans y parvenir. Il s'accroupit et poussa de l'épaule mais rien n'y fit.

— Il faudrait le Gros, dit-il, essoufflé, je vais chercher le Gros.

— Ne partez pas s'il vous plaît, ne me laissez pas seule. Il faut retrouver mes enfants. J'en ai deux.

Voyant Aloyse s'éloigner, elle insista :

— S'il vous plaît.

Le jeune homme fit demi-tour. Il ne pouvait pas laisser cette malheureuse sans soutien. Pourtant ses « s'il vous plaît » plaintifs lui donnaient l'envie de l'achever. De son pied déchaussé il marcha dans quelque chose de mou et de chaud. En se baissant il vit un crâne broyé. Un tout petit crâne au bout d'un tout petit cadavre. Il vomit.

— Monsieur, s'il vous plaît !

Aloyse ne savait pas combien de temps il était resté prostré. Sa tête lui faisait mal maintenant. Son visage le brûlait. Curieusement, il ne ressentait aucune douleur aux doigts. Le froid ?

Il s'approcha de la femme étendue sur son propre enfant. Elle n'avait pas bougé d'un millimètre, et semblait plus tranquille à présent. C'est elle qui lui demanda s'il allait bien.

— Aussi bien que possible, étant donné les circonstances, lui répondit-il avec lassitude. Et vous, vous avez mal ?

— Non, avec l'aide de Dieu, je ne souffre pas, je pense même que je suis indemne, continua-elle avec un faible sourire. C'est sûr, je préférerais savoir mes enfants avec moi. Mais je sais qu'ils vont bien, je le sens, au plus profond de moi. Ils vont bien.

— Ils ont certainement été recueillis par un groupe de rescapés, mentit-il. Il y a beaucoup de survivants. Je vais aller chercher de l'aide pour vous tirer de là.

Il ne supportait plus de la voir sourire. Il voulait se sauver et oublier cette femme. Il ne voulait pas être là quand elle comprendrait.

Elle tenta de le retenir en faisant la conversation :

— Non, ne partez pas. Parlez-moi, vous me faites du bien. Je vous ai vu dans la cabine, avec votre épouse.

— Mon épouse ? répondit-il, énervé. Je ne suis pas marié.

— Ou votre amie. Elle est très jolie d'ailleurs. Vous avez des enfants ?

— Puisque je vous dis que je n'ai ni femme ni amie.

— Cette jeune femme blonde, je vous ai remarqués,

vous aviez l'air si heureux tous les deux.

Aloyse se souvint alors de Charlotte.

Il entreprit une fouille frénétique des restes de l'avion. Mécanique, insensible. Il souleva des tôles, remua des branches, poussa des membres arrachés, ignora les mains qui se tendaient ou qui tentaient de l'agripper. Il grimpa, contourna, rampa. Il cherchait son emplacement à l'arrière de la carlingue, mais comment le retrouver dans ce fouillis de bois et de métal ?

Enfin, il distingua les larges épaules du Gros. Il était penché sur un blessé. Aloyse reconnut Charlotte et se jeta sur le Gros en tentant de le repousser.

— Mais qu'est-ce que tu fais ? lui hurla-t-il.

Le Gros se retourna, l'air désolé.

— J'ai fait ce que j'ai pu pour la réchauffer…

Elle était allongée sur une banquette, recouverte jusqu'au menton d'une veste en laine. Ses yeux verts étaient grands ouverts.

— C'est toi « Aloyse » ? Elle n'a pas cessé de t'appeler.

Et le Gros lui ferma les yeux de ses énormes doigts.

Aloyse ouvrit les siens, brusquement. Il s'assit dans son lit et essaya de reprendre son souffle. Quand enfin les battements de son cœur se calmèrent, il éclata en sanglots. Déjà mémé entrait dans la chambre avec un verre d'eau.

— Tu as encore rêvé. Ce n'est rien, dit-elle, ça va passer.

Au creux de sa main roulait une pilule.

— Avale ça et rendors-toi.

— Ce n'était pas un rêve, hoqueta-t-il, c'est arrivé pendant que je dormais. Ça continue. Encore et toujours. Il n'y a eu qu'un seul accident, mais il recommence indéfiniment dans ma tête. Et j'ai chaque fois autant mal que la première fois.

Mémé le regardait, impassible.

— Allons, prends ton calmant. Demain, ça ira mieux. Tu as mangé trop de Bæckeoffe.

Il avala le médicament, s'enfonça dans l'édredon et lui tourna le dos. Quand son souffle se fit régulier, la vieille femme se leva, éteignit la lumière et referma la porte doucement. Trois ans, jour pour jour, depuis la catastrophe aérienne, c'était comme si tout cela avait eu lieu la veille. Son petit-fils en serait marqué à vie. Dans le noir, en évitant de faire grincer les lattes du plancher, elle se rendit dans la Stube. Accrochée au-dessus d'un banc de coin, une petite étagère fermée à clé, à l'angle de deux murs : une encoignure. S'y trouvait depuis toujours une bouteille du meilleur schnaps et six verres à l'intention des visiteurs de marque. Quelques papiers familiaux très importants y étaient soigneusement rangés ainsi qu'une antique Bible. Mémé sortit la bouteille, les verres, les papiers et la Bible. Elle appuya sur le fond du meuble qui se souleva, laissant deviner une niche, de laquelle elle retira un petit livre. Dans le noir, elle remonta à l'étage, approcha une chaise de la porte de la chambre d'Aloyse et s'y installa. Elle tourna avec précaution les pages puis, toujours dans le noir, entama une lecture aveugle. Aux premières lueurs du jour, elle remit le tout en place, jeta quelques briques de charbon dans la cuisinière et prépara le petit déjeuner.

La journée serait glaciale.

Chapitre V

La cuisine sentait bon le café quand Aloyse se leva. Il était à peine plus de 8 heures, ce qui était tôt pour un fêtard de son acabit. Il avait passé le reste de la nuit à dormir comme un mort. Son réveil avait été brusque et il avait sauté du lit comme s'il en avait été expulsé.

Il s'installa à sa place habituelle, devant un bol de café noir fumant, quelques tranches de pain grillé, de la confiture de quetsches et un exemplaire de *L'Est libéré* en allemand. Mémé, n'ayant jamais appris le français à l'école – elle le déchiffrait avec difficulté –, restait abonnée à la version traduite de son quotidien régional. Quant à son petit-fils, un cancre né, il ne parlait pas un mot de la langue de l'ancien occupant.

À l'école primaire, ses camarades étaient tous dialectophones. Pas lui. Tous avaient étudié l'allemand en première langue, lui avait fait anglais. Comme les quelques « Français de l'intérieur » dont les malheureux parents avaient choisi l'option Alsace dans leur carrière, et qui se retrouvaient avec le sentiment d'avoir été mutés à l'étranger tant la culture locale savait se faire exclusive. Du moins le croyaient-ils communément. Le soir, plutôt que *L'Île aux enfants* diffusée par la première chaîne de télévision, c'était la télé d'outre-Rhin qu'on lui mettait d'office. Il n'entendait rien aux dialogues mais en saisissait le sens. Il pensait que c'était normal, puisque à l'école tous les enfants avaient vu le même programme. À l'église, la messe se faisait en allemand. Il n'y comprenait rien, mais qu'importait puisqu'il n'y avait qu'une heure et demi à somnoler sur les bancs glacés le dimanche. La lecture de *L'Est libéré* était ainsi laborieuse, mais il finissait toujours par comprendre le sens des articles.

Ce matin-là, il sauta les pages d'informations générales les plus importantes pour se consacrer au déchiffrage des faits divers. Il apprit qu'un cambriolage s'était soldé par la mort du cambrioleur, sournoisement surpris lors de son forfait par le propriétaire des lieux, que le braquage d'une agence de la Banque mutuelle avait rapporté douze mille francs à des malfrats cagoulés, du tout venant…

Il trouva ce qu'il cherchait :

Un accident de la route inexpliqué a fait un mort : la conductrice, Brigitte Wacht, âgée de trente ans et domiciliée à Dabo, en Moselle. Alors qu'elle circulait sur une route forestière en provenance de La Petite-Pierre, son véhicule, une Peugeot 205, est sorti de la route pour s'écraser contre un arbre. La jeune femme, seule à bord, a été tuée sur le coup…

Brigitte Wacht. Aloyse ne la connaissait pas mais ce nom ne lui était pas inconnu.

— Mémé, Brigitte Wacht, ça te dit pas quelque chose ?

La grand-mère haussa les épaules.

— Elle n'est pas du village, celle-là. Pourquoi ?

— Non. Elle venait de Dabo. Ce n'est pas la porte à côté.

— Je ne connais personne de Dabo.

Ainsi s'appelait-elle Brigitte. Il se garda d'expliquer à mémé les circonstances de sa rencontre avec elle et continua son petit déjeuner comme si de rien n'était. Curieusement l'information l'avait intéressé sans l'affecter le moins du monde. Elle s'installa cependant dans un coin de son esprit et vint lui tenir compagnie de temps à autre au cours de la journée. Brigitte Wacht... Brigitte Wacht...

Il avait prévu de consacrer la matinée à s'occuper de la cave de la maison. La cave du corps de bâtiment plutôt. La maison elle-même avait sa propre cave, mi-enfoncée sous le rez-de-chaussée surélevé, et éclairée par de larges soupiraux. À gauche de l'entrée principale, une porte arrondie à doubles vantaux de bois usé s'ouvrait sur un large escalier. La cave était encombrée de tout ce qui faisait le charme de pareil endroit : vieux buffets bourrés des pots de confitures, bocaux de conserves, alignements de fûts de fruits, meubles au rancard, succession de dames-jeannes vides et empilements de bouteilles de schnaps pleines. Une partie était occupée par l'ancien atelier de pépé, qui était resté tel quel, une lame de faux qu'il n'avait jamais terminé de réparer encore serrée dans l'étau. Des étagères de clous, de vis et d'outils rouillés, avec leur manche en bois, se couvraient de poussière en attendant qu'on vienne y mettre de l'ordre. Le charbon et le petit bois de chauffage s'entassaient contre un mur sur la terre battue.

Aloyse avait pour objectif de nettoyer le second niveau du sous-sol. Il était totalement indépendant de la cave de la maison. Pour y accéder, on devait soulever une trappe, à l'extérieur de la bâtisse, au pied de la façade d'une dépendance. Une volée de marches s'enfonçait profondément dans le noir, bien au-dessous de la cave principale. Arrivé au bas de l'escalier il chercha l'interrupteur nerveusement. Il n'était jamais totalement rassuré dans ce sous-sol, et même dans son enfance, il avait toujours évité d'y mettre les pieds. Un gamin ne peut pas s'empêcher de fureter dans tous les coins, de découvrir des passages secrets, des trésors cachés, des jouets des grands-parents ou arrière-grands-parents. Lui n'y avait pénétré jusqu'alors que par défi. Chaque fois, c'était le même cauchemar : descendre presque à l'aveuglette ces marches sans rampe et, arrivé sur le sol garni de grandes dalle de grès, avancer ses doigts tremblants vers une colonne massive qui soutenait la voûte et sur laquelle était installé l'interrupteur salvateur. Mais avant le contact avec la bakélite rassurante, il pouvait toujours toucher une toile d'araignée, une bouche pleine de dents pointues ou encore se faire attraper le bras par une main griffue. Une fois la lumière allumée, il n'était pas pour autant rassuré. La faible lueur jaunâtre éclairait ce qu'elle voulait bien, laissant de vastes zones d'ombre. Le grand garçon qu'il était devenu savait que les fantômes n'existaient pas. Tout de même… C'était bien sombre. La légende du village disait que dans des temps très reculés, lorsque la famille était en danger, elle disparaissait toute entière dans les entrailles de la demeure jusqu'à ce que tout redevienne tranquille, puis elle réapparaissait, grands-parents, parents, enfants, cousins, et même les fidèles domestiques, sortant de nulle part et tous sains et saufs. Était-ce vrai ou était-ce dû à la jalousie des plus pauvres du village, qui eux payaient aux guerriers de passage, aux chevaliers brigands et autres seigneurs cruels un tribut pouvant aller jusqu'à la vie ? L'histoire familiale était, elle aussi, chargée de morts et de disparus, comme les autres clans de Weiterswiller. Mais il est vrai que les villageois n'expliquaient pas autrement la survivance de meubles et d'objets précieux, qui avaient traversé le temps alors que la maison elle-même subissait les affres des pilleurs. Bien sûr, la propriété était vaste avec ses granges, écurie, porcherie et dépendances. Il y avait bien des murs et des planchers, des tas de foin dans lesquels on pouvait dissimuler de nombreux membres de la famille, même très éloignés. Et pour qui connaissait la forêt environnante, ses rochers et ses grottes naturelles offraient des caches qui n'avaient nul besoin de serrures. On s'y évanouissait aussi simplement que tombe le jour. Aloyse les connaissait pour y avoir souvent traîné lors de ses jeux d'enfant.

Brigitte Wacht. Ce nom ne remontait pas des souvenirs de son enfance. Ni de l'école ni du collège, encore moins du lycée ou de l'université. Elle ne faisait pas partie de son cercle d'amis, si toutefois il pouvait s'en attribuer un, car au-delà du Stammtisch du restaurant *Au Sapin rouge*, Aloyse n'avait que très peu d'amis. Parmi ses « clients » non plus. Il appelait ses « clients » la masse d'individus en tous genres qu'il voyait pour son travail. Personne ne s'appelait Wacht.

Le rangement lui occupait l'esprit et le rassurait. Il préparait un tas de bois avec de vieilles caisses, des meubles et des tonneaux brisés, un certain nombre d'objets qui autrefois avaient fait partie du quotidien des gens qui entretenaient le domaine ou qui travaillaient aux champs, peut-être encore du temps du grand-père. Ces articles dépérissaient sans utilité depuis des lustres et il pensait pouvoir les réutiliser comme bois de chauffe dans la cuisinière ou dans le poêle en faïence, l'énorme Kachelofe[1] vert sombre qui diffusait sa chaleur à la fois dans la Stube et la cuisine. C'était une petite économie, mais également l'occasion d'un rangement salutaire de l'endroit. Un jour ou l'autre il fallait bien le faire et mémé ne s'y attellerait certainement plus. Absorbé par sa tâche, il ne se rendit pas compte que la lumière vacillait depuis plusieurs minutes. Soudain, un claquement, et Aloyse se

1. Poêle en faïence.

retrouva dans le noir. La stupeur passée, il constata qu'il n'arrivait pas à se situer dans cette cave. Il tenait une planche dans les mains, et s'en aida pour sonder lentement les alentours. Très lentement... Il réalisa que son cœur battait la chamade. Il essaya de se calmer, mais n'y arrivait pas. Il parvint à cette évidence : il n'osait plus bouger car il était terrorisé par l'obscurité. Il écarquilla les yeux autant qu'il put, afin de capter le moindre trait de lumière qui aurait pu filtrer à travers le plafond ou la trappe. Cette cave s'étalait en une demi-douzaine de couloirs voûtés, parallèles, séparés par des colonnes ou des murs de moellons de grès. Dans sa section la plus éloignée de l'escalier d'entrée, tout au fond, elle était même creusée dans le rocher. Aloyse essaya de se rappeler le plan des lieux afin de retrouver le chemin vers la sortie. Lors de l'extinction des feux, il se trouvait dans la partie centrale, non loin de l'escalier. Mais cette cave était bien plus étendue que la base de la maison et devait courir sous la moitié de la cour et des bâtiments environnants. Elle avait dû servir, il y a bien longtemps, à la conservation de la bière ou au stockage de denrées. On disait qu'elle était là bien avant l'édification de la maison. Aloyse, en y songeant, se surprit soudain à trembler sur ses jambes.

— Allons, petit bonhomme, dit-il à haute voix comme lui aurait parlé son père. Tu ne vas pas paniquer. Tu n'es pas perdu en pleine montagne. Tu es à la cave. Elle est certes grande, mais à peine plus que la salle du restaurant *Au Sapin rouge*. Salle dans laquelle, je te le rappelle, tu pourrais évoluer de nuit, et en rampant s'il le fallait, tant il t'arrive d'en partir dans des états que la morale réprouve. Alors recouvre un peu de courage, concentre-toi et retrouve la sortie !

Un peu rasséréné, il eut une idée : écouter les bruits de l'extérieur pour s'orienter. Il tendit l'oreille à s'en faire une crampe. Rien. Pas un instant il ne s'autorisa à appeler sa grand-mère à l'aide. Il ne voulait pas avoir l'air ridicule. De surcroît, elle aurait pu tomber du haut de ces marches abruptes… Et puis, même s'il hurlait de toutes ses forces, mémé ne risquait pas de l'entendre.

Alors, au risque de se prendre les cheveux dans une énorme toile d'araignée, la planche en avant comme un bâton d'aveugle, il avança. Il tâtonna en arc de cercle, jaugeant le sol et les côtés, essayant de trouver un mur, une colonne, un angle. Un petit pas après l'autre, tout doucement. Ses yeux lui seraient presque tombés des orbites tant il les gardait ouverts, et ses oreilles auraient pu capter le vol d'un moucheron sur un fût de fruits pourris. Il perçut un bruit de goutte. Léger mais régulier. Une goutte d'eau tombait en cadence et résonnait dans le noir. À sa connaissance, la cave n'avait pas de robinet et les tuyauteries de la maison ne passaient pas du tout par là. Il ferma les yeux pour mieux entendre. Le goutte-à-goutte continuait. Le « ploc » était étouffé mais semblait bien s'écraser dans une flaque. Il se dirigea vers le bruit à la vitesse de l'escargot et, une fois arrivé vers ce qu'il pensait être la source, vit une vague lueur se détacher sur le sol. En levant les yeux vers le plafond, il distingua une grille de fer au bout d'une longue cheminée qui perçait la voûte. Il la reconnut immédiatement. C'était ce qu'il avait toujours pris pour une large bouche d'égout ou un saut-de-loup, ouverture bien visible sur les pavés de la cour, occultée par une antique grille de barres de fer entrelacées. En fait, elle devait être destinée à apporter de l'air ou un peu de lumière du jour à cette partie de la cave – a priori, c'était plutôt de l'humidité.

S'orientant à l'aide de la grille située dans la cour à

quelques mètres de la trappe le long de la façade, il parvint jusqu'au bas de l'escalier. Sans se faire prier, il remonta à quatre pattes jusqu'à l'air libre.

Un fusible grillé était à l'origine de la panne électrique et Aloyse le changea.

Il en rendit compte à sa grand-mère sur le ton du reproche.

— Dis mémé, j'ai failli y rester tout à l'heure, dans cette sacrée cave. L'électricité avait sauté et j'ai bien cru ne jamais revoir la lumière du jour.

— Il y a des bougies et une lanterne au pied de l'escalier, lui répondit-elle, un peu agacée.

— Oui, mais je me trouvais assez loin de l'escalier, mémé. Et quand il fait noir là-dedans, il fait très noir. Heureusement j'ai pu me repérer à l'égout et retrouver mon chemin. Il faudrait sérieusement que tu penses à faire rénover l'électricité. Il y a bien longtemps que les fusibles ne sont plus de simples fils entre deux cosses. Un de ces jours, la baraque va partir en fumée à cause d'un problème électrique.

— Tu feras changer tout ce que tu veux après ma mort dit-elle d'un ton péremptoire. Ça va faire bientôt cinquante ans que l'électricité a été apportée dans cette maison et elle fonctionne très bien.

— Ne ramène pas toujours la conversation à ta mort, mémé. Tu as encore de belles années devant toi, et moi, j'aurai encore de nombreuses occasions pour me rompre le coup dans cet escalier. Alors dès que possible, je pose un fusible et des ampoules plus puissantes. On ne peut pas compter sur un égout pour me sortir à chaque fois d'affaire.

— Mais de quel égout me parles-tu ? lui demanda mémé.

— De celui qui est dans la cour, tout contre le mur de la maison.

— Ah, l'ancien puits.

— L'ancien puits ? Il descend dans la cave ! Ce n'est pas un puits. Ce n'est pas un égout d'accord, mais pas un puits. Plutôt un soupirail, un évent, une cheminée…

— L'ancien puits, espèce de vaurien, insista-t-elle en gloussant. Autrefois, c'est là qu'on allait chercher l'eau. Mais ça fait longtemps que pépé l'a rebouché. Ton père avait failli y tomber plusieurs fois quand il descendait à la cave. Alors pépé l'a fermé. On a eu l'électricité mais également l'eau courante à ce moment-là, et pomper l'eau n'était plus nécessaire.

— Tu veux dire qu'on devait descendre à la cave chercher l'eau ? C'est débile, s'exclama le journaliste qui reprenait ses fonctions et chassait l'absurde du quotidien.

— Non, bien sûr. À la cave, c'était le vrai puits. Mais on pouvait tirer l'eau à partir de la cour, depuis l'orifice protégé par une grille que tu appelles un « égout ».

— Avec un seau et une corde ? dit-il incrédule.

— Enfin de mon temps, on pompait l'eau avec une pompe. On n'était pas des sauvages tout de même. C'est mon grand-père qui l'avait installée lui-même, et c'est ton grand-père qui l'a démontée une fois qu'on a eu l'eau courante.

— C'est dommage, c'était certainement joli, une vieille pompe.

— Yoooh, joli ! s'esclaffa-t-elle, c'était une vieille cochonnerie, on ne va pas garder toutes les vieilles cochonneries qui traînent dans une vieille maison. Sinon on ne saurait plus où mettre les nouvelles ! Moi aussi, il faudra bien un jour qu'on me jette. Mais il faudra encore patienter un peu, ajouta-t-elle dans un clin d'œil malicieux.

Chapitre VI

Obernheim[1], hiver 657

Le silence se faisait oppressant. Chacun avait baissé la tête. Non par tristesse, mais pour ne pas affronter le regard du duc. Le front haut, la barbe broussailleuse et arrogante, il dominait son monde à la recherche d'une victime. Il fallait que la colère qui lui brûlait les entrailles se décharge, et de préférence sur un individu. Peu importait que ce fût un ami, un notable, un serviteur ou un membre de la famille. Voire de la belle-famille. Après tout, les parents de Berswinde, son épouse, n'étaient que des étrangers, y compris Léger, son oncle, le très respectable évêque d'Autun venu tout exprès pour honorer les futurs parents. Très respectable peut-être, très craint sûrement, mais son noble sang avait donné naissance à cette chose, cette absurdité de la nature, cet être difforme qui n'était pas plus lourd qu'un rat osseux et desséché. Et cette chose, qu'il avait tant espérée, n'appartenait pas à son genre. Elle était une femelle. Aveugle de surcroît. Malédiction. Il avait

1. Obernai.

tant prié pour un fils, qu'aux premiers signes de la grossesse de son épouse il avait cru au miracle. À qui voulait l'entendre, il annonçait la venue d'un successeur. Quelle cruelle punition infligée par Dieu !

Personne pour oser le réconforter. Tous, la tête basse. Tous des lâches.

Un terrible grondement s'était amplifié entre les murs massifs de la villa royale et s'était transformé en un long hurlement de rage, bientôt accentué par des bris de vaisselle. Dans sa violence, Adalric avait jeté sur la paille les tables qui avaient été dressées en vue de fêter la naissance.

Puis, aussitôt sa colère déchaînée, il s'était repris. Il avait repoussé le moine venu lui annoncer la mauvaise nouvelle avec force détails. Erchinoald était son confesseur, il ne pouvait exercer sa vengeance sur lui. Secrètement, il ne demandait pas mieux. Hélas, un clerc avait déjà trépassé par sa faute quelque temps auparavant, il ne saurait s'acharner impunément sur eux, même pour un légitime coup de colère. Il était sorti de la grande salle en arrachant le lourd rideau qui calfeutrait la porte et s'était dirigé dans les couloirs à grands pas jusqu'à la chambre de la jeune mère. Il avait ordonné brutalement aux sages-femmes de sortir. Après cette entrée fracassante, il s'était calmé. Il avait pris avec une infinie douceur le bébé serré dans un lange de lin et coiffé d'un minuscule béguin, l'avait porté très près de son nez, car lui-même souffrait d'une mauvaise vue, et s'était concentré sur les pupilles blêmes de l'enfant. Il l'avait scruté, essayé de saisir son âme, de ressentir une quelconque filiation, et enfin l'avait reposé dans le berceau de bois sculpté garni de chaudes étoffes. Il avait regardé son épouse, encore épuisée par l'effort, et s'était assis à côté d'elle sur son lit de travail. Tendrement, il lui avait pris la main et y avait posé un baiser.

— Il me faut remercier Dieu de t'avoir préservée, Berswinde. Car il te faudra me faire un garçon la prochaine fois. Il ne saurait en être autrement. Je veux que tu partes dès que possible te refaire une santé auprès de ta mère, jusqu'à ce que ton ventre se referme et qu'il puisse de nouveau me servir.

De sa grosse main, il avait caressé les cheveux mouillés de son épouse, et désignant le berceau du menton il avait ajouté :

— Et tu me feras jeter cela aux chiens.

Pendant sept jours il ne put approcher la chambre de son épouse tant elle était prise d'hystérie à son approche. Elle geignait, pleurait, se tordait les mains, implorant Dieu de lui venir en aide et de faire entendre raison à son mari. Sept jours durant lesquels elle refusa de s'alimenter et de se laver. Elle était souillée du sang et des restes de la délivrance, mais elle n'en avait cure.

Erchinoald, envoyé en émissaire par le duc, lui revint avec un message :

— Votre femme prétend ne plus rien ingurgiter, ni eau ni nourriture, et ce jusqu'à la mort, si vous ne concédez pas à laisser la vie sauve à votre fille. Elle vous rend responsable de son propre trépas aussi sûrement que si vous aviez dégainé votre épée dans le but de lui ôter la vie. Elle en appelle à votre raison si ce n'est à votre mansuétude. Vous devez épargner la fillette car de ce fait vous épargnerez sa mère.

— Cette matrice me donne des ordres à présent ? hurla le duc, hors de lui.

— Entendez cela plutôt comme la supplique d'une mère désespérée. Il est vrai que Berswinde m'a demandé conseil afin de vous amadouer et que je lui ai suggéré de vous laisser le choix.

— Et quel est ton avis Erchinoald ? lâcha Adalric.

— Vous pourriez épargner la petite mais l'éloigner de vous, hasarda le moine, cela apaiserait la mère, et ne provoquerait pas de querelle avec votre belle-famille. Vous imaginez sans peine les implications politiques liées à la perte de pareille alliance…

— L'éloigner ? Même en enfer, ce monstre serait encore trop proche de moi.

— Monseigneur, gardez-vous de vous y retrouver en sa compagnie. La tuer serait assurément un crime. Cette enfant, malgré les signes du démon qui la corrompent, est innocente, prononça sentencieusement l'ecclésiastique. Soyez magnanime, éloignez-la, oubliez-la, mais surtout, épargnez-la, Dieu vous observe et vous juge…

— Dieu ne fait pas de politique. Je ne puis permettre à cette immonde créature de venir me réclamer un héritage et certainement pas le duché qui vient de m'être confié par le roi Childéric. Car j'ai bien l'intention de le garder dans ma famille, ce duché. Et cette… vient contrecarrer mes plans !

— Monseigneur, maintenez-la dans l'ignorance de ses origines. Je pourrai me charger de cette tâche et la faire disparaître sans attenter à sa vie. Elle ignorera votre parenté pour le reste de son existence. Et vous transmettrez votre couronne au fils que vous aurez bientôt, issu du sein de votre épouse consentante. Je vous l'assure.

Adalric se caressa la barbe, songeur.

— Qu'il en soit ainsi Erchinoald. Profite de cet instant de générosité pour me faire disparaître la chose. Mais surtout n'oublie pas : elle ne devra jamais reparaître en ma cour ni seulement être informée de sa lignée.

Adalric pointa son index sur la poitrine de son confesseur.

— Et quiconque trahira ma confiance le paiera de sa vie, je m'y engage.

C'est ainsi que le brave Erchinoald retourna chez celle qu'il n'estimait pas uniquement parce qu'elle était l'épouse du duc, et, les yeux remplis de larmes, lui dit :

— Très chère Berswinde, je n'ai pas réussi à calmer la fureur de ton idiot de mari. Tout au plus ai-je obtenu de lui la possibilité de garder en vie le fruit de notre amour. Mais il nous faudra l'éloigner à jamais de son bras afin de la préserver. Je connais une paysanne, qui est la fille de celle qui fut ma nourrice en d'autres temps. Elle vient de perdre un enfant en couches et se trouve avec les mamelles pleines et douloureuses. Je le sais car elle m'a fait mander d'urgence pour offrir le secours de l'onction au petit défunt. Afin de ne pas laisser sa malheureuse âme errer dans les tourments de l'au-delà, je vais accepter d'effectuer un sacrement post mortem. La femme me sera alors dévouée. Nous lui soulagerons son deuil et ses seins en lui confiant notre fille. Elle vit à l'écart d'un hameau, Scherwiller, près de Schletstatt[1], et personne là-bas, hormis moi et son frère, n'est informé de la tragédie. Il sera simple d'effectuer la substitution.

Dans le petit matin glacial et venteux, enroulé dans un épais manteau de serge doublé de peaux de renard, et recouvert d'une cloche, Erchinoald s'en alla. L'enfant était maintenu tout contre son cœur, enroulé dans une étoffe dont le moine était ceint de l'épaule à la hanche. Il marcha jusqu'au soir. Quittant Obernheim à travers les forêts enneigées il longea le massif des Vosges en empruntant le moins possible le chemin tracé qui descendait vers le sud. Les routes étaient très dangereuses, car en ces temps de

1. Sélestat.

grand froid les loups n'étaient pas les seuls à manger de la chair humaine. Erchinoald préférait de loin leur proximité hurlante à celle de maraudeurs affamés. C'est pour cela qu'il passa sa première nuit dans une cavité sous un rocher, caché à l'abri d'un taillis, réchauffant la petite fille du mieux qu'il pouvait en entretenant un maigre feu de branches. Quand, après un deuxième jour de marche forcée dans la neige profonde, il croisa ce qu'il reconnut comme étant l'ancienne voie romaine dite « chaussée des Sarmates », il sut qu'il était arrivé. Il laissa l'enfant silencieuse à sa nourrice, avec de quoi la vêtir et la coucher. Il lui donna également quelques pièces d'argent, et pour instruction de la bien nourrir et de la protéger comme s'il se fût agi de sa propre fille. Berthe, desserrant les bandes de tissu qui lui écrasaient la poitrine, s'empara de la petite, s'assit sur un banc près du foyer et la porta à son sein. Alors seulement elle demanda le nom de l'enfant. Erchinoald, épuisé et transi de froid, se rendit compte que ni lui ni personne n'avait seulement songé à lui trouver un nom.

Il ne devait pas revoir l'enfant avant plusieurs mois. On était au printemps de l'année suivante et Berthe avait fait le chemin jusqu'à la résidence du duc. Elle souhaitait rencontrer le moine « pour une affaire de la plus haute importance ».

— Que fais-tu ici, alors que tu devais veiller sur la mission que je t'ai confiée comme sur la prunelle de tes propres yeux ! dit Erchinoald, les dents serrées.

— C'est tout à fait cela, mon père, lança-t-elle avec un regard méchant. Je veille sur ses prunelles blanches tout en veillant à ses intérêts.

— Que me veux-tu, insolente ? répondit le moine.

— Tu m'as confié une bourse l'an passé, mais, vois-tu,

celle-ci s'est vidée, comme par enchantement. Et je me demandais si…

— Je n'ai pas d'argent, si c'est ce que tu veux, l'interrompit le moine, soudain alarmé.

— Toi peut-être que non, mais ses parents assurément si j'en juge par la layette que tu m'as fournie. Sais-tu qu'un marchand de passage m'en a offert beaucoup pour l'acquérir ? Il semblait surpris de voir de si beaux linges sur l'enfant d'une souillon, ceux-ci auraient mieux convenu à une princesse, d'après lui, bien entendu…

— Veux-tu bien te taire !

— Certes, je me tairai. À toi de fixer le prix de mon silence.

— Il pourrait t'en coûter très cher de parler ainsi, dit froidement Erchinoald. Ne comprends-tu pas que tu n'es pas à ta place ici ? Je vais te donner ce que tu demandes. Non pas pour toi, mais pour ma fille, afin qu'elle ne manque de rien pour le restant de ses jours.

La paysanne rit méchamment :

— Il me semblait pourtant que tu n'avais pas de fortune, homme de Dieu ! Rassure-toi, Erchinoald, tu n'as rien à craindre pour la fillette. Mon frère s'en occupe en mon absence. Il est sûr que s'il m'arrivait malheur en route, elle deviendrait un poids pour lui. Il faut bien nourrir son cochon.

Erchinoald mit Berswinde dans la confidence et cette dernière lui confia trente pièces d'argent.

— Comme à Judas, ricana le religieux.

Cette fois, le voyage fut beaucoup plus aisé pour Erchinoald. Le printemps réchauffait la campagne. Les effluves d'ail lui piquaient le nez dans les sous-bois. En prévision de la longue route, il s'était doté d'une carriole tirée par un robuste cheval. Le temps de passer par Scherwiller, d'égorger la nourrice et son frère, de récupérer les trente pièces d'argent qu'ils n'avaient pas eu le temps de dépenser, il se retrouvait en route vers Palma[1] en Bourgogne, en compagnie de la fillette. Berswinde y avait une tante. En tant qu'abbesse du monastère, elle pouvait assurer l'hébergement mais aussi l'instruction et l'éducation religieuse de la petite.

Ainsi commença pour l'enfant une vie d'amour. Soignée et choyée, elle put à loisir se consacrer à l'étude. Son infirmité ne l'empêcha pas d'apprendre chants et prières. À force d'habitude, elle se déplaçait dans les murs du monastère avec la même aisance que les autres pensionnaires du lieu. Elle faisait la fierté de l'abbesse qui admirait sa volonté et sa gaieté. Un jour, la religieuse la fit appeler et, alors que la fillette l'interrogeait sur les raisons de sa convocation, elle lui mit dans les mains un livre relié de cuir.

— Mon enfant, voilà bien longtemps que tu as pris place au milieu de nous toutes. En huit ans, mes sœurs et moi-même avons acquis la certitude que ta venue n'était pas le fruit du hasard, mais bien de la volonté de Dieu. Ton courage, ta joie de vivre et ta volonté sans faille dans l'étude de la parole de notre Seigneur, ainsi que l'enthousiasme avec lequel tu sais la partager, forcent notre admiration à toutes. Aussi mes sœurs et moi-même avons décidé de te remercier pour le courage que tu nous donnes par ton exemple. Chacune d'entre nous a participé à l'enluminure, à la rédaction et à la reliure de ce livre que nous te remettons aujourd'hui. Nous souhaitons que ce recueil de prières et de saintes paroles soit pour toi un soutien de tous les jours. Nous voulons que ces textes que tu ne verras jamais soient tes repères au cours de ton existence, qu'ils soient ton pilier pendant les épreuves que tu ne

1. Baume-les-Dames.

manqueras pas de traverser. Nous prions pour que ce livre soit pour toujours le bouclier de ton âme, qu'il te protège et que tu puisses dans l'espoir comme dans le désespoir te fier à lui plus qu'à tout autre, car il contient la parole de Dieu. Il sera ton bâton et remplacera tes yeux et il frappera celui qui te menacera ou injuriera le nom de Dieu en ta présence.

L'enfant était en pleurs devant l'expression de tant d'amour, et reçut l'offrande comme un encouragement à être plus pieuse encore. Ses petits doigts suivaient le travail du cuir en tremblant.

— Ma mère, répondit-elle, je prends ce présent avec joie, car dès cet instant il sera mon bouclier spirituel. Avec lui, plus jamais je ne manquerai d'amour, puisqu'il sera la preuve que l'amour existe. Je n'aurai plus peur dans le noir, car il sera mes yeux. Et je le lirai pour donner aux nécessiteux la parole du Seigneur. Il sera mon bâton mais aussi celui de qui marchera courbé sous un joug trop lourd.

Chapitre VII

Aloyse ne voulait pas décrocher le téléphone. Son sixième sens lui disait de se méfier. Durant la conférence de rédaction il n'avait pipé mot, ce qui n'était pas son habitude. À tel point que Muller-Meyer, dit « le Tendre », s'enquit de sa santé :

— Me fais pas le coup du « désolé mais je couve quelque chose » dès le lundi matin sinon je te colle de conf' de presse CGT d'office pendant un an. Comme ça t'auras des raisons de te plaindre !

Ah ! Ce cher Muller-Meyer, que le monde serait morne sans lui. Une vraie mère poule.

— C'est bon patron, je suis avec vous. J'ai passé un mauvais week-end, c'est tout. Et pitié, pas de CGT sinon je ferai dans la synthèse avec leurs revendications, et avec eux, il y aura forcément des coups de fil à notre directeur vénéré, des remontrances, peut-être même une grève de solidarité du Syndicat du livre, et pour finir, la porte pour moi… comme pour vous, au cas où vous ne l'auriez pas compris.

Les collègues ricanèrent, sans oser s'esclaffer. Personne ne voulait se taper de conf' de presse CGT, pas plus que celles des autres syndicats, il n'y avait rien de plus rébarbatif au monde. À part peut-être le discours de Nouvel An du directeur de publication Olivier Nussbaum. Mais on ne supportait ses discours qu'à Nouvel An.

Et ce téléphone qui n'arrêtait pas de sonner…

— Christmann, j'écoute.

— Bonjour, inspecteur Fuchs. Je voudrais vous voir rapidement. Je suis passé au *Sapin rouge* vendredi soir, mais vous étiez déjà loin. On pourrait se rencontrer dans les prochains jours ?

— Ce soir, même endroit.

— J'y serai, répondit le policier.

Le soir, à l'annexe :

— Vous n'en avez pas marre d'enquêter sur cette affaire ? s'enquit le journaliste.

— Faut croire que non. C'est un sujet qui n'en finit pas de m'intriguer. Les raisons du crash ne sont pas claires, les survivants – et vous, en particulier – m'évitent et éludent mes questions. Je ne parle même pas des différents protagonistes, DGAC, préfecture, gendarmerie, SAMU et pompiers. Même la Grande Muette trouve le moyen de ne pas répondre à mes questions. Où va-t-on si les fonctionnaires se tirent dans les pattes ?

— Qu'est-ce que vous me voulez, à la fin ? demanda Aloyse. Je pensais avoir répondu à tout lors de vos interrogatoires. Et en trois ans il y en a eu un certain nombre : je n'étais même pas encore sorti du coma que vos collègues me questionnaient déjà.

— Je sais mon garçon.

Fuchs était un homme solide, la cinquantaine. D'un abord sympathique, il était vêtu d'une éternelle veste de cuir dont les poches débordaient de tout un bric-à-brac : carnet, mouchoir de Cholet jamais propre, stylo, mètre ruban, piécettes, un paquet ou deux de Gitanes sans filtre, briquet Bic. Peut-être même que son arme de service y traînait avec ce qu'il fallait pour la recharger et l'entretenir. Un vrai clodo. Pour cette raison, Aloyse l'appréciait plutôt bien.

— Il y a tout de même quelque chose qui me turlupine, reprit le policier.

— Je vous écoute.

— Vous êtes neuf survivants en tout.

— Oui, et alors ?

— Vous connaissez les huit autres ?

— Euh…

— Vous les avez déjà rencontrés ? Sans parler du jour de l'accident, il va de soi.

— En fait, je…

— …

Fuchs laissa Aloyse se dépatouiller tout seul. Il le sentait mal à l'aise. Non pas qu'il le soupçonnait de cacher quelque chose. Mais le comportement du jeune homme détonnait par rapport aux autres survivants.

— Je vous paie une bière, dit le policier en faisant signe à Sepp, derrière son comptoir.

— Hé, tu ne le saoules pas histoire de le faire parler, le flic, lança la Grosse Sonia en leur posant deux demis.

— T'inquiète ma belle ! Si je voulais le faire parler, il y a la technique des annuaires téléphoniques.

— Vous avez le droit de boire en service ? lui demanda Aloyse, ironique.

— Tant que je reste digne, tout va bien. J'arrête quand je me mets à injurier ma hiérarchie. Ça fait mauvais genre…

Aloyse se détendait. Ce flic était après tout un individu comme un autre.

— Je n'ai pas envie de revivre éternellement le même cauchemar, vous savez. Et les actions en justice, pour moi, c'est de la perte de temps. OK, je veux bien savoir qui est le responsable de cet accident. Si responsable il y a. Quand il aura été découvert, je jugerai personnellement de son degré d'implication. Mais de là à rechercher un lampiste, à l'américaine, c'est trop. De toute façon, ils se rejettent tous la faute. Moi, tout ce que je veux, c'est qu'on me foute la paix.

— OK, moi aussi j'aimerais pouvoir vous foutre la paix. Mais c'est mon métier de chercher des poux, et dans cette affaire, c'est pire que dans une paillasse sous un pont de Strasbourg : ça grouille de poux et ça pue. Il y a une chose que je ne comprends pas. Comment se fait-il que justement vous, vous ne cherchiez pas la vérité ? Vous, un journaliste ! Je vous ai croisé plusieurs fois au cours d'enquêtes, vous êtes un fouineur, un curieux. Et vicieux avec ça. J'aime beaucoup vos papiers, ils sont toujours concis et bien renseignés.

— Merci, je vous retourne le compliment, dit Aloyse, vous êtes un fouineur vicieux !

Les deux hommes rirent de bon cœur, firent tinter leurs chopes et avalèrent la bière cul sec.

— La même chose, Sonia, lança le journaliste en montrant les verres vides.

Au bout de trois tournées, les confidences se firent plus intimes. Christmann n'avait rien à cacher et le policier le savait. Mais celui-ci voulait comprendre l'ambiance, saisir les angoisses et les volontés des miraculés du mont Sainte-Odile.

— Vous n'avez donc aucune nouvelle des autres ?

— Non, et je n'en veux pas. J'ai refusé de me joindre à l'association des victimes. L'avion s'est écrasé, et c'est ainsi. Les quatre-vingt-sept morts, je n'y peux rien. Quant à ceux qui ont survécu, qu'ils profitent de leur chance. Pendant plus de deux ans, je n'ai pas dormi. Je pleurais toutes les nuits parce que je ne comprenais pas pourquoi moi, justement moi, je m'en étais sorti presque indemne. J'avais une chance sur dix d'être un des rescapés du vol Lyon-Strasbourg. Et combien y avait-il de possibilités qu'il y ait des survivants lors d'un crash en plein vol, vous l'êtes-vous demandé ? On n'était ni au décollage ni à l'atterrissage, même si l'on se trouvait en phase d'approche. Mais la montagne était là. Entre l'avion et la piste. Elle nous a stoppés net. Et elle m'a gardé en vie. Dois-je lui dire merci pour cela ? Merci mont Sainte-Odile pour ce miracle. Eh bien, si c'est pour rire, je le dis. Mais je refuse de me torturer l'esprit à la recherche des responsabilités. Je refuse de poursuivre l'État, la DGAC, les contrôleurs aériens, le préfet pour l'organisation des secours, ainsi que l'armée, la gendarmerie, le SAMU et les pompiers... Lesquels d'entre tous ces acteurs n'ont pas souffert avec moi ? Lequel sera montré du doigt parce qu'il n'a pas été parfait ? Au contrôle aérien, celui qui sera allé faire pipi au lieu de suivre le spot lumineux sur l'écran radar, doit-on lui couper la bite ? Doit-on emprisonner les membres de la famille des deux pilotes qui sont morts, ou les montrer du doigt ? Et moi, ce jour-là, ai-je été un bon chrétien ? N'ai-je ni menti, ni volé, ni convoité la femme de mon prochain ? Parce que je peux également être tenu pour responsable de tout ça, pourquoi pas !

— Vous vous reprochez quelque chose, Aloyse ?

— J'ai pas dit ça. J'ai ma croix à porter.

— Vous vous reprochez quelque chose ? répéta le policier avec une douceur inattendue.

Aloyse se prit la tête entre les mains, et revit les yeux de Charlotte, ces yeux que lui fermait le Gros. Il aurait pu... Il aurait dû...

— Non, je ne me reproche plus rien à présent, répondit Christmann en se redressant.

— Vous avez des reproches à faire à d'autres survivants ?

— Certainement pas ! tonna le jeune homme.

— Vous connaissez au moins leurs noms ?

— J'ai déjà dû les entendre… Je ne sais pas.

— Dupreux, Chalambert, Schmitt, les Burg mère et fils, Wagner, Wacht…

Aloyse blêmit.

— Wacht ? Brigitte ?

— Non Jean Wacht. Vous connaissez ?

Le flic posa sur lui un regard professionnel.

— Je… Je ne crois pas, non, répondit Aloyse.

Chapitre VIII

Ratisbonne, 669

Erhard se dressa sur son lit, le souffle court. Il avait mal dormi, et pour cause : Dieu lui avait parlé dans son sommeil. Ses draps de lin étaient trempés et son magnifique costume de nuit sentait la sueur. L'évêque de Regensburg se réveillait de lui-même, de bon matin, investi d'une mission divine. Il n'arrivait toujours pas à y croire et testait ses réactions et ses sensations pour s'assurer qu'il ne rêvait pas. Dans un songe, il s'était vu administrer le sacrement du baptême à une jeune fille, dans un monastère dont jamais il n'avait entendu prononcer le nom : Palma. Dans le comté de Bourgogne. La Bourgogne, autant dire à l'autre bout du monde.

Bien sûr, il n'était pas devenu évêque pour rien, et il jouissait de la considération de ses pairs. Rome, ainsi que les autorités séculaires, voyait en lui un élément essentiel à la cohésion spirituelle d'un peuple en cours de christianisation. Il avait déjà, en trente années de sacerdoce, prouvé à tout ce beau monde qu'il était le meilleur dans son domaine : la conversion. C'était une chose difficile que de faire comprendre à tous ces sauvages que la foi en un Dieu unique et bon était plus raisonnable que l'extravagante croyance dans les mystères de la nature. Cependant la main-d'œuvre bon marché, du moment qu'elle était fanatique, pratiquait le prosélytisme à coups de fouet quand la parole de Dieu ne suffisait pas. Et ils venaient par villages entiers se prosterner devant les symboles de la religion du Christ. Ces braves chrétiens.

Mais faire tout ce chemin pour une gamine lui semblait une fantaisie qu'il ne pouvait se permettre, volonté divine ou pas.

La journée s'écoula comme à son ordinaire pour le représentant terrestre de l'Éternel en Bavière ; toutefois, il n'arrivait pas à se convaincre que ses visions nocturnes n'étaient dues qu'à l'excès de nourriture terrestre ingurgitée avant son coucher. Et plus la journée avançait, plus son esprit jouait avec ses nerfs. Allez expliquer à tout un entourage, très à votre écoute, tout à votre service, que Dieu en personne vous ordonne de quitter votre chaire pour voyager à travers les terres hostiles, connues il est vrai pour la qualité de leurs vins, mais aussi réputées pour être de véritables coupe-gorge. On est si bien sur les rives du Danube. Alors que vers l'Occident… Il était loin, le temps où il avait quitté l'Irlande, comme nombre de ses collègues, avec pour seul outil son bâton de pèlerin. Il se souvenait être passé par la Bourgogne, les Vosges, l'Alsace. Il y avait fait son meilleur coup : alors qu'il tentait d'attirer vers la foi en Dieu une tribu qui vivait recluse au fond d'une vallée, il avait prouvé à ces individus qu'il était plus fort que leur propre divinité : un chêne bicentenaire. Une solide hache et une demi-journée de travail avaient suffi.

Il ne dormit pas de la nuit. Ni d'ailleurs la nuit suivante.

Au matin du troisième jour, il n'en pouvait plus. Le visage blafard, mal rasé parce qu'il craignait d'écorcher sa peau fatiguée, les yeux lourds et las, il prit sa décision. Puisque Dieu lui avait donné une mission, il allait l'accomplir. Ce n'était pas comme s'il avait dû abandonner sa fortune, ainsi que ses femmes et ses enfants. Une petite tournée en terre lointaine, si elle était bien exploitée, bien racontée lors de prochains banquets, ne pouvait que lui être bénéfique.

À peine avait-il pris cette décision qu'il fit équiper un lourd char. Tracté par six magnifiques chevaux, celui-ci était parfait pour les longs trajets. Afin de rassurer ses ouailles, il se fit accompagner de six chevaliers de bonne famille et de vingt fantassins. De quoi décourager les bandits. Trois clercs se chargeraient des corvées religieuses. Bien sûr, il n'omit pas de prendre deux jeunes servantes d'une douzaine d'années. Il les aimait jeunes et fermes : les voyages étaient longs et ennuyeux. Accessoirement, il proposa à de jeunes moinillons une première expérience missionnaire. Ceux-là également, il les aimait bien fermes.

Au moment où la caravane s'ébranla, il se laissa ballotter sur sa couche avec un sourire de contentement et pensa à tous les avantages qu'il allait pouvoir tirer d'une pareille expédition. Il ne se doutait pas une seconde que sa décision d'obéir à la volonté divine lui vaudrait, bien plus tard, la sanctification.

Chapitre IX

Les archives de *L'Est libéré* étaient conservées sur microfilms. Aloyse fit défiler les plaquettes des pages consacrées à la catastrophe du mont Sainte-Odile depuis le 21 janvier 1992. Comptes rendus, articles de fond, tout avait été écrit à propos du crash. Le travail était fastidieux car chaque jour recélait son lot de rebondissements. L'affaire n'était pas simple.

Il y avait d'une part l'enquête : elle s'évertuait à déterminer les causes de l'accident. Facteur humain, problème technique, tout était évoqué, mais, surtout, rien de concret n'était mis en évidence. On s'orientait plutôt vers une erreur de balises : l'avion se serait connecté en vol à une de ces balises qui servent de repère lors de l'atterrissage, et celle-ci aurait donné un mauvais angle d'approche, laissant penser aux pilotes qu'ils volaient à une altitude bien plus élevée qu'en réalité. Oui mais... L'avion se serait donc trompé de balise ? Qui aurait activé une balise a priori hors service depuis longtemps ? Beaucoup de questions restaient en suspens, et il sembla au jeune journaliste qu'elles le resteraient encore un bon bout de temps, tant les responsabilités en jeu lui semblaient importantes. L'aviation civile, le constructeur Airbus, l'aéroport de

Strasbourg… Il s'en moquait éperdument. Un accident reste accidentel. Par définition.

D'autre part, il y avait les survivants, ainsi que les proches des victimes. Ils s'étaient regroupés en une association. Son principal objectif était de savoir pourquoi l'organisation des secours avait été si mauvaise. Selon l'association, leur lenteur et leur inefficacité avaient coûté la vie à de nombreuses personnes. Plus d'une dizaine d'entre elles seraient mortes faute de soins, ou pire encore, à cause du froid, dans cette nuit glaciale.

Évidemment, du point de vue de la préfecture, tout avait été fait pour le mieux, étant donné les conditions géographiques et climatiques exceptionnellement mauvaises : il faisait nuit, il faisait froid, il y avait un peu de neige et le lieu de l'impact était situé sur un versant de la montagne invisible depuis la plaine d'Alsace.

Et en plus il y avait plein de sapins ! C'est vrai, quoi, on aurait pu s'écraser sur la cathédrale de Strasbourg, pensa Aloyse. *Là au moins ils auraient pu nous localiser facilement.*

Alors qu'il lisait, certains souvenirs remontaient à la surface. Il revoyait la carcasse disloquée de l'appareil, les feux, les corps, les morceaux de corps, le Gros qui fermait les yeux éteints de Charlotte. Il frissonna. Il ne parvenait pas à reconstituer l'arrivée des secours. Quelques images vagues tout au plus. Il revoyait le fessier sale de terre du militaire qui l'avait chargé sur son épaule. Il sentait sa tête cogner une fois sur le ceinturon de l'homme, une fois contre une branche quand l'autre dévalait la pente aussi vite qu'il le pouvait en ces circonstances. Il se souvenait de la lumière blafarde dans l'ambulance et des discussions agitées des infirmiers. Il lui semblait avoir attendu longtemps dans cette ambulance avant de la sentir s'ébranler. À son réveil au centre hospitalier de Strasbourg, deux policiers étaient assis à côté de son lit. Un gros, un petit. Le gros, débonnaire, nommé Courtin, n'avait de cesse de lui rappeler la chance qu'il avait d'être en vie. Le petit, Vacheret, sec et teigneux comme un roquet, posait des questions précises auxquelles Aloyse était bien incapable de répondre. Pendant les trois semaines de son hospitalisation, il fut ausculté, étudié sous toutes les coutures. Il vit toutes sortes de médecins, de l'interne condescendant au psy silencieux. Vacheret et Courtin vinrent lui rendre plusieurs visites et posaient à chaque fois les mêmes questions, en adoptant les mêmes attitudes. Durant ces trois semaines, Aloyse s'observa de loin. Il s'écoutait répondre aux enquêteurs avec une patience qu'il ne se connaissait pas. Il se voyait soulevé, trituré, peloté par tout un staff médical à qui il ne songea même pas à mettre un pain. Il reçut également la visite du juge d'instruction, qui reprit encore et encore les mêmes interrogatoires. Quand enfin on le libéra, il partit chercher refuge chez mémé.

À partir de là, son attitude changea. Il se renferma sur lui-même, ne voulut plus parler à personne ni répondre au téléphone. Même mémé n'avait plus grâce à ses yeux. Il s'énervait facilement contre elle, refusant les tisanes et toutes les autres petites attentions. Il restait cloîtré dans sa chambre, accroché à son cendrier dans lequel il écrasait des cigarettes à peine allumées. Il se découvrit une passion pour la bière en bouteille. Les seules fois où il daignait ouvrir la porte de sa chambre, c'était pour s'enfuir chez l'épicier du village, le dernier rempart contre la désertification de Weiterswiller. Dans deux cabas antédiluviens empruntés à sa grand-mère, il emportait autant de bouteilles de bière que possible. Des grands modèles de trois quarts de litre. Après les avoir ingurgitées, il stockait les bouteilles vides dans sa chambre. Il s'amusa tout d'abord à les aligner contre les murs. Un beau jour, il avait fait le tour de sa chambre. Puis il y eut une deuxième rangée et une troisième. Quand il ne parvint plus à se mouvoir dans son antre, il passa au vin, plus efficace, plus rapide. Un soir, alors qu'il rentrait de chez l'épicier, les cabas remplis, Vacheret et Courtin l'attendaient dans la cuisine en faisant la conversation à mémé. Il lâcha les sacs, attrapa Vacheret au col et lui appliqua un coup de tête approximatif. Il se retrouva rapidement ceinturé par les deux policiers, par ailleurs anciens parachutistes de la guerre d'Algérie, qui en avaient vu d'autres. Le nez en sang parce qu'il n'avait pas réussi son coup de boule, il avait été maintenu à genoux au sol par Courtin, bien plus souple que sa corpulence n'avait pu le laisser penser. Aloyse s'était vomi dessus, juste devant mémé. Puis il s'était effondré en larmes. Les policiers ne s'étaient plus déplacés chez lui après l'incident. Mémé avait lavé son petit-fils, vidé sa chambre et entamé avec lui une longue cure de tisane dont elle avait le secret. Trois mois plus tard, Aloyse avait recouvré toutes ses forces. Il mangeait normalement, se lavait et échangeait même quelques mots avec sa grand-mère. Quand enfin il retrouva un semblant d'équilibre, il repartit s'installer en ville et retourna travailler au journal, Muller-Meyer « Freud » l'ayant jugé apte à sévir dans ses colonnes. La catastrophe aérienne était une affaire classée, rangée dans un tiroir dont il avait égaré la clé. Seulement, il lui arrivait de se réveiller en hurlant au beau milieu de la nuit, ce qui faisait fuir ses rares conquêtes féminines.

Aucune des planches de microfilms n'apportait de réponse à des questions qu'il ne se posait même pas. L'inspecteur Fuchs avait titillé sa curiosité à propos de ce Jean Wacht, l'un des survivants du crash. Son nom avait bien été repris dans les articles, mais sans plus ample précision. D'autres chanceux avaient répondu à quelques interviews.

Cependant, il n'en était aucun pour se répandre en commentaires. Tous gardaient profil bas, comme s'ils avaient subi le même traumatisme qu'Aloyse.

De retour au bureau, il se décida à appeler Fuchs :

— Je ne vous dérange pas, j'espère ? lui demanda-t-il, tant l'autre semblait gêné par son coup de fil.

— Non, bien sûr. Mais vous n'êtes pas un habitué du fait. Généralement, c'est moi qui dois vous courir après. Ce doit être important si vous vous êtes donné ce mal.

— Pas du tout, répondit Aloyse, embarrassé. Mais… ce Jean Wacht que vous m'avez cité l'autre soir… son nom me dit quelque chose. Je ne sais pas pourquoi, mais il me semble que je le connais déjà… Est-ce qu'il serait possible… que vous me donniez ses coordonnées, si ce n'est pas indiscret…

— Monsieur Christmann, répondit le policier avec bonne humeur, il me semble légitime que vous cherchiez à entrer en contact avec une personne qui a vécu la même aventure dramatique que vous. C'est humain ! Mais, pour des raisons de confidentialité et d'éthique, il m'est défendu de communiquer des éléments personnels concernant mes clients… D'autant plus que ce type habite Dabo et que vous ne risquez pas de trouver son nom dans l'annuaire de notre département…

— Comme je vous comprends, reprit Christmann avec un ton mimant la désolation. Mais je vous remercie tout de même de m'avoir écouté. Au revoir monsieur Fuchs.

Après avoir raccroché, l'inspecteur regarda le combiné du téléphone :

— Enfin, il se réveille !

Chapitre X

— Mon cher Hidulphe, tu ne peux pas savoir combien le fait de te voir en si belle forme pour ton âge me procure de joie. Il faut croire que la vie que tu as choisie, retiré en pleine forêt, est des plus saines, tout à l'inverse de celle que tu menais dans notre bonne ville de Trèves. Vraiment. Et ton établissement ! Mon Dieu qu'il est… isolé ! Je te comprends. La cité, le luxe, les plaisirs… Tu échappes à cela avec facilité. Peut-être même trop de facilité. Est-ce faire preuve de courage que de se tenir à l'écart des tentations que nous offre le démon ? La question se pose, n'est-ce pas ? Moi, je n'ai pas la réponse.

Comme à son habitude, le vieil évêque Hidulphe ne sembla pas décontenancé par la volubilité de son ancien compagnon de route. Sa longue barbe blanche le faisait ressembler à un de ces druides de l'ancien temps. L'aspect austère de ses traits, ainsi que son œil aigu, rappelait à qui l'oubliait qu'il était un redoutable chef religieux.

Il reçut son invité avec tous les égards dus à son rang, mais le repas fut frugal. Car pour se rapprocher de Dieu, Hidulphe vivait simplement, abhorrant toute forme d'ostentation. Avec quelques néophytes, repliés derrière de solides palissades, il entretenait son église. Ensemble, ils cultivaient la terre, priaient et ne recevaient que de maigres subsides du diocèse, car ce dernier, situé à l'écart des principales villes, n'était pas très riche. Mais c'était tout ce que le moine recherchait. Solitude et sérénité. Tout à l'opposé d'Erhard, qui n'avait pas protesté alors qu'il ne s'était vu servir que de l'eau pendant le repas : Hidulphe sentait bien que cela cachait quelque chose. Comme une sollicitation. Le déjeuner fut suivi d'une promenade dite « digestive ».

— J'admire ton abnégation et le renoncement à la vie aisée que tu menais autrefois à Trèves. En ce temps-là, je t'ai envié, je dois bien le reconnaître, pour la majesté de ta demeure et les multiples réceptions que tu y donnais. J'avoue que j'ai adoré te rendre visite et faire la fête. Et que d'invités prestigieux, de femmes et d'hommes sublimes ! Quand j'y pense, aujourd'hui encore, j'en suis tout ému. Dommage que tu aies été obligé de quitter ces lieux. Tu reçois, ici ? osa Erhard, sur un ton où pointait un rien de mépris.

L'évêque de Regensburg appuya sa question en sortant sa sandale de la flaque de boue dans laquelle elle s'était engluée.

— Mon bien cher frère, ce n'est pas pour raviver les souvenirs des multiples bienfaits de la vie en cité que tu as fait tout ce chemin jusqu'à Moyenmoutier.

— Mais, mon frère, je suis bien aise de faire un long chemin pour te revoir. J'étais en route vers Palma…

— Palma, l'interrompit Hidulphe, tiens donc.

— Oui Palma, en Bourgogne. Tu connais certainement.

— J'en connais l'abbesse.

— Formidable ! Tu me présenteras.

— Te présenter, mais pourquoi ?

— Voilà ce qui m'amène…

— Nous y voilà, en effet.

— J'ai fait un rêve...

— C'est arrivé à d'autres.

— Laisse-moi continuer, mon frère, ton excitation m'empêche de me concentrer sur mon récit.

Hidulphe leva un sourcil.

— Eh bien ?

— Bon, où en étais-je... Voilà : j'ai vu Dieu, dans mes songes.

Hidulphe resta interdit.

Erhard continua :

— Dieu m'est apparu dans mon sommeil et m'a ordonné de me rendre à Palma, monastère où je trouverai une jeune fille, aveugle, à qui je donnerai le baptême. Voilà, c'est tout.

— C'est tout ?

— Absolument tout !

— Alors que fais-tu ici, bien des lieues au nord de la route menant à Palma ?

— Euh... J'ai eu envie de te voir.

— Bien sûr, répondit Hidulphe dont l'agacement croissait. Comme la fois précédente... Ce qui m'a valu de me perdre dans ces contrées sauvages, à l'écart de tout. Abandonner ma chaire à Trèves, pour couvrir monseigneur ! Et ses excès ! Ses scandales ! Et comme si cela ne suffisait pas, monseigneur vient encore perturber la vie angélique que je mène ici ! Où voudras-tu que je me perde ensuite ? Au bout de la terre, dans le grand néant, en enfer ?

— Dois-je comprendre... que tu refuses de m'accompagner ? articula Erhard en déglutissant avec peine.

— Que je refuse ? rugit le prêtre. Que je refuse ? Je viens, moi, monseigneur. Je viens. Car il ne sera pas dit que j'aurai laissé un prélat aussi impie que toi au contact de toutes ces « tentations », comme tu les appelles.

Erhard souffla.

— J'ai bien cru que tu étais sérieux.

Hidulphe répondit, subitement calmé :

— Mais je suis sérieux, cher frère. Je suis sérieux…

Hidulphe gardait pour lui les songes qui l'avaient perturbé quelques nuits auparavant. Il ne voulait pas entrer en conflit avec ce cher Erhard, car ce sacrement, il allait devoir l'administrer lui-même à la jeune infirme. Dieu le lui avait commandé, à lui aussi. Dans l'attente de cet accomplissement, il subirait son « ami » sans broncher.

Le temps de donner quelques recommandations à son chapelain, il se munit d'un balluchon, d'une bure de rechange, d'un nécessaire religieux de voyage, puis il s'installa dans le char d'Erhard qui en parut fort contrarié.

— Tu n'as pas de…

— Non.

— Mais je…

— Tu ne vas pas dire que tu ne peux pas m'accueillir chez toi pour ce petit déplacement, moi qui t'ai reçu dans mon abbaye sans détour ?

— Bien sûr, cher Hidulphe, sois chez toi dans ce char. Je…

— Ne t'inquiète pas, je ne serai pas le témoin de tes fantaisies avec ton personnel, si c'est ce qui te préoccupe. J'ai appris à marcher pour vivre, mon cher ami. Je ne sollicite qu'une paillasse pour mon sommeil, car mes os sont trop usés par le labeur. À l'abri, de préférence. Donc si tu le permets, je te laisse ici mon bagage. Que tes domestiques en prennent soin.

Ils arrivèrent, après quatre jours de traversée de forêts profondes sur des pistes cahoteuses, dans la verdoyante vallée où nichait, non loin d'une rivière, une vieille abbaye entourée de murs de pierre blanche. De part et d'autre, des champs parsemés de quelques fermes bien entretenues. Après la nature sauvage de Moyenmoutier, Palma semblait un havre de paix. Hidulphe apprit à son confrère que c'était là une vénérable institution qui avait déjà été détruite par les Huns. Reconstruite par le roi de Bourgogne, comme le raconte la légende, après qu'il eut une vision, elle accueillait aujourd'hui une majorité de dames de haute lignée. Et parmi celles-ci, l'abbesse, que connaissait le vieil évêque, n'était autre que la tante de Berswinde, épouse du duc d'Alsace. Le regard lourd qu'il lança à Erhard signifiait clairement que ce dernier avait tout intérêt à faire bonne figure et à ne surtout pas se comporter comme en terrain conquis. Le prélat de Regensburg lui répondit par un éclatant sourire. Erhard adorait la noblesse, elle était son univers.

Levant les yeux au ciel et mimant une prière muette, Hidulphe frappa de son bâton la lourde porte de bois pour s'annoncer.

Chapitre XI

La porte s'ouvrit. Devant lui, un homme de haute stature emplissait toute l'ouverture. Ses énormes bras tombèrent quand il le reconnut.

— Toi...

— Le Gros ! lâcha Aloyse, stupéfait.

Les deux hommes se regardèrent longuement, sans rien dire, sur le pas de la porte. Puis, sortant de l'état d'hébétude :

— Entre.

Il précéda Aloyse dans la pénombre de sa maison jusqu'à une massive table de chêne où il lui présenta une chaise.

— Assieds-toi.

Aloyse s'assit sans rien dire, pendant que le colosse allait chercher une bouteille de mirabelle et deux verres, qu'il posa sur la table avant de s'installer en face du jeune homme. Il remplit les deux verres et lui en glissa un. Ils les vidèrent en même temps. Sans un mot. Le Gros les resservit. Ils burent de nouveau. Aloyse avait la gorge nouée. Il n'arrivait pas à prononcer un mot. Jean Wacht, puisque c'était lui, le Gros, semblait plus vieux, et moins gros que dans ses souvenirs. Son regard, souligné par des cernes noirs, était profondément triste. Aloyse ne se souvenait pas de cela. Tout s'était passé si vite, trois ans auparavant. Et dans l'obscurité.

— Qu'est-ce que tu viens foutre ici ? lui demanda posément l'homme en le scrutant.

Aloyse avait préparé un discours pendant le trajet. Il pensait présenter sa visite comme une enquête personnelle sur les survivants du crash. *Vu de l'intérieur*. Un papier un peu exceptionnel, rédigé par les protagonistes eux-mêmes. Une excuse. Tirée par les cheveux. Au moins était-ce un prétexte comme un autre pour se présenter chez Wacht.

Ce dernier habitait une vieille ferme le long de la route départementale, à la sortie du village. L'arrière dominait une vallée profonde creusée dans le plateau lorrain. Un bâtiment gris, avec d'un côté la partie exploitation et son imposante porte cochère et, de l'autre, l'habitation, le tout sous le même toit pentu. Un tas de fumier avait dû trôner autrefois à l'avant de la maison, indiquant au passant la richesse du fermier en bêtes. L'usoir[1] était toujours délimité par une bordure, mais à la place du fumier il y avait un carré fleuri à la belle saison. Aloyse avait suivi les indications de son nouveau copain le policier et n'avait eu aucun mal à trouver Jean Wacht dans l'annuaire du département de la Moselle. Il avait laissé mémé après la succulente choucroute qu'elle lui avait préparée samedi et, prétextant une promenade en forêt, il avait poussé jusqu'à Dabo. Arrivé dans le bourg, il n'eut aucun mal à trouver la ferme. Elle se situait à proximité du majestueux rocher Saint-Léon, qui faisait la réputation touristique du lieu.

— Qu'est-ce que je fais là ? Je... En fait, je ne sais

1. Espace entre la chaussée et le bâtit, dans les villages lorrains.

plus… ce que je voulais raconter, bégaya Aloyse.

L'autre le regardait fixement. Sans rien dire. Puis il se lâcha.

— De toute façon, je m'en fous. Encore un schnaps ?

— Merci.

Le gros remplit les deux verres.

— Si tu viens me parler de l'accident, laisse tomber. Je ne veux plus y penser.

D'un geste sec, le Gros enfila son verre avant de se resservir. Il reposa son regard lourd sur le jeune homme. Aloyse comprit alors que l'homme était en train de se saouler. Ses yeux brillaient déjà. Des larmes coulèrent sur ses grosses joues mal rasées.

— Les parents ne devraient jamais enterrer leurs enfants. C'est pas juste ! C'est pas juste !

Il enfouit sa tête entre ses énormes mains et pleura…

En voyant les monumentales épaules de Jean Wacht secouées par les sanglots, Aloyse émergea d'une torpeur qui l'avait gagné depuis plusieurs jours. Alors qu'il regardait cet énorme bonhomme craquer et qu'il reconnaissait en lui un compagnon d'infortune, son passé lui explosa à la figure. Il revit tous les visages de ces malheureux, Charlotte, Jean, Brigitte, et les dizaines de pauvres gens qui étaient morts un soir de janvier 1992 dans le choc, le froid et la solitude. Soudain, il éprouva une irrésistible envie de pleurer, comme si toute sa souffrance, depuis l'accident d'avion jusqu'à sa rencontre avec le Gros, avait été contenue au fond de sa poitrine et avait choisi ce moment pour sortir en fusant comme par une soupape.

Deux hommes, la tête courbée, pleurant chacun de toute son âme, l'un face à l'autre, sans que rien ne puisse les retenir, jusqu'à se vider, s'assécher et s'éteindre. Ils n'avaient pas de maman contre laquelle se laisser aller, mais dans leur détresse commune ils avaient trouvé le sein manquant. La confiance mutuelle spontanée de ceux qui ont vécu un unique et intense instant qui les avait liés pour le reste de leur vie.

Quand enfin leurs larmes s'épuisèrent et qu'ils se furent mouchés, essuyé les joues du revers de la main sans oser se regarder en face, ils avalèrent une autre mirabelle. Après s'être éclairci la voix, Jean dit :

— Je l'ai enterrée mercredi.

— Je te présente mes plus sincères condoléances, lui répondit Aloyse. Elle était ta fille ?

— Oui, elle venait d'avoir trente ans. Tu ne le savais pas ?

— J'ai vu l'article dans le journal. J'ai reconnu ton nom mais je n'en étais pas sûr.

— Tu connais mon nom ? s'étonna le Gros. On n'a pourtant pas eu l'occasion de se présenter ! Pour sûr, on se connaît. Mais pas suite à des mondanités. Alors, si tu le permets, je vais faire les présentations : je m'appelle Jean, Jean Wacht, colonel de l'armée de terre à la retraite, j'ai cinquante-trois ans, et jusqu'à la semaine dernière, j'étais l'heureux papa de ma petite Brigitte, ma fille unique.

Il s'étrangla.

— Aloyse Christmann. J'ai trente et un ans, je suis journaliste à *L'Est libéré*. Célibataire. J'habite Strasbourg pendant la semaine, mais le week-end, je le passe chez ma grand-mère à Weiterswiller, près de La Petite-Pierre.

— Oui, je connais, répondit le Gros. T'as de la famille à part ta grand-mère ?

— Personne. Mes parents sont décédés ainsi que mes autres grands-parents.

— Et tu as décidé de me rendre une petite visite de condoléance, c'est gentil ça, lança Jean.

Malgré la confiance installée, Aloyse était mal à l'aise. Il accepta encore un petit verre de schnaps. La bouteille était maintenant fortement entamée.

— Tu n'as pas d'épouse ?

— Décédée quand Brigitte n'était encore qu'une enfant. Le crabe. Saloperie de maladie. Sa mère, ma belle-mère, m'avait accusé à l'époque d'être responsable de la maladie de ma femme : « T'es toujours en campagne, jamais à la maison, c'était pas une vie pour ma fille », qu'elle disait. « Elle se fait un sang d'encre pendant ton absence. Et pendant ce temps, tu te tapes des négresses dans les bordels de Djibouti. » Une femme pas commode, ma belle-mère. Après le décès de mon épouse, elle s'est occupée de Brigitte. Elle est morte d'un cancer il y a cinq ans. Tu vois, la maladie de ma femme était héréditaire, et non pas provoquée par moi. La vieille l'a appris à ses dépens. Tu veux un schnaps ?

Il resservit Aloyse sans attendre sa réponse.

— Ce n'est pas comme ma fille ou moi. La maladie, c'est malheureusement pas ce qui nous attend, continua le géant. Enfin, pour ce qui m'attend moi. Pour ma fille, c'est fait.

Il regardait ses mains avec tristesse.

— Tu dois mourir dans un accident toi aussi ? demanda naïvement le jeune homme.

— Un accident ? Oui certainement, un accident. Un assassinat ! Ou autre chose, mais pas une mort naturelle, ça, ce n'est pas ce qui m'attend. Ce n'était pas non plus le destin de ma fille !

— Un accident reste un accident.

— C'est pas un accident qui a tué ma fille, gronda Wacht.

— Comment, pas un accident ?

— Si je te dis que ce n'est pas un accident qui l'a tuée, c'est que ce n'est pas un accident qui l'a tuée.

— Quand même, répondit Aloyse, sous l'effet de

l'alcool, elle a bien eu un accident.

— Oui, mais ce n'était pas le fruit du hasard.

— Personne ne l'a poussée en dehors de la route, et personne n'a mis le feu à sa voiture.

— Le feu à sa voiture, répéta Jean. Comment tu sais ça, toi ?

Aloyse comprit qu'il avait trop parlé.

— Eh bien je me suis renseigné auprès des pompiers après avoir lu le nom de ta fille. J'avais l'habitude de le faire quand je traitais les faits divers au canard. Ils m'ont dit qu'elle était sortie de la route toute seule, sans cause sérieuse, et qu'elle avait été brû…

— Tais-toi, hurla le Gros en frappant du poing sur la table. Tais-toi, je ne veux rien entendre !

— Excuse-moi, je ne voulais pas…

— Ne dis rien. Tu ne peux pas comprendre.

Après s'être frotté la tête entre les mains, il regarda Aloyse droit dans les yeux. À son regard injecté de sang, le jeune homme comprit qu'il était complètement ivre :

— Ma fille a été tuée, et c'est de ma faute.

Aloyse ne répondit pas.

— C'est moi qui aurais dû mourir. Pas elle. Mais j'ai été lâche. Après le crash de l'avion où on s'est retrouvés tous les deux, toi et moi, j'ai compris que j'étais le responsable et que j'étais en danger. Le danger, ce n'est pas ce qui me fait peur. J'ai bossé pour la DGSE toute ma foutue carrière, service Action, et la mort, ça me connaît. Alors quand j'ai compris que c'était moi qu'on avait essayé d'éliminer dans l'Airbus, je me suis dit que j'étais dans l'obligation de transmettre le Geistliche Schild avant de crever. C'était mon devoir, je n'avais pas le choix.

Cet homme est fou, pensa Aloyse. *La perte de sa fille est en train de lui court-circuiter le ciboulot !*

— J'ai donc initié ma fille, dès que j'ai pu. Au début, elle avait du mal à me croire.

— Excuse-moi, mais c'est quoi le truc dont tu me parles, ce Geistliche-machin-chose ? lui demanda Aloyse.

— Geistliche Schild ?

— Oui, ça !

— Un livre. Un très vieux livre de famille. Il est à nous depuis toujours. On se le transmet de génération en génération.

— Et tu dis que le crash du 20 janvier a un rapport avec toi ?

— J'en suis sûr, répondit le Gros.

— Un attentat ? s'enquit le jeune de plus en plus incrédule.

— Euh, non, ce n'est pas ce que je voulais dire.

— Je ne me souviens de rien de particulièrement suspect pendant le vol, avança Aloyse. S'il s'était agi d'un acte volontaire, sabotage, attentat, même un suicide, on le saurait déjà, tu ne crois pas ?

— Ce n'est pas ça non plus…

— Mais alors quoi ? On parle de quoi exactement ?

Jean Wacht s'agita sur sa chaise et se renfrogna. À son attitude, Aloyse comprit qu'il n'aurait pas plus d'explication. Il regarda sa montre, soupira et déclara :

— Bon je crois que j'ai assez bu pour aujourd'hui. Il serait préférable que je rentre. La route est dangereuse en cette saison et mémé va s'inquiéter si je rentre de nuit.

Christmann se leva pour prendre congé. Il sentit ses jambes se dérober sous lui. Le Gros semblait bien imbibé lui aussi et la conversation prenait une tournure un peu trop bizarre. L'air frais lui ferait certainement le plus grand bien.

— Au revoir Aloyse, je ne vais pas dire que ça m'a fait plaisir de te revoir, mais tout de même…

Il lui serra chaleureusement la main.

— Moi aussi, le Gros, lui répondit Christmann.

Se rendant compte de la façon dont il venait de le nommer, il rougit jusque derrière les oreilles.

— Ne t'inquiète pas, mon gars, c'est comme cela qu'on m'a toujours appelé dans mon équipe. Et puis je ne suis pas gros, fit-il dans un clin d'œil, juste un peu enveloppé.

Pendant le trajet de retour, Aloyse ne cessait de se remémorer des passages de la conversation de l'après-midi. Le pauvre vieux semblait confondre les drames de sa vie. Il montrait des signes de paranoïa en s'accusant de la responsabilité de l'accident de l'Airbus ainsi que du décès de sa fille. Aloyse aurait aimé le croire. Par sympathie peut-être. Ou alors se sentait-il coupable de ne pas lui avoir révélé qu'il avait assisté en personne à l'agonie de sa fille. Mais comment le pouvait-il, d'autant qu'il avait caché cela à tout le monde. Dans son délire, le Gros parlait de sa fille, de sa femme, de sa belle-mère – toutes mortes – ainsi que du crash, de l'accident de voiture, des services secrets et pour finir du Geistliche Schild. Un livre… Il était bon pour la camisole, le pauvre Gros.

Chapitre XII

La jeune fille se tenait droite, souriante face aux deux ecclésiastiques.

— Tu es bien jolie, fit Erhard. Quel âge as-tu ?

— On dit que j'ai douze ans.

— Que sais-tu de Dieu, mon enfant ? enchaîna Hidulphe.

— Qu'il est mon Père ainsi que le Père de tout être, qu'il est mon Créateur ainsi qu'il est le Créateur de toute chose. Sa parole est mon bâton et le chemin que j'emprunte à chaque instant est éclairé par sa lumière.

Il se dégageait d'elle une aura de sérénité.

— Sais-tu pourquoi nous sommes là ? demanda Hidulphe.

— Oui, monseigneur. Je l'ai vu en songe. Vous êtes envoyés par le Seigneur pour procéder à mon baptême.

— Ne doutes-tu pas de ses intentions ? N'est-il pas présomptueux de ta part de croire que tu as attiré sur toi le regard de Dieu ?

— Dieu choisit ses outils. Est-il présomptueux de la part d'un outil que de savoir qu'il est un outil ? répondit la jeune fille à l'abbé de Moyenmoutier qui feignait la sévérité.

Erhard et Hidulphe se regardèrent, amusés, et lui donnèrent congé. Puis, en se tournant vers l'abbesse :

— Ma mère, combien sont-elles à attendre le sacrement ?

— Sept. Toutes inspirées par la même foi.

— Et où procédera-t-on à la cérémonie ? Vous avez un endroit consacré dans la rivière ?

— Nous avons un baptistère.

— Fort bien. Nous passerons donc la nuit en vos murs, le temps que vous prépariez vos filles, et demain dimanche, Hidulphe et moi-même bénirons ces enfants, car c'est là la mission sacrée qui nous est confiée. Elles veilleront toutes cette nuit afin d'honorer Dieu. Je veux que lors de l'onction elles en soient bien imprégnées. Mais ma mère, j'ai une question : est-il vrai que la jeune fille dont nous parlons est l'enfant d'un personnage politique important ?

— Voyons, Erhard ! gronda Hidulphe. Pas maintenant.

— Pardon mon frère, mais je ne vois pas ce qu'il y a d'indécent à se renseigner à propos de la petite.

— Il n'y a pas de problème, mon père, répondit l'abbesse. Elle est la fille de ma nièce Berswinde, épouse d'Adalric.

— Le duc d'Alsace ?

— Lui-même.

— On dit qu'il est fort chrétien. Sera-t-il présent à la cérémonie ? demanda Erhard.

— Je regrette, mon père, mais le duc n'est pas informé de la présence de sa fille dans notre institution. Lorsque le frère Erchinoald est venu nous confier la petite, alors qu'elle n'était âgée que d'une année, il nous a bien recommandé la discrétion et surtout de la garder dans l'ignorance de ses origines. Nous l'avons accueillie et nous l'avons aimée. Il n'y a pas âme plus pure parmi tous les enfants de ce monde et nous savons pertinemment qu'elle sera appelée à faire de grandes choses. Vous l'avez vue, vous avez compris.

— C'est vrai, ma mère, que nous avons tout de suite ressenti cela, reconnut Hidulphe. C'est extraordinaire ! Un être de lumière. On est illuminé de l'amour de Dieu à son contact. Je n'ai jamais éprouvé un pareil sentiment de bien-être à la proximité de qui que ce soit. Comme j'aime mon métier parfois !

— « Un être de lumière », c'est cela. Dieu m'a dit « être de lumière ». Elle se nommera Odile, « être de lumière ».

Erhard était ravi de sa trouvaille.

— Ma mère, nous avons fait un long trajet jusqu'à Palma. Accepteriez-vous de nous faire servir un bon repas pour nous soulager de nos peines ?

— Cher Erhard, répondit avec entrain l'abbesse, ce soir c'est fête ! Nous n'accueillons pas tous les jours de si nobles visiteurs. Mes sœurs sont déjà à l'œuvre pour dresser les tables, et je vous assure qu'en comté de Bourgogne nous savons recevoir les invités de marque.

La soirée fut en effet magique. L'évêque de Regensburg se régala de la vision des charmantes dames du monastère de Palma, tout en se gavant d'une spécialité locale apportée par les Romains : des escargots, cuits au court-bouillon, servis avec du beurre aillé et persillé. Un pur régal, arrosé de vin de pays. Hidulphe préféra le jeûne, pour se préparer à la cérémonie du lendemain, malgré les tentatives de corruption de son ami.

La nuit fut très agitée pour le pauvre Erhard qui, malgré un solide estomac, eut toutes les difficultés du monde à digérer les gastéropodes. Quand, au matin, Hidulphe fit irruption dans sa chambre, vêtu de sa robe de cérémonie, de sa mitre et portant la crosse, il trouva son collègue en piteux état, la tête dans un seau, à rendre tous les boyaux de son corps.

— Reprends-toi, mon frère. Il est temps. Nous n'avons pas fait tout ce chemin pour annuler l'événement à cause d'une indigestion. Debout, et lave ton visage ! Tu pues.

— Pitié, Hidulphe, je meurs.

— Debout !

— Remplace-moi, s'il te plaît, le supplia-t-il.

— C'est entendu, je te remplace à l'office, mais tu dois être présent. Dieu te l'a ordonné.

C'est ainsi que, la mine défaite, Erhard suivit son ami jusqu'à l'église. Les dames de Palma s'étaient rassemblées sous les voûtes de l'antique baptistère, autour des fonts baptismaux. La cuve était creusée dans la roche, on y atteignait le fond en descendant quelques marches. Une eau claire et fraîche y coulait, alimentée par une source. Les catéchumènes, vêtues de fines robes blanches, avaient les cheveux recouverts d'un voile. Elles attendaient la tête basse, les mains jointes. Seule à garder le front haut, la petite aveugle souriait aux anges. Il régnait dans l'église une ambiance fiévreuse et les regards de toutes étaient posés sur elle.

— Vas-y, je ne peux pas. Je ne me sens pas bien du tout, chuchota Erhard à son frère.

Hidulphe descendit les marches jusqu'à avoir de l'eau à la taille. Une première fille lui fut présentée par une religieuse. Il lui appuya sur la tête jusqu'à l'immerger et prononça les paroles du baptême. Puis il la fit sortir et elle alla se placer à côté du grand feu qui ronflait dans la cheminée.

Quand on lui amena en toute fin la fille du duc d'Alsace, le silence se fit dans l'assemblée et chacun retint son souffle.

— Tu dois te présenter nue devant ton Dieu, mon enfant, dit l'évêque en désignant le livre qu'elle tenait serré contre sa poitrine.

— Je suis nue monseigneur. Ce sont mes yeux que je garde avec moi.

Hidulphe interrogea silencieusement Erhard, qui l'encouragea d'un signe. Puis il sourit à l'enfant, la prit par la main et la fit descendre dans le bassin. Après l'immersion, il appliqua sur ses yeux le saint chrême et déclama :

— Au nom de Jésus-Christ, sois désormais éclairée des yeux du corps et des yeux de l'âme. Nous accueillons Odile, être de lumière au sein de la communauté de Dieu.

Odile sourit à Hidulphe, sortit de la cuve et se dirigea vers l'abbesse à qui elle baisa la main avec tendresse. Puis elle traversa l'assemblée pour aller s'incliner devant Erhard. Le prêtre posa la main sur le front de l'enfant, lui releva le menton et la dévisagea avec stupeur. Jamais indigestion ne passa aussi rapidement :

— Par Jésus-Christ… mais elle voit, murmura-t-il.

Puis il s'écria :

— Elle voit ! Elle voit !

Chapitre XIII

— Aloyse, y'a quelqu'un qui veut te parler.

— Mémé, t'as qu'à lui dire de rappeler, ce n'est pas une heure pour réveiller les gens.

— Il est onze heures et demie et j'ai installé ce monsieur dans la Stube.

Christmann se redressa sur son séant. Le sang cognait dur dans son crâne, sa tête tournait.

— Putain, qui peut bien me faire chier un dimanche matin ?

— Un certain monsieur Wacht. Il dit qu'il te connaît.

— J'arrive.

Dix minutes après, Aloyse entra dans la Stube, un café à la main.

— Un café pour toi aussi ?

— Non merci. Ta charmante grand-mère m'a déjà offert un schnaps.

Le journaliste eut un haut-le-cœur. Il ne voulait pas entendre parler de boisson alcoolisée avant un bon moment.

— C'est une bien belle maison que tu habites là.

— Merci. Que me vaut l'honneur de cette visite surprise ?

— En fait j'ai réfléchi depuis notre discussion d'hier et je me suis dit que tu pouvais m'aider.

— Tu veux dire que tu as eu le temps de gamberger ? Mais comment fais-tu pour tenir le choc ? J'ai la tête comme une citrouille. J'ai juste eu le temps de rentrer hier soir, avant de m'écrouler sans manger. J'ai dormi jusqu'à maintenant.

Mémé entra et posa sur la table des bretzels salés à leur intention. Elle offrit un amer-bière à Jean Wacht, qui accepta bien volontiers. Après tout, c'était l'heure de l'apéritif. Le café avalé, Aloyse se laissa également tenter par un amer.

— Alors, qu'est-ce qui t'amène ? Tu viens me dire que tu avais trop bu hier et que tu regrettes certaines choses que tu m'as dites ?

— Précisément, mon jeune ami, c'est bien en rapport avec ce que je t'ai dit hier. Mais je ne retire rien de ce que j'ai pu te dire. Je pense même que tu pourrais m'aider.

— Je pourrais t'aider ?

Aloyse ne s'attendait pas à cela.

— Je t'écoute.

— Je ne sais pas par où commencer.

— Eh bien, par le début, répondit le journaliste.

— Soit. Il s'éclaircit la voix. Ma famille s'est vu confier une mission il y a très longtemps : garder un fabuleux trésor. Un trésor sacré.

— Un trésor ! Genre le Saint-Graal ? demanda Aloyse en retenant un sourire.

— Genre : un trésor.

— Confié par qui ?

— Sais plus.

— Ah. C'est un problème. Et vous avez réussi à le garder, ce trésor ?

— Mes ancêtres avant nous ont réussi.

— Donc vous avez échoué, enfin toi, tu as échoué ?
— Non.
— Alors où est le problème ?
— Pour garder ce trésor, on nous a confié un document. Le Geistliche Schild.
— C'est quoi ça ?
— Un livre.
— Et alors ?
— On a perdu le livre.
— Et l'emplacement du trésor était indiqué à l'intérieur, c'est ça ?
— Oui et non.
— Comment cela ?
— Dans le bouquin, l'emplacement du trésor avait été indiqué. C'est vrai. Mais le trésor ayant été déplacé, ça ne servait plus à rien.
— D'accord. Alors où est le problème ? redemanda Aloyse.
— Le livre est un livre magique.
— …
— Un livre de prières magiques, si tu veux.
— Je suis désolé, répondit Aloyse. J'essaie de comprendre. Mais je ne suis pas sûr de saisir…
— Geistliche Schild. En français, ça donne quelque chose comme « bouclier spirituel ». À l'origine, le livre cachait, sous la forme d'un code, l'emplacement du fameux trésor sacré. Mais le livre en lui-même devait également protéger les gardiens du trésor des malheurs de la vie.
— Genre ?
— Les maladies, la guerre… Toutes formes de violences qui auraient pu être exercées contre les gardiens du trésor ainsi qu'à l'encontre de leurs proches.
— C'est du folklore, si je comprends bien.
— On peut l'envisager de cette façon. Néanmoins, je

me dois de te préciser que ce Geistliche Schild était très efficace.

— Sans rire !

— Aloyse, est-ce que tu me prends pour un petit plaisantin ? lui demanda Jean.

— Je te prie de m'excuser, Jean, mais…

— C'est vrai qu'on ne se connaît pas, et depuis hier, tu as dû certainement me prendre pour un fou.

— Je reconnais que j'émets quelques doutes quant à la clarté de ton esprit.

— Je comprends. Tu as face à toi un homme qui vient de perdre sa fille unique et tu te dis qu'un fusible a dû griller dans sa caboche. Il te parle de magie et de trésor, ce qui n'arrange rien. Comme je ne peux te prouver ce que j'avance pour l'instant, je continue de t'expliquer. Traditionnellement, on trouve des Geistliche Schild dans les vieilles familles de la région.

— Parce qu'il y en a d'autres ?

— Quoi, des Geistliche Schild ?

— Oui, des bouquins de ce genre ?

— Bien sûr. Pas forcément les mêmes. Mais d'anciennes familles doivent avoir le leur. Donc, comme je le disais, on s'en servait pour protéger le clan contre toutes sortes de plaies. À peine sentait-on arriver un malheur qu'on sortait le bouquin et on priait, on faisait des incantations pour conjurer le mauvais sort.

— Ah, bien.

— C'était très lié à la vie de tous les jours : problèmes de récolte, changement de l'état de santé d'un parent, même d'un animal domestique, d'un cheval, et hop, le bouquin.

— De la superstition.

— On peut dire cela. Les textes consignés dans ces recueils sont plutôt d'inspiration chrétienne : extraits des

Saintes Écritures. Mais pas exclusivement.

— Sorcellerie alors ?

— On peut dire cela également. Mais pour être efficace, ce « bouclier » devra être béni par un prêtre à l'insu de celui-ci.

— Tout cela est bien joli, mais où veux-tu en venir ? demanda Aloyse.

— Ce livre est destiné à faire le bien ou à servir le bien. S'il tombe entre de mauvaises mains, les conséquences peuvent être dramatiques.

— Sans blague !

— Je ne t'ai pas franchement demandé, Aloyse. Mais si je te raconte tout cela, c'est pour solliciter ton aide. Aloyse, veux-tu m'aider ?

— Euh, bien évidemment, si c'est en mon pouvoir, répondit le jeune homme.

— Alors, arrête un peu de me prendre pour un con et écoute.

— Je te demande pardon, répondit-il un peu penaud. Mais rends-toi bien compte que ce n'est pas facile d'avaler un truc pareil. Je ne suis pas un spécialiste de l'ésotérisme ni des traditions culturelles locales.

— J'entends bien, mais ton aide peut m'être précieuse. Tu es journaliste. Et il me faut retrouver impérativement ce Geistliche Schild. Vas-tu m'aider ?

— Encore une fois, je te réponds oui.

— Bon, alors je continue. J'étais, jusqu'à l'accident du mont Sainte-Odile, le gardien du livre. J'en ai hérité des mains de mon grand-père juste avant qu'il ne meure. C'était il y a une trentaine d'années. Tu imagines la surprise quand il m'a mis ce vieux grimoire dans les mains. J'ai eu du mal à croire l'histoire qu'il me racontait. Le vieux, ce n'était pas un commode, je te l'assure. J'ai vite compris qu'il ne plaisantait pas. Il m'a initié, tout comme j'ai initié ma fille après le crash. À la suite de ce drame, j'ai réalisé qu'il était urgent pour moi de transmettre le livre. C'était un impératif. Il doit toujours passer d'une main à l'autre volontairement. Il ne doit en aucun cas être égaré ou oublié. S'il n'est pas transmis à temps, il est bon pour la poubelle.

Mémé s'invita dans la conversation :

— Puisque vous êtes là, ça vous dirait, une bonne choucroute ?

— Avec plaisir madame. Ça fait longtemps en effet que je n'en ai pas dégusté une. Pour être tout à fait franc, je pense avoir sauté pas mal de repas ces derniers temps…

— Je l'ai faite hier, je vous sers un autre amer avant de passer à table ?

— Volontiers.

La table fut rapidement dressée et la choucroute servie. Comme boisson, les hommes préférèrent la bière au vin blanc.

— Alors, ça vous plaît, monsieur Wacht ?

— Vraiment, madame Christmann, elle est succulente ! Elle me met du baume au cœur cette choucroute, et Dieu sait que j'en ai besoin.

— Alors mangez, monsieur Wacht. Mon Aloyse a un appétit d'oiseau actuellement et je ne voudrais pas en jeter.

— Où en étais-tu avec ton bouquin ?

— Oui. Je disais que s'il n'est pas transmis à temps, on dit qu'il perd de son efficacité. Peut-être même porte-t-il malheur à la famille. Dans le même genre, le livre ne doit jamais être volé. Ni utilisé à des fins égoïstes, voire négatives.

— Sinon ?

— Un livre utilisé pour faire le bien peut également

faire le mal. Tout dépend comment on s'en sert. Le mal, cependant, ne peut pas être contrôlé. Ni la victime ni sa puissance. On dit même que le mal peut se retourner contre celui qui veut l'utiliser.

— La vache. Impressionnant.

— Te fous pas de ma gueule.

— Continue, insista Aloyse.

— J'ai donné le livre à ma fille il y a trois ans parce que je pensais que quelqu'un savait que j'étais le gardien du trésor, et qu'il voulait se l'approprier. Il fallait que je transmette le secret avant d'être éliminé, tu saisis ? Ce n'est pas que j'avais peur de mourir…

— Mais tu n'es plus le gardien du trésor ?

— Je ne l'ai jamais été.

— Comprends pas. Je dois être idiot ou réfractaire aux histoires de superstition.

— Ma famille a protégé ce trésor pendant des siècles, jusqu'au jour où il a été impératif de le déplacer.

— Pour le mettre où ?

— Ben…

— Où ?

— Je ne sais pas. L'emplacement a été oublié. Celui qui a effectué la substitution aurait mal expliqué le lieu à son héritier…

— La belle histoire que tu me racontes là ! Si je comprends bien : tu es le gardien d'un trésor qui a été perdu. On veut te voler sa carte qui est cachée dans un bouquin, mais c'est la carte de l'ancien emplacement. Pour te protéger –pardon, pour protéger le secret –, tu refiles ce Geistliche Schild à ta fille. Et pour finir, le livre est perdu. Il me faut une autre chute, parce que là, il me semble que ce n'est pas très clair…

Jean Wacht afficha un sourire gêné. Aloyse avait remarqué, la veille, qu'il avait la manie de se dandiner d'une fesse sur l'autre, si bien que ce grand bonhomme de plus d'un mètre quatre-vingt-dix et de cinquante ans passés ressemblait à un adolescent pris en faute.

— Le livre avait une place dans la maison. Depuis toujours. Cette semaine, en triant les affaires de Brigitte... (Il eut du mal à continuer.) ... j'ai été pris d'un doute. Je suis allé voir sa cache. Le Geistliche Schild n'y était plus. J'ai donc fouillé la chambre de ma fille, puis progressivement toute la maison. Le livre a disparu. Je pense que Brigitte a été tuée par la personne qui l'a subtilisé. Lors du crash de l'Airbus, j'avais eu la nette sensation que c'était moi qui étais visé. Mais pourquoi ?

— Tu m'as dit que ta famille était gardienne du trésor.

— Oui.

— Qui en connaissait l'existence ?

— Seulement le gardien. Son prédécesseur à ce poste étant en principe décédé, il ne peut y avoir que le successeur, si celui-ci a été initié.

— Personne d'autre ?

— Non personne. On n'en a pas fait la publicité, tu peux en être sûr.

— Alors plusieurs possibilités s'offrent à nous. Soit le voleur est un collectionneur de raretés magiques, ce qui n'expliquerait pas pourquoi il aurait attenté à ta vie ou à celle de ta fille. Soit le voleur recherche le trésor, et donc c'est un initié. Il ne sait pas que vous avez retiré le magot de son ancien emplacement ou alors il sait comment trouver la nouvelle cachette à l'aide du livre. Et pour arriver à ses fins, il commettra l'irréparable sans l'ombre d'un doute. L'enjeu est de taille, si j'en crois ta version. Or pour l'instant on ne sait pas si cet individu est entré en possession du livre.

— Il l'a, répondit Wacht.

— Tu en es sûr ?

— Intuitivement, je le sais.

— Cela ne suffit pas.

— Avec le Geistliche Schild, ça suffit. Tu ne peux pas comprendre. Ce bouquin est réellement puissant. Tu n'as pas besoin de le tenir entre tes mains pour ressentir son pouvoir, sa présence. Il est vibratoire. Il est bourré d'énergie. Tu te sens protégé, comme dans une armure, un bouclier invisible. Même après l'avoir confié à ma fille, sa présence était perceptible. Et depuis une semaine, plus rien. Rien du tout. Je ne sens plus sa présence.

— Tu l'as déjà utilisé ? risqua Aloyse.

— Utilisé, le Geistliche Schild ? Non, pourquoi ?

— C'est curieux. J'imagine que si je possédais un livre de magie, j'aurais trouvé une occasion de le tester… sur quelqu'un.

Wacht le dévisagea, sa déception était visible.

— Je pense que tu ne comprends pas.

— Mais si, répondit Christmann, je te taquine. Maintenant, à ton tour de me comprendre : tu me parles d'un trésor fabuleux qui a disparu, protégé par un livre magique qui lui aussi a disparu. Et pour couronner le tout, tu m'avoues que tu ne t'es jamais servi de ce livre magique… J'en déduis simplement et objectivement que tu avais un vieux livre et que tu l'as perdu. Mais on avance ! On avance, j'en ai la nette impression. Tu vas finir par me dire ce que tu attends réellement de moi.

Jean le fusilla du regard.

— J'attends que tu m'aides à retrouver le Geistliche Schild. Il ne faut pas qu'il tombe entre des mains malintentionnées.

— Pourquoi moi ?

— Je ne sais pas. Mais quand je t'ai revu, j'ai su que ce n'était pas par hasard. C'est toi qui t'es mis sur mon chemin. C'est toi qui vas m'aider. Tu as été envoyé par le livre.

— Bien sûr.

— C'est peut-être aussi parce que tu es journaliste, et qu'un bon journaliste est un bon enquêteur.

— Je ne suis pas flic, ni détective privé. Ne pas confondre.

Le Gros regarda sa fourchette.

— Et tu es mon seul ami.

Aloyse le fixa longuement.

— Ton histoire est abracadabrante. Elle ne tient absolument pas debout. On se croirait dans un roman de gare. Or, je ne sais pas pourquoi, j'y crois, à cette histoire. Je te crois, même si ce n'est pas raisonnable. On va le retrouver, ce Geistliche Schild. On commence quand ?

— Maintenant.

— Et par où ?

— Par ma maison, à Dabo.

— On prend un digestif et on y va.

Chapitre XIV

Une semaine avait passé au monastère dans la liesse et la fête. Les dames de Palma ne voulaient plus libérer leurs visiteurs et redoublaient d'attentions à leur égard. Hidulphe présidait les offices pendant lesquels on priait, on riait et remerciait Dieu de la merveilleuse grâce qu'Il avait accordée à Odile. Erhard passait son temps dans sa chambre en compagnie d'un jeune et beau moine hagiographe qui rédigeait sous sa dictée une histoire du prodige telle que l'évêque voulait qu'on la fasse connaître. Puis un matin, il fit appeler son compère.

— Mon cher Hidulphe, il est temps d'apporter ta contribution à cette affaire.

— Que veux-tu dire par là, Erhard ?

— Il me semble, mon cher frère, que tu n'as pas encore utilisé tes talents à bon escient depuis que je suis venu te chercher en ton abbaye de Moyenmoutier. Et si je me suis déplacé jusqu'à toi pour t'emmener ensuite à Palma, c'est que j'avais un projet pour toi. Un projet très important.

— Je t'écoute, soupira Hidulphe.

— Voilà. Tu n'ignores pas que le miracle qui est arrivé à la jeune Odile par mon entremise va changer toute la face du pays. Elle est fille du duc d'Alsace. Et d'après l'abbesse, qui est la tante d'Adalric par alliance, Odile étant la première née de la prolifique épouse du duc, elle est en droit de revendiquer sa part d'héritage.

— Qu'ai-je à voir là-dedans ?

— Je te charge d'annoncer la grande nouvelle au duc. En n'omettant surtout rien de ma sainte mission.

— Je redoute ce que tu vas me dire.

— Mais ne redoute rien, mon ami. Tu vas avoir le beau rôle, la représentation, les mondanités. Moi je me réserve pour la chose divine. Et puis il me faut repartir à Regensburg. Mon absence n'a que trop duré. On m'attend. Alors que toi... Comme je t'envie ! Il paraît que la cour d'Alsace est riche et festive. Pour un peu, je ferais le détour pour annoncer le miracle moi-même. Heureusement pour toi, ce ne sera qu'un tout petit détour. Obernheim et Moyenmoutier ne sont distants que de quelques dizaines de lieues, tout au plus.

— C'est bien ce que je me disais. Je suis informé autant que toi qu'Adalric n'éprouve pas de tendresse particulière envers sa fille. Et tu me charges d'annoncer moi-même qu'elle redevient une candidate à une éventuelle succession, c'est bien ça ? Eh bien soit, je le ferai. Et surtout ne te fais aucun souci pour moi. Traverser deux contrées de part en part, seul et à pied, est une bien modeste punition pour avoir si peu contribué à la réussite de Ta Mission.

Au moment de quitter la pièce le vieil évêque se retourna et dit :

— Et si jamais tu devais repasser par Moyenmoutier, tu n'oublieras pas de me rendre une petite visite... mon très cher ami !

L'abbesse de Palma ne permit pas à Hidulphe de partir sans escorte ni char. Six gens d'armes l'accompagnèrent jusqu'à Hohenbourg. Le duc tenait sa résidence d'été dans une très ancienne forteresse qu'il avait fait restaurer au sommet d'une montagne. Il accepta bien volontiers de recevoir l'évêque.

— Mon cher Hidulphe, sachez qu'en pays d'Alsace votre réputation n'est plus à faire. Vous rencontrer me remplit d'aise et j'espère que vous me ferez l'honneur d'accepter mon hospitalité le temps qu'il vous plaira. J'ai grande hâte de vous entendre conter l'histoire de votre ermitage.

L'abbé de Moyenmoutier pensa qu'il n'aurait peut-être pas cette chance.

— Duc, ma présence en vos murs n'est pas du fait de la courtoisie. Je suis venu vous informer de ce qui pourrait avoir grande importance à vos yeux.

— Parlez, mon ami.

— Par la volonté de Dieu, il s'est produit un événement que sans hésiter je puis qualifier de miraculeux, à l'abbaye de Palma en comté de Bourgogne.

Intrigué Adalric fit signe à Hidulphe de continuer.

— Il y vivait depuis plus d'une dizaine d'années une enfant que la nature avait privée de la vue dès sa naissance.

Cette fois, le duc blêmit. Le vieux barbu inspira profondément et continua son histoire :

— Cette enfant, dont on dit qu'elle aurait été abandonnée par ses parents, a attiré la miséricorde de notre Seigneur. Mon confrère, Erhard de Regensburg, ainsi que moi-même avons été appelés par la volonté divine auprès d'elle. Nous l'avons baptisée. À peine le saint chrême fut-il appliqué que les anges sont descendus des cieux pour lui ouvrir en grand les yeux. Depuis cet instant, son regard d'un bleu azur distingue avec la fraîcheur du renouveau tant la beauté de ce monde que la noirceur de l'âme de certains.

Prostré sur son trône, le duc bafouilla :

— Est-ce ma fille ?

— Odile.

— Odile… mon enfant. Miraculée ?

— Sans aucun doute, j'en atteste, ainsi que la nombreuse assemblée qui en a été le témoin. Sans oublier l'évêque de Regensburg et votre tante par alliance, l'abbesse de Palma.

Le duc se leva péniblement, le regard fixé au sol. Il semblait avoir vieilli en quelques minutes. Hagard, il se dirigea vers la sortie de la salle d'audience, mais arrivé à la porte il tonna :

— Je vous attends à ma table ce soir.

La nuit tombée, Adalric avait repris quelque couleur. Il présenta le prélat aux autres convives, en commençant par son épouse Berswinde, suivie de ses quatre fils Etichon, Adelbert, Hugues, Bataehon, et enfin Erchinoald, son confesseur.

— Voyez, cher Hidulphe, comme le Seigneur m'a comblé de ses bienfaits, dit-il en désignant à la volée sa famille. J'ai péché, certes, et à de nombreuses reprises. Cependant, jamais je n'ai perdu la foi. Et me voilà récompensé. Depuis que j'ai été nommé à la haute fonction qui est la mienne, je n'ai eu de cesse de me battre. De me battre pour unir et non pour désunir. Pour défendre et non pour prendre. Dans toute la Rhénanie, des Vosges au Brisgau, de la Sauer au Jura, on se soumet à mon autorité. De Neustrie et d'Austrasie, on me craint, ou tout du moins, je représente un poids suffisant pour qu'on n'essaie pas de me reprendre mon duché. Mes armées sont vaillantes, il est vrai, car je sais entretenir mes vassaux. Sans eux…

» Seul, comment parvenir à ériger un avenir pour ce pays ? C'est une contrée dure et sauvage qu'il faut défricher, cultiver, civiliser. Pour une destinée glorieuse, il me faut des appuis. C'est pourquoi, parmi mes fils, je souhaite qu'il y en ait un qui me succède. Il aimera ce pays d'Alsace autant que moi je l'aime, car je ne veux pas qu'un étranger vienne tout anéantir. Quel roi osera défaire ce que j'ai construit ?

» Ce fils, celui qui me succèdera, comme d'ailleurs tous les autres, je l'ai désiré. Trop peut-être. Voilà mon crime. Car c'est une fille qui est née la première. Avec les yeux morts. J'ai pris cela comme un signe divin et j'ai péché.

» Mes fils, lança-t-il en se tournant vers eux, vous avez une sœur. Née avant vous. Je l'ai rejetée parce qu'elle était infirme, mais surtout parce que je la pensais d'un autre père.

Surprise de l'assemblée.

Berswinde se jeta aux pieds de son époux.

— Ne pleure pas ainsi Berswinde, tu ne m'as pas trahi car je me suis joué de toi. Longtemps, alors que je te couvrais tous les jours, j'ai cru ne pas pouvoir être père, aussi t'ai-je mis mon confesseur Erchinoald dans les bras. Je savais qu'un jeune et bel homme serait attiré par une princesse, et que la fidélité des femmes une fois l'hymen brisé n'est plus la même. Et de très près, j'ai suivi vos rapprochements. La villa est si froide, en hiver... Il me fallait un successeur, à tout prix. La nécessité politique n'est pas regardante en matière de vertu. Quand j'ai tenu dans mes mains cette petite aveugle, que j'ai tout d'abord crue le fruit de cette union, j'ai été submergé par le dégoût. Surtout de moi-même, il est vrai. C'est pourquoi je ne pouvais tolérer sa présence. Aujourd'hui, Dieu me montre la nouvelle voie. Ma fille est miraculée. Par le sacrement du baptême, elle a recouvré la vue. Mille témoins pour en attester, dont votre tante, chère Berswinde, ainsi que notre ami l'évêque Hidulphe, ici présent.

» Et cette nouvelle voie est celle de l'Église. C'est par elle que nous tiendrons les campagnes, les forêts et les bourgs. Grâce à ses moines, grâce à leur labeur, nous stabiliserons les populations reculées.

» Cette enfant est bien la mienne puisqu'elle m'a été désignée par le miracle du Seigneur. Je reconnais avoir voulu la dissimuler aux yeux de tous et je m'en repens. Pour me faire pardonner, nous la nommerons, la reconnaîtrons et nous la choierons. Hidulphe, je suis rempli de gratitude à ton égard : tu m'as ouvert les yeux. Je sais que tu vis en ermite avec quelques-uns de tes élèves à Moyenmoutier. Je sais que tu ne sollicites rien et qu'au milieu des bois, rares sont ceux qui t'apportent leur obole. À compter d'aujourd'hui, toi et les tiens ne serez plus jamais pauvres. Je m'engage à céder à ton abbaye la terre de Feldkirch avec ceux qui y travaillent et ce qui y pousse. Quand tu retourneras en ton église, continue à prêcher la parole de Dieu, recrute et convertis. Je bâtirai dès ce jour l'avenir de l'Alsace sur ton abbaye, comme sur d'autres monastères et couvents que je ne manquerai pas de développer, ainsi que sur la puissance de ma couronne ducale.

Alors qu'Etichon, l'aîné, et Adelbert se levèrent et félicitèrent leur père, le petit Hugues vint relever sa mère. Elle se tourna vers son époux et lui dit :

— Je n'ai fauté qu'une seule fois. Car je savais que tu attendais de tes vœux un héritier tout en ne pouvant pas enfanter. Pardonne-moi ! Si tu savais comme je m'en repens.

— Ma tendre amie, ne pleure pas. Tu as compris ce que j'attendais de toi sans me faire le supplice de m'en parler. Tu as agi en reine, dans l'intérêt de l'État. Et, depuis, ton ventre a comblé tous mes désirs. Dès ce jour, tu te retireras dans ta chambre où tu vivras ta repentance, et tu n'en sortiras que pour œuvrer à la gloire du Seigneur. Va !

Dignement, elle sécha ses larmes, remercia Hugues de la soutenir puis quitta la table.

Une fois son épouse retirée, le duc se tourna lentement vers Erchinoald et lui dit froidement :

— Dieu me pardonnera, car à ce jour je n'ai tué qu'un seul de ses représentants. Je l'ai fait sans avoir désiré son trépas. Aujourd'hui je pécherai pour la dernière fois contre l'Église, je le promets, mais cet instant, je l'ai attendu longtemps.

Devant la petite assemblée médusée, Adalric attrapa sa lourde épée et, d'un seul coup, fendit le moine en deux, de la tête aux pieds.

— Quant à toi, Erchinoald, c'est moi qui te pardonne, ironisa Adalric en regardant la dépouille de l'homme qui avait séduit son épouse.

Chapitre XV

Aloyse nota que le soleil couchant illuminait le grès du rocher Saint-Léon et sa chapelle, en lui donnant l'aspect d'un immense donjon en feu. Il sourit car c'était bien là la seule note de couleur qu'il trouvait à ce bourg gris et humide. Dabo, perché sur l'échine des Vosges au milieu de denses forêts, n'avait jamais eu sa faveur. Il se rappelait les quelques promenades dominicales imposées par son père. La galère. Même quand on est un petit garçon, les châteaux et les chapelles n'évoquent pas forcément des chevaliers et des princesses. Il leur préférait les jeux dans la cour et dans le foin poussiéreux de la grange.

Il faisait froid en ce début de soirée d'hiver et la maison de Jean aurait dû être un refuge chaleureux. À peine le maître des lieux eut-il fermé la porte qu'Aloyse fut secoué par un frisson glacial.

— Par où commence-t-on ? demanda Jean qui ne semblait pas très à l'aise non plus.

— Eh bien, par là où tu le ranges d'habitude.

Dans la cuisine, Jean se dirigea vers la cheminée. Elle comportait, sur sa gauche, une petite porte qui cachait un minuscule placard. Il l'ouvrit puis découvrit une cache en double fond. Elle était vide.

— Drôle d'endroit pour cacher un grimoire, lança Aloyse, narquois.

— Du temps de ma mère, on y rangeait le sel, le sucre et la farine. C'était sec et aéré. Le livre a toujours été dans cette cachette et ma fille n'avait aucune raison de l'en retirer.

— Elle est comme toi et ne l'a jamais utilisé ?

— Pour quoi faire ? Tu nous prends pour des sorciers ou quoi ?

— Non, je disais ça pour rien.

Le jeune homme passa la main au fond de la petite excavation, mais il n'en retira rien, pas même de la poussière.

— C'est tout de même curieux comme cachette.

— Ce bouquin, on avait pour mission de le garder. On ne pouvait pas le mettre dans une banque. Il fallait bien le conserver près de soi. Et là, il était au chaud…

— Au sec et à l'air, oui tu l'as déjà dit.

— Bien sûr, mais également à l'abri du feu en cas d'incendie. Où voulais-tu qu'on le planque ? Dans un meuble, n'importe quel cambrioleur aurait pu faire main basse sur lui. Dans la grange ? Enterré dans le jardin ou sous le tas de fumier ? Non, là, dans ce mur, l'un des plus costauds et des plus vieux de la maison.

— Elle est vieille cette baraque ?

— XVIIe siècle, peut-être XVIe…

— Si vieille que ça !

— Plus peut-être. Mes ancêtres ont toujours vécu ici.

— Comme les miens à Weiterswiller.

— Ah ces vieilles familles ! ajouta Jean dans un sourire.

C'était l'un de ses premiers sourires. Il se sentait bien en compagnie de son nouvel ami. Il s'effaça sitôt qu'Aloyse demanda à voir la chambre de Brigitte. En découvrant cette enclave de féminité au milieu de la rustique maison lorraine, le jeune homme fut pris d'un élan de tendresse. Elle était toute de rose et de dentelles. Au mur, l'affiche d'un film de fille. Une collection de poupées Barbie sur une étagère. Sur la commode, une photo d'elle, radieuse. Elle avait été une superbe gamine. Tout à fait le genre d'Aloyse. Il ne l'avait pas remarqué, l'autre soir. Sa gorge se noua et les larmes lui montèrent aux yeux. Il n'avait rien fait pour l'aider et il s'en souvenait. À cet instant, il se maudissait de toute son âme.

— Ça ne va pas ?

C'était le propre père de l'enfant disparue qui lui posait la question ! Il tenta de se reprendre.

— Tu as tout fouillé, les meubles, le lit, derrière l'armoire...

— Oui, j'ai même cherché d'autres endroits où elle aurait pu planquer ce livre. Tu te souviens que j'ai dit avoir travaillé jusqu'à une époque récente pour les services secrets. Alors tu sais, les micros et caméras cachés, je sais comment les dissimuler ou comment les dénicher. Fais-moi confiance, j'ai tout retourné.

Aloyse admira intérieurement ce colosse capable d'entrer dans l'intimité d'un être aussi cher, si peu de temps après sa mort.

— Dans le salon ? Dans ta chambre ? Tu sais, parfois il suffit de mettre un objet en évidence pour que personne ne le voie.

— Tout, j'ai tout fouillé, avec des techniques de professionnel, je te l'assure.

— Alors, qu'est-ce qu'on fout ici ?

— J'espérais le savoir en t'emmenant ici.

— Mais de quoi parles-tu ?

— Je ne sais pas, une intuition...

Aloyse alla s'asseoir près de la cheminée. Il avait besoin

de se concentrer, de faire le point. Il était à la recherche d'un livre magique qui avait disparu, et dans lequel l'emplacement d'un trésor était indiqué. Mais peu importait car le trésor n'était plus là. Alors pourquoi cherchait-il ce livre ? Le livre et le trésor avaient disparu. Il avait vu l'emplacement du livre. Où était celui du trésor ?

— Où le trésor était-il caché ? répéta-t-il machinalement à haute voix.

— Tu veux voir ? lui demanda Jean.

— Pardon ?

— Veux-tu voir où était caché le trésor ?

Aloyse était stupéfait.

— Comment sais-tu où il se trouvait ?

— Mon grand-père m'y a amené quand il m'a initié.

— Tu veux dire qu'il le savait ?

— Comment veux-tu qu'il me le montre sans le connaître ? Nous avons toujours su où il était planqué. La tradition orale. De gardien du livre en initié. De père en fils ou presque, de grand-père à petite-fille, etc.

— Et depuis longtemps ?

— La nuit des temps.

— Oui, répéta le journaliste, mais depuis combien de temps en années, en… siècles ?

— Plusieurs.

— Plusieurs quoi ?

— Siècles.

Aloyse déglutit.

— Mais des siècles comment ?

— De cent ans.

— T'es con !

— Je plaisante, répondit Jean d'un ton conciliant. Mais en fait l'histoire s'est perdue au fil du temps. Nous ne savons plus depuis quand nous étions les gardiens, mais à voir le livre, depuis très longtemps.

— Sur quoi te fondes-tu pour affirmer cela, il est daté, ton incunable ?

— Je ne sais pas ce que c'est qu'un incunable.

— Moi non plus, je disais cela bêtement.

— Je t'explique à quoi il ressemble : c'est un petit recueil de parchemins, relié de cuir épais, dont les textes sont écrits à la main. Et enluminés. J'en conclus qu'il a été rédigé il y a très longtemps. Et, vu le style, le latin – parce qu'il me semble que c'est du latin – et le parchemin, j'opterais pour le Moyen Âge ; mais nous ne l'avons pas fait expertiser, tu peux comprendre, n'est-ce pas ?

— Évidemment, avoua un Aloyse tout impressionné. Mais, reprit-il, si le bouquin date du Moyen Âge, le trésor aussi !

— Tu es fort, je dois bien le reconnaître.

Aloyse se prenait au jeu. C'était comme une chasse, avec une énigme, des indices...

— Bon alors, tu veux voir ?

— Tout de suite ?

— Tout de suite.

Jean précéda Aloyse et se dirigea dans un couloir sombre qui séparait la grange du côté habité de la maison. Une double plaque de fer fermait l'accès à une cave. Il attrapa les poignées et ouvrit la trappe. Dans l'escalier qui menait à la cave était accrochée une lanterne électrique qu'il emporta.

— Tu n'as pas peur des araignées, au moins ? lui lança-t-il tout en descendant.

Aloyse fit le fier, mais il ne se sentait pas plus rassuré que dans le sous-sol chez mémé. Là s'arrêtait la comparaison. L'endroit était bien moins vaste que sous sa propre maison et sentait le fruit qui macérait.

— Tu as des fûts ? Tu fais ton propre alcool ?

— Si tu le répètes, je te tords le cou, lui répondit Jean.

Il se plaça devant un antique buffet qui servait à ranger des outils.

— Aide-moi à le pousser, s'il te plaît.

Les deux hommes unirent leurs forces et firent glisser le meuble sur la terre battue, révélant une double porte en bois. Elle ne tenait que grâce à ses ferrures, tant elle était vermoulue.

— C'est là ? demanda Aloyse.

— On y est presque.

Jean fit jouer la serrure à l'aide d'une grosse clé puis poussa un battant.

— Je suis venu avec Brigitte il y a un peu plus de deux ans. J'en ai profité pour graisser les gonds.

Une nouvelle cave s'ouvrait derrière la porte, totalement vide, sans aucun soupirail. L'air était lourd et la poussière soulevée flottait dans le faisceau lumineux. Dans le fond, Jean éclaira une grille.

— C'est là ? demanda de nouveau Aloyse.

— On y est presque.

La grille était couverte de rouille, mais elle tenait bon. Jean l'ouvrit difficilement. Un couloir s'enfonçait dans le noir, puis, au bout de cinq mètres, des marches descendaient.

Il sembla au jeune homme que cet escalier n'en finissait plus. Soudain, il se rendit compte que les marches comme les parois étaient taillées dans le rocher.

Au bas des degrés, un nouveau dégagement, voûté. Le passage était large de plus d'un mètre cinquante et Jean ne semblait pas gêné du fait de sa haute taille. Cette fois-ci, ils marchèrent pendant plusieurs minutes. Le sol n'était pas plan, ce qui ne facilitait pas la progression. Une nouvelle grille. Cette fois, elle était recouverte d'une épaisse couche de toiles d'araignées, ce qui fit frissonner Aloyse. Pas de serrure. Jean s'accrocha aux barres et tira de toutes ses forces. La fermeture céda dans un horrible grincement.

— On y est, là ? demanda Aloyse.

— Bon, t'es pressé ou quoi ?

La galerie, qui jusqu'à présent était en descente, remontait. Mais l'évolution fut plus difficile. Les parois étaient maçonnées à certains endroits. Des tas de terre et de pierres indiquaient des effondrements, et il leur fallut prendre des précautions en passant sous des affaissements dans la voûte.

— Fais attention, c'est dangereux. Si tu sens que ça craque, ne reste pas en dessous, lança joyeusement le Gros.

Aloyse ne put s'empêcher de penser aux jeux de piste et autres chasses aux trésors qu'il avait faits dans son enfance. Pour une fois qu'il se trouvait dans un souterrain, un vrai, comme dans ses rêves, il n'allait pas bouder son plaisir. Même si, dans le noir, il jouait surtout avec ses propres angoisses. Ils reprirent un escalier qui les remonta jusque dans un espace plus grand. Jean en éclaira les murs et les voûtes. La pièce était magnifiquement conservée, mais totalement vide. Chaque côté de la pièce était percé d'une ouverture.

— On est où, là ?

Jean le fixa :

— On est arrivé cette fois. À droite, c'est un puits d'air, à gauche, la cave où se trouvait ce trésor, et enfin en face de nous, c'était l'accès à la forteresse.

— Une forteresse, laquelle ?

— Celle qui était construite sur le rocher. Elle a été rasée.

— C'est vrai, acquiesça Aloyse. La chapelle Saint-Léon a été édifiée en lieu et place de l'ancien château. On se trouve donc sous le rocher de Dabo.

— Exact.

Les deux hommes pénétrèrent dans la pièce de gauche. Jean balaya les murs de sa torche. Ils étaient secs, taillés dans la roche. Une ancienne porte avait dû clore le local. Elle était le seul objet de l'endroit et se désagrégeait lentement sur le sol. Tout était vide. Aloyse ressentit une vive déception. Jean le perçut.

— Tu t'attendais à quoi ? Trouver de l'or, des diamants, des toiles ou des sculptures ? Le Saint-Graal peut-être ? Non, dis-moi, tu espérais trouver quelques petites pièces qui auraient été oubliées dans la précipitation ?

— Laisse tomber, dit-il en ressortant.

Il se dirigea vers l'ouverture qui lui faisait face.

— Attends ! N'y va pas, il y a un piège.

Aloyse se figea instantanément.

— Non, pas juste sous tes pieds. Dans la galerie. Viens, je te montre.

Jean le précéda en éclairant le sol. Une fosse sombre. La lumière s'y perdait. Jean ramassa une pierre et la jeta dans le trou. Au bout de quelques secondes, un plouf caverneux retentit.

— Le puits. La citerne.

Il dirigea le faisceau de la lampe vers le haut. Une large cheminée s'élevait au-dessus du trou.

— Tu as déjà entendu parler du puits qui alimentait le château sur le rocher ? On dit qu'il a plusieurs dizaines de mètres de profondeur. Tu ne vois pas la lumière du jour parce qu'il a été partiellement occulté depuis longtemps pour des questions de sécurité.

Aloyse sentit tout de même un courant d'air frais lui soulever les cheveux.

— Ce puits avait une double vocation : l'eau évidemment, mais l'air également. Il y a d'autres orifices dans les fentes du rocher, mais moins spectaculaires.

— Mais on n'accédait pas au souterrain par le puits alors ?

— Tu es fou, t'as vu la hauteur ? Tu aimes trop les mystères, ça te fait délirer. Imagine plutôt le côté utilitaire de l'endroit : une cave et un couloir qui mène à l'air libre. En cas d'attaque, il devait servir de refuge aux défenseurs de la forteresse située en surface. Ils pouvaient éventuellement fuir, en empruntant le souterrain. C'est pour cela qu'il a été conçu à l'origine. Mais pour cacher le trésor, il a dû être dissimulé aux yeux de tous. Il doit y avoir quelques passages sous Dabo que je ne connais pas et qui ont servi en des occasions plus belliqueuses.

— D'autres que toi connaissent l'existence de celui-ci ?

— Je ne pense pas, non. Quand le château a été rasé, le passage a été définitivement bouché. Peut-être justement par mon aïeul, qui a évacué le trésor. Apparemment, il n'y a pas de connexion avec d'autres galeries. Et pour éviter que des curieux ne viennent fouiner dans le coin, on a laissé courir quelques rumeurs sur les souterrains de l'ancien château.

— Du genre ?

— Un gosse qui poursuivait son chien s'est perdu et n'a jamais été retrouvé. Un type qui creusait dans son jardin est tombé sur une galerie oubliée : il est mort asphyxié par des gaz toxiques, etc.

— C'est vrai ça ?

— Conneries, répondit le Gros. T'as vu des cadavres dans les coins ?

Aloyse ferma les yeux quelques instants et essaya de se représenter les lieux, quelques centaines d'années plus tôt. Les hommes en armes, la crasse et l'odeur. La peur des ténèbres, de la mort. Et sous un château médiéval, dans une cave dissimulée, derrière une lourde porte de chêne et de fer, des monceaux d'or et de pierres précieuses.

Chapitre XVI

— Tu vois toutes ces richesses, ma fille ? dit le duc en montrant, d'un ample geste de la main, la vaisselle disposée sur les tables. Regarde cette chevalière et son rubis trop gros, mes vêtements chatoyants, ces tapis et ces tentures. À quoi bon tout ce luxe, quand on le compare à ta grandeur d'âme ? Ta générosité envers les plus nécessiteux force l'admiration. Mes invités, qu'ils soient de grande famille ou des nobliaux de passage, des ecclésiastiques ou des riches marchands, tous ne parlent que de toi. On me rapporte même que bien des chevaliers t'ont déclaré leur flamme, en vain d'ailleurs. Mais enfin, ma très chère enfant, qui es-tu pour attirer autant l'attention, le respect des autres, jusqu'à faire oublier un instant l'autorité qui est la mienne ? Qu'on me rapporte les bienfaits que tu prodigues est une chose, mais qu'on invente des balivernes pour vanter ta foi ! Comme lorsque tu t'étais réfugiée en Brisgau, alors ça ! Il s'en est trouvé pour raconter que tu avais ouvert un rocher en deux par la force de ta prière pour t'y dissimuler. Et pourquoi ne marcherais-tu pas sur l'eau !

— Mon père, je ne suis qu'une personne ordinaire, répondit la jeune fille en baissant les yeux. J'aide mon prochain, car telle est la volonté de Dieu.

— Et en aidant les faibles, tu obtiens un pouvoir comparable au mien, gronda le duc.

Puis il se radoucit :

— J'ai pensé qu'en te laissant utiliser mon château de Hohenbourg à ta guise, tu aurais plus de facilité dans ta mission. C'est spacieux, avec quelques aménagements, tu pourras accueillir tous les loqueteux que tu souhaites.

— Mais vous demeurez à Hohenbourg à la belle saison, la présence de tous ces pauvres gens ne vous contrariera pas ?

— Bien au contraire ! Ils sont mon peuple, ils m'en seront reconnaissants. Et la maison est grande.

— Mon père, je ne vous reconnais plus. Un temps vous vouliez ma mort, un temps vous m'acceptiez à la condition que je vive à Palma, un temps vous tentiez de tuer Hugues pour vous avoir caché mon retour, maintenant vous tenez absolument à me marier à je ne sais quel grand personnage pour la gloire de votre pays, et vous m'offrez le refuge de votre résidence d'été. Il vous en a coûté fort cher de la relever, il me semble.

— Rien n'est trop cher pour ma fille.

— Eh bien, j'accepte, quelles que soient les véritables raisons de votre changement de comportement à mon égard. L'essentiel est mon devoir.

— Oui, c'est bien cela. Fais ton devoir et soigne-moi tout ce monde. Fais de Hohenbourg l'hôpital, la taverne des pauvres, la crèche où le bœuf et l'âne réchaufferont le frileux. Je t'ouvre mes coffres. Je trouverai même les moyens de développer ton activité. Tu œuvreras avec la grâce de Dieu et moi je m'occuperai de l'intendance.

Odile œuvra toute sa vie au service d'autrui. Sa réputation dépassa rapidement les frontières de l'Alémanie, et nombreuses furent les vocations suscitées par son dévouement. Les jeunes filles venaient du pays et de bien plus loin encore, presque toutes issues de la grande noblesse. Elles arrivaient accompagnées d'innombrables dons en nature, offraient terres et or. Hohenbourg devint rapidement richissime et, malgré les colossaux frais de fonctionnement, le couvent n'arriva plus à dépenser le centième de ce qui entrait. Adalric fit construire un nouvel établissement, plus accessible pour les malades les plus fatigués, car il était situé au bas de la montagne. Niedermunster était tout aussi beau et bien doté que Hohenbourg. Odile gérait les deux maisons de la même façon. Son père suivait de près les travaux d'agrandissement, ce qui semblait le divertir de l'exercice du pouvoir et lui permettait de rester proche de sa fille. La bonté et le dévouement dont elle avait su faire preuve durant de nombreuses années avaient profondément touché le duc, si bien qu'il l'aima non plus par culpabilité, mais pour l'admiration infinie qu'il lui portait. Sentant ses forces décliner, il vint s'installer auprès d'elle en compagnie de Berswinde, et c'est à Hohenbourg qu'ils finirent leurs jours paisiblement.

Quand elle-même vit sa santé se dégrader trois décennies plus tard, elle fit appeler ses nièces auprès d'elle. Filles de ses frères Etichon, Adelbert et Hugues, elles l'avaient rejointe dans la communauté.

Eugénie, Gundeline et Attale entrèrent sans bruit dans la cellule de l'abbesse. Elle était allongée sur un simple lit et respirait avec difficulté. Odile esquissa un faible sourire devant les mines atterrées des femmes.

— Vous me faites peur, mes filles, avec votre si triste figure. Quelqu'un est-il donc parti vers un ciel plus bleu sans m'en avertir ? Ne me cachez rien ! Non ? Personne ? Alors riez mes amies ! Je ne vous ai pas fait venir dans mon antre pour vous dire adieu.

— Oh, chère mère, nous ne sommes pas inquiètes pour vous, vous avez survécu à tant de malheurs que vous survivrez à la mort ! lança Eugénie, la plus effrontée.

Quand elle se rendit compte de sa bêtise, elle se mit à genoux au pied du lit et baisa la main de sa tante. Odile trouva la force d'en rire.

— Mes filles, je suis heureuse de vous retrouver sans fard ni hypocrisie. J'ai pour vous une très importante mission de confiance qui nécessitera de votre part une discrétion absolue.

Devant la surprise de ses nièces, Odile continua :

— Notre institution génère énormément de revenus, vous le savez puisque vous m'accompagnez depuis longtemps dans sa gestion. Nous pouvons vivre très largement à l'aide de la dîme, que nous ne sollicitons même pas. L'ensemble de nos possessions rapporte également de gros bénéfices. Nous redistribuons tout ce que nous pouvons aux populations dans le besoin, nous accueillons les égarés et les malades, nous nourrissons les affamés, mais nous n'avons ni le temps ni les bras pour nous occuper de l'humanité entière.

» Or nous ne pouvons pas continuer à emmagasiner les biens non périssables dans nos caves. S'ajoutant à l'ensemble de nos profits, legs, dons et offrandes nous viennent de partout et sans discontinuer. Nos chambres fortes vont bientôt faire l'objet de la plus sournoise des convoitises. Ces biens terrestres ne sont pas un mal. Puisque Dieu nous les a fait parvenir, c'est qu'Il leur a réservé une plus grande destinée.

» Je vous ai choisies parmi toutes, parce que je sais que par le même sang nous sommes liées. Vous partirez, chacune, dans la plus grande discrétion, afin de trouver le lieu le plus sûr pour protéger à tout jamais ces richesses.

Vous reviendrez et me décrirez l'endroit. Vous ne parlerez de cette mission à personne. Ni à vos sœurs, ici au couvent, ni à vos parents. Ni entre vous trois. Vous voyagerez accompagnées d'un solide paysan que vous aurez choisi. Il devra vous être dévoué et être prêt à abandonner sa parentèle. Je vous conseille de ne point l'informer de l'objet de ce déplacement. Mais attention : trouvez un roc plutôt que du sable, une montagne plutôt qu'une forêt, une île plutôt qu'un étang.

» Encore une chose, mes filles : ne tardez pas, car à votre retour, il me faudra vous assigner la suite de votre tâche.

Eugénie, Gundeline et Attale se préparèrent et partirent dès le lendemain matin. Elles se firent accompagner chacune d'un homme de confiance qu'elles chargèrent de veiller sur elles. Gundeline fut la première de retour, près d'un mois après. Elle se rendit immédiatement auprès d'Odile pour lui relater sa quête. Elle fut suivie par Eugénie, une semaine plus tard. Un mois passa puis un autre. Quand Attale franchit la porte de Hohenbourg, près de trois mois et demi s'étaient écoulés depuis son départ. Elle rendit compte de ses recherches à sa tante immédiatement.

Une semaine plus tard, elles furent convoquées par l'abbesse. Sa santé s'était sérieusement dégradée et elle ne parlait plus autrement qu'en chuchotant.

— Vous avez fait un travail remarquable, murmura-t-elle dans un souffle. Toutes, vous avez trouvé un site idéal pour protéger notre trésor. Mais sa garde va être confiée à une seule d'entre vous. Et les deux autres n'en sauront rien.

— Mais ma mère, l'interrompit Eugénie, pourquoi, dans ce cas, nous avez-vous fait chercher trois cachettes ?

Uniquement pour choisir la meilleure ?

Odile se leva péniblement de sa couche et les fixa intensément l'une après l'autre.

— Seule l'une d'entre vous se verra confier les biens du couvent. Elle devra veiller à ce que jamais qui que ce soit ne s'en empare. Aussi longtemps que nécessaire. Elle n'aura comme compagnon que la personne de confiance qu'elle a déjà choisie. Tant que le couvent produira des richesses qui ne pourront être dépensées, tant qu'il se verra offrir ce qu'il ne pourra pas redistribuer, l'abbesse qui me succédera confiera ces excédents à la gardienne du trésor. Tous les ans à la Noël.

» Il se trouve autour des églises suffisamment d'usuriers pour faire fructifier cet argent, mais là n'est pas mon objectif. Ces richesses seront mises à l'abri et conservées aussi longtemps que cela s'avérera nécessaire, jusqu'au jour où sera trouvée une grande et noble cause. Cette grande et noble cause devra ressembler à celle qui m'anime depuis que je suis de retour en Alsace : aider les plus faibles.

» Dans mes rêves, j'ai vu le grand avenir de notre œuvre. Plus grand encore que ce que nous pourrions concevoir. Cet acte pourrait être l'eau et le sel d'un immense peuple en souffrance. Et quand le moment sera venu, le gardien ouvrira les couvercles des coffres et distribuera leurs contenus. Il transformera l'or en eau, en sel, en pain.

— Mais, chère tante, pourquoi nous trois ? répéta Eugénie.

— Seule l'une d'entre vous aura la garde du trésor, mais les deux autres attendront leur tour à proximité de l'endroit secret qu'elles ont découvert et que dorénavant elles devront entretenir. Malheureusement, nous vivons dans un monde cruel où la compassion et la générosité ne sont pas des valeurs partagées par tous. Il me faut prévoir la convoitise, la violence et la mort. Quand le trésor sera en danger, il faudra le confier au deuxième gardien, celui qui aura préparé la deuxième cachette. Et si la fatalité devait s'abattre de la même façon sur ce deuxième gardien, il faudrait confier le tout au troisième veilleur. Voilà pourquoi vous êtes trois.

— Ma tante, demanda Attale la plus jeune, nous sommes dans ce cas destinées à vivre près du lieu que nous avons choisi comme cachette, que nous gardions le trésor ou non ?

— C'est bien cela.

— Nous avions cependant choisi une vie tout autre, recluses dans ce couvent, à suivre vos préceptes.

— Attale, ma fille, je te confie une mission. Est-elle si difficile que tu ne puisses la remplir ?

— Bien sûr que non, ma tante. Serai-je obligée de garder mon corps... intact ? Enfin, vous dites que nous aurons comme compagnon le...

— C'est bien cela ma fille. Tu vivras sur place, avec un homme. Et tu feras tout ce qu'il faut pour que cela se perpétue. Tu as bien compris ? As-tu une autre question ?

Gundeline répondit :

— Oui ma mère. Si le trésor est en danger, il nous faudra nous mettre en quête d'une de nos cousines. Comment fera-t-on pour la trouver puisque nous ne savons pas où elle se cachera ?

Odile se leva et chercha l'appui du bras d'Eugénie.

— C'est une très bonne question que tu poses là, mon enfant. Je vous ai préparé à chacune une aide précieuse. Un livre. Dans ce livre, vous trouverez les réponses à toutes vos questions. Je l'ai écrit moi-même. Il sera votre bâton quand vous ploierez sous le fardeau. Il sera votre bouclier quand pleuvront les plaies d'Égypte. Il sera mes yeux quand vous serez perdues. Gardez-le près de votre cœur, comme je l'ai gardé près du mien quand j'en avais le plus besoin. Ayez une foi absolue en son aide, car il m'a été inspiré par le Seigneur. Le jour où vous chercherez votre cousine, confiez-lui cette tâche, il s'en acquittera. Car par le même sang vous êtes liées, et toujours vous vous reconnaîtrez.

Odile prit un livre posé sur la table, le glissa dans les mains de Gundeline et s'approcha de son oreille :

— Il te donnera la force du géant et la loyauté du chien.

Le deuxième recueil fut pour Eugénie :

— Tu y trouveras l'ardeur et le courage.

Quand elle se saisit du dernier livret, elle hésita un instant. En souriant, Odile contempla le manuscrit qui était un peu plus usé que les deux autres. Elle murmura à Attale :

— Celui-ci m'a été offert il y a bien longtemps. Il a ouvert un rocher en deux, il a fait jaillir l'eau fraîche. Il a même été baptisé. Il va me manquer. Mais à toi, il t'offrira une qualité irremplaçable : le discernement.

Chapitre XVII

— Christmann ! Dans mon bureau !

De bon matin, déjà…

— Bonjour chef, vous avez l'air en grande forme pour un mardi. Et votre bronzage ski vous donne une mine magnifique.

— Me lèche pas le cul, Christmann, hurla Muller-Meyer dit « Bisounours ». Me suis fait souffler dans les bronches à cause de toi dès mon arrivée au bureau. Et par le directeur de publication en plus ! Mais qu'est-ce que tu nous as pondu comme merde hier avec la Corporation des affineurs fromagers de l'Est ?

— Ben, euh, rien, quoi.

— C'est ça, Christmann, tu as tout juste. Rien du tout. Ou presque : un résumé, un interligne, un tiret entre deux articles. Putain, je ne peux pas vérifier chaque connerie que vous écrivez. Surtout quand vous n'écrivez rien. Christmann, tu me fais chier !

— Ils n'avaient rien à dire d'intéressant, chef.

— Rien d'intéressant à dire ? Et c'est parce qu'ils n'avaient rien d'intéressant à dire qu'ils avaient organisé une conférence de presse ? Que tous les canards locaux y ont été conviés, la télé, les agences de presse ? Et toi tu dis qu'ils n'avaient rien d'intéressant à dire ? C'est bien pourquoi, quand notre cher et vénéré directeur de publication, Olivier Nussbaum, a voulu faire un câlin à sa très charmante épouse ce matin, il s'est fait traiter de « vendu aux Amerloques »... C'est bien pour cela qu'il a décroché son téléphone et a composé mon numéro (oui, le mien) pour me traiter d'« irresponsable inefficace », et que moi je prends tranquillement mon temps (parce qu'il n'est pas aussi précieux que le tien) pour te demander gentiment : « Qu'est-ce que tu as foutu hier ? » Alors je te le répète et en douceur : « QU'EST-CE QUE TU AS FOUTU HIER ? »

— Mais rien de spécial. La conf' de presse était sans intérêt, comme vous le savez bien, j'ai seulement décidé de ne parler que de l'essentiel : les affineurs protestent contre les dernières mesures douanières américaines... Mais qu'est-ce qu'on en a à foutre que les Américains refusent l'importation du munster, après tout !

— Mais tu sais bien que notre patron est marié à la numéro un du munster industriel, geignit Muller-Meyer. Et quand la numéro un du munster n'est pas contente des articles que publie son époux, elle lui pourrit la vie. Et tu n'imagines même pas comment elle peut lui pourrir sa vie...

— Bien sûr que si : elle lui fait livrer quinze kilos de munster bien fait, répondit Aloyse, pince-sans-rire.

Muller-Meyer secoua la tête.

— Elle a fait livrer du munster vraiment très avancé en âge à la moitié de la rédaction, avec un petit mot de félicitation et un laïus sur la défense de l'économie locale. Je t'ai fait déposer ton colis, accompagné du mien, dans le coffre de ta voiture, vu qu'il ne ferme pas à clé.

— Oh, merci chef.

— Tu m'expliques maintenant ?

— En fait, j'étais pressé hier, j'avais des recherches à faire.

— Des recherches ? C'est nouveau ça. Quel genre de recherches ?

— J'étais à la bibliothèque.

— À la bibliothèque ? Mais tu te prends pour un étudiant ? Qu'est-ce que tu peux bien chercher à la bibliothèque ?

— Vous avez déjà entendu parler d'un livre qui s'appellerait un Geistliche Schild ?

— Un quoi ?

— Geistliche Schild.

Muller-Meyer ouvrit des yeux comme des canons de fusils de chasse et se remit à hurler :

— Tu te fous ce Geistliche Machin bien profond dans le cul et tu retournes au boulot. Je veux te voir bosser pour notre journal. Je veux voir ton papier dans la corbeille à 17 heures ce soir et je te promets que s'il n'est pas politiquement correct je te le fais réécrire, toute la nuit s'il le faut. Et maintenant hors de ma vue.

Aloyse sortit du bureau du rédacteur en chef en tentant de se donner une contenance devant ses collègues. Il est certain qu'il n'avait pas la tête au travail ces derniers jours. Il fallait qu'il se force. Le Gros avait fini par le convaincre qu'il disait la vérité et le jeu du chasseur commençait à l'obnubiler.

La veille, il avait parcouru pendant des heures les rayons des alsatiques à la bibliothèque nationale universitaire, mais il n'avait rien trouvé d'exploitable. Résultat : une soufflante du patron.

— Christmann ! Dans mon bureau !

Tiens, quand on pense au loup…

Aloyse traîna les pieds jusqu'au box du rédacteur en chef.

— Quoi encore ?

Muller-Meyer lui tendit un papier plié en deux.

— Je t'ai écrit le nom du directeur du musée des Traditions populaires d'Alsace, ainsi que son numéro de téléphone. Appelle-le de ma part. Il te renseignera sur ton Geistliche Schild.

— Merci chef, répondit Aloyse, surpris.

— De rien, dégage maintenant.

Il se ravisa :

— Christmann !

— Oui chef ?

— Fais attention à tes fesses.

— Bien chef.

L'annexe fut comme un havre de paix et d'amitié ce soir-là. Les habitués étaient présents et la bière avait bon goût. Aloyse aimait par-dessus tout l'odeur rance de cigarette froide, de vieille urine, mêlée à celle de sa boisson préférée : le fumet des brasseries.

— Il t'a donné le nom de quelqu'un qui pourrait te renseigner sur ce bouquin ? Il est plutôt sympa, ton boss.

— « Sympa » n'est pas le mot. Je crois qu'il m'aime bien.

— J'ai déjà entendu parler de cet Adrien Manzmann, lança Sepp par-dessus son comptoir. Un historien, je crois. Un ponte en matière de culture alsacienne. C'est lui qui a écrit ce fameux bouquin sur les costumes traditionnels à travers les âges.

— Tu connais ça, toi, lui demanda Aloyse ?

— Ben, c'est pas parce qu'on essuie des verres toute la journée qu'on n'aime pas s'instruire.

— Il a raison le Sepp, lança Fuchs. C'est bien lui qui a écrit tout un tas de livres de référence. Sur les costumes, les maisons, les traditions, et une foule d'autres sujets. Il était professeur à l'université. Il passe souvent à la télé. Une référence, ce gars, une sommité. S'il y a quelque chose à connaître sur ton Geistliche Schild, c'est lui qu'il faut voir. Depuis qu'il est à la retraite, il a considérablement aidé à développer le musée des Traditions populaires d'Alsace. Va le visiter, il est à Saverne. Par l'autoroute, tu y es en une demi-heure. C'est très chiant comme musée, tu apprécieras.

Aloyse se tourna vers le policier.

— Parce que tu as déjà visité un musée dans ta vie, toi ?

Depuis qu'ils avaient sympathisé, l'inspecteur Fuchs venait plus souvent au Stammtisch.

— Après un divorce, il faut s'occuper. Alors musées, macramé, mots croisés…

— T'es divorcé, toi ? demanda la Grosse Sonia, soudain très intéressée.

— Comme tous les flics, répondit-il. Pas d'horaires. Le stress, l'alcool pour oublier…

— Tiens, dit Sonia en lui posant une chope, c'est pour oublier.

Elle lui lança un sourire de circonstance.

— C'est pas un peu fini, tous les deux, aboya Sepp. Tu ne vas pas distribuer nos bières à chaque fois que tu remarqueras un célibataire !

— Oh, lâche-moi, le rabat-joie.

Avant de partir, Aloyse lança à la cantonade :

— Y'a quelqu'un qui veut du munster ?

Le lendemain matin, Aloyse avait composé le numéro d'Adrien Manzmann. Celui-ci avait accepté de le recevoir dans la soirée.

— Monsieur Christmann, je vais être clair avec vous. J'accorde cette interview car vous êtes recommandé par mon cher Muller-Meyer. Sans ce sauf-conduit, je ne vous cache pas que je n'aurais répondu à aucune de vos questions. Muller-Meyer le sait bien, je ne supporte pas le contact des béotiens.

— Merci de m'accorder quelques minutes de votre temps, monsieur Manzmann. Cependant, il me faut préciser que je ne suis pas là pour vous interviewer pour le journal. C'est un renseignement personnel que je recherche.

Manzmann sembla se détendre.

— Personnel ? Je vous écoute, monsieur Christmann. Mais tout d'abord permettez-moi une question : d'où êtes-vous originaire ?

— J'habite Strasbourg. Je viens de Weiterswiller.

— Ah oui, Weiterswiller. Charmant village. Je vous écoute.

— J'aimerais savoir ce qu'est un Geistliche Schild.

— Un Geistliche Schild ? Diable, vous avez de drôles de centres d'intérêt.

Le vieil homme leva un œil derrière ses petites lunettes rondes et scruta le journaliste.

— Un livre de petite taille – cinq à sept, sur dix à onze centimètres, c'est variable – où sont rassemblées des prières, incantations et autres formules censées être magiques. C'est un des éléments de la culture rurale qui lient la religion aux croyances populaires. Accessoire indispensable du paysan sorcier d'autrefois.

— Un livre de magie ?

— En quelque sorte. Celui qui en faisait usage en espérait des résultats surnaturels.

— Ça marchait ?

— À force de prier, on finit toujours par croire que sa prière sera entendue. Certains exemplaires étaient vendus avec une sorte de garantie venant du pape Léon X, qui prétendait en page de garde que le livre avait le pouvoir de protéger son propriétaire, sa famille et ses biens contre les aléas de la vie. Léon X n'a jamais garanti quoi que ce soit, bien sûr. On y trouvait en vrac des extraits des Évangiles, ainsi que des formules plus bizarres les unes que les autres pour se protéger de telle ou telle maladie, ou encore d'un maléfice. Mais pourquoi voulez-vous savoir cela, jeune homme ? Il me semble bien improbable que vous en ayez trouvé un exemplaire à la bibliothèque de prêt de votre village. Ce sont des recueils dont les propriétaires ne parlent pas. Ils ne les montrent pas. Le mode de transmission étant très fermé, il est rare d'en avoir vu s'égarer sur les étalages des librairies.

— En avez-vous déjà tenu un entre vos mains ?

— Bien sûr. Un de mes amis m'avait montré celui de son grand-père, alors que je n'étais qu'un gamin. Si son pépé l'avait su… La possession de ce genre de manuels ne s'évente pas, ils n'ont cependant rien de particulièrement rare. De nombreuses familles ont encore le leur. Parfois, ils sont conservés comme curiosité, ou oubliés, mais certaines personnes, au plus profond des campagnes, y croient encore.

— Pourrait-on voler celui de quelqu'un d'autre ?

— C'est une curieuse question. Oui, sans doute. Peut-on cependant voler les rêves et les espoirs d'autrui ? Là, c'est moins évident. À moins de vouloir nuire au propriétaire du livre en question… Je pense qu'un Geistliche Schild est un objet personnel, plus proche du gris-gris que d'un objet de convoitise.

Le conservateur du musée se leva en soupirant.

— Venez, jeune homme.

Ils se dirigèrent à travers plusieurs salles chargées de vitrines, puis ils passèrent sans s'arrêter devant des pièces reconstituées d'anciens logis, avec leur mobilier traditionnel. Aloyse reconnut un poêle en faïence similaire à celui de sa grand-mère. Tout comme une étagère très particulière, accrochée dans l'angle de la Stube. Il sourit intérieurement : chez mémé, il y aurait de quoi remplir plusieurs étages de ce musée. Sortant un gros trousseau de clés de sa poche, Manzmann ouvrit une porte dissimulée dans la boiserie de la dernière salle. Il actionna un interrupteur et les néons illuminèrent des rayonnages recouverts de vieux livres.

— Notre réserve. On y stocke tout ce que nous n'avons ni le loisir, ni l'intérêt, ni la place d'exposer. Et voici un Geistliche Schild.

Il sortit un livret coincé entre un précis de démonologie et les minutes des procès en sorcellerie en Alsace. Il le lui présenta.

— Attention, certaines pages ont tendance à se décrocher.

— Je peux le tenir ?

— Mais bien évidemment, monsieur Christmann. Ce n'est pas une bible de Gutenberg !

Un livret d'environ cent quatre-vingts pages, si on en croyait la numérotation. Les pages étaient racornies et jaunies, les textes imprimés en gothique. En le feuilletant précautionneusement, Aloyse déchiffra quelques mots en allemand, et d'autres plus rares en latin. Certains feuillets étaient illustrés de dessins rudimentaires représentant des saints.

— C'est l'exemplaire de mon ami. Il a fini par me le confier. Il date de 1840, comme c'est indiqué à la fin, une réimpression d'une édition datant de 1647.

Aloyse le feuilleta en éprouvant un vague sentiment de déception.

— Monsieur Manzmann, en existe-t-il de plus anciens ?

— Certainement.

— Ancien, comment ?

— Que sais-je ! La tradition du livre de magie remonte à l'Antiquité. C'est la peur qui a fait que les populations ont toujours éprouvé le besoin de se protéger. Des livres tels que celui-ci se trouvent en Suisse, en Allemagne, ou en Alsace, à partir de la fin du XVe siècle.

— Admettons qu'il y en ait eu avant l'invention de l'imprimerie.

Manzmann cessa de sourire, il rangea le Geistliche Schild à sa place et entraîna Aloyse à l'extérieur de la réserve.

— Êtes-vous à la recherche de quelque chose de plus précis, monsieur Christmann ?

— En fait, oui. Un livre très vieux. En parchemin. Un *codice*, je crois.

— Codex.

— C'est ça. Il aurait été volé.

— Et vous pensez qu'il s'agit d'un Geistliche Schild ?

— Son ancien propriétaire le nomme ainsi.

— En a-t-il peur ?

— Que voulez-vous dire, monsieur Manzmann ?

— Je vous demande si cet ancien propriétaire a peur depuis que son livre lui a été dérobé.

— Il prétend que sa fille a été tuée par le voleur.

— Tuée ? s'écria le conservateur.

— En réalité, elle a été victime d'un accident de la route, je suis bien placé pour le savoir.

Le vieil homme se dirigea vers son bureau, suivi d'Aloyse. Avant d'en franchir la porte, il se retourna.

— Monsieur Christmann, permettez-moi de vous donner un bon conseil. Ne vous mêlez pas de cette histoire et oubliez ce prétendu Geistliche Schild. Vous n'êtes pas de taille.

Cela dit, il le repoussa des deux mains et lui claqua la porte au nez, laissant un Aloyse stupéfait. La clé tourna dans la serrure.

— Monsieur Manzmann ? Qu'est-ce qui vous prend ? Ce ne sont que quelques questions !

— Foutez le camp, cria le conservateur à travers la porte.

Aloyse connaissait la raison de ce changement de comportement. Il l'avait lue dans les yeux de l'historien : il était effrayé.

— Salut, Jean. J'ai des nouvelles, déclara Aloyse.

Il avait décidé de l'appeler dès son retour, afin de lui relater sa visite au musée.

— Raconte.

— J'ai rencontré un dinosaure ce soir. Et le bonhomme m'a sorti un Geistliche Schild. Il me semble que c'est un objet plutôt précis. Décris-moi ton exemplaire s'il te plaît.

— Couverture en cuir épais. Feuilles de parchemin très usées sur les bordures. De trente à cinquante pages, je ne sais pas exactement. Tout écrit à la main. Des enluminures en début de paragraphe. C'est un très bel et vieil objet.

— Tu sais ce qu'il y a écrit dedans ?

— En fait non, comme je te l'ai dit, je n'ai jamais cherché à l'utiliser. Je le conservais, c'est tout.

— L'écriture, en quelle langue ?

— Latin, il me semble. Tu sais, je n'ai jamais étudié les langues mortes, et je ne me suis pas intéressé plus que ça au bouquin.

— Pas d'allemand ?

— Non. Pourquoi ?

— Le vieux semblait étonné que ce soit un Geistliche

Schild que l'on recherche. Pour lui, ce serait peut-être un livre de magie. Un grimoire, quoi.

— C'est comme cela que mon grand-père me l'a présenté, répondit le Gros, catégorique. Pour le reste, je me fous de savoir ce que c'est vraiment. Tout ce qu'il m'avait dit, c'est que c'était notre bouclier et que, selon la tradition, il avait aidé mes ancêtres à protéger le trésor et à se protéger eux-mêmes. Mon grand-père m'avait fait comprendre que c'était à mon tour de remplir la mission, ne serait-ce que pour le livre. Il attachait une importance vitale à ce qu'il ne tombe jamais en de mauvaises mains. Mais je suis un pragmatique. Je suis censé croire davantage en la force de mon poing ou d'un fusil automatique qu'en la puissance d'écrits du Moyen Âge. Alors je ne m'explique pas pourquoi j'ai peur depuis qu'il a disparu. C'est peut-être le stress à la suite de la mort de Brigitte… J'ai vraiment la trouille, et je ne sais pas pourquoi.

— Monsieur Christmann, votre ami a peur parce que ses aînés lui ont inculqué cette peur. Une terreur quasi innée, car elle est dans leur culture familiale depuis de trop nombreuses générations.

— Merci de m'avoir rappelé, monsieur Manzmann.

— De rien, et je vous prie de me pardonner pour hier soir. C'est l'effet communicatif de la terreur, ricana le conservateur du musée. Comme vous pouvez le constater, le codex que vous recherchez remplit très bien son œuvre, car c'était l'effet escompté en ces temps-là. D'après la description que vous m'en faites, je suis presque persuadé qu'il ne s'agit pas du traditionnel Geistliche Schild, tel qu'on le connaît. En connaissez-vous la destination ? Y a-t-il une légende qui s'y rapporte ?

— On dit qu'il servait à protéger la famille de mon ami. Cette famille avait pour mission d'assurer la surveillance d'un fabuleux trésor.

— Oh ! Se pourrait-il que…

Le professeur à la retraite sembla s'émouvoir derrière son téléphone. Il toussota et dit d'une voix mal assurée :

— Auriez-vous déjà entendu parler d'une ancestrale légende de trésor mérovingien ?

— Précisez.

— Celui de sainte Odile, la patronne de l'Alsace.

— Non. C'est une fable ?

Adrien Manzmann prit son temps.

— Une fable, certes. Mais que dit-on des fables, jeune homme ?

— Que c'est du pipeau ?

— Et ça se dit journaliste…

— Qu'il y a toujours un fond de vérité ?

— Bravo. On le dit.

— Sainte Odile a donc caché un trésor ?

— Oh, là c'est aller un peu vite en besogne. Ce n'est pas une des légendes les plus courantes. On relate surtout ses miracles : la vue retrouvée, le rocher ouvert pour s'y cacher, la source miraculeuse, le lépreux guéri et d'autres épisodes encore. Mais certains chroniqueurs ont raconté qu'elle avait dissimulé les fabuleuses richesses du couvent dans les souterrains du château de Hohenbourg, et que ce trésor a disparu. On prétend que ce serait à l'occasion du pillage du couvent durant la guerre des paysans en 1521. Mais rien n'est moins certain, car il a été écrit que cette merveille aurait été transportée dès la mort de l'abbesse en un lieu secret sous la protection d'une de ses nièces. Sainte Odile aurait confié à cette dame un grimoire rédigé par elle-même – livre auquel on prêterait de colossaux pouvoirs –, afin que soient assurées la pérennité de la cachette et la protection de ses responsables. Un chroniqueur en particulier, Armand de Hochfelden, qui n'était pas un contemporain de la sainte, a énuméré les hypothèses sur les cachettes probables. Il était d'ailleurs persuadé que le trésor avait été dissimulé à l'intérieur d'une salle secrète, dans les galeries qui courent sous Hohenbourg. Il n'a jamais réussi à en trouver la moindre trace, évidemment. Malheureusement, les chroniques de cet Armand ont été détruites dans l'incendie de la bibliothèque du séminaire protestant, pendant les bombardements de Strasbourg en 1870. On ne sait de ce document que ce qu'on en a rapporté dans des chroniques plus récentes encore. Soit presque rien.

— Donc, on oublie le trésor.

— Surtout ne l'oubliez pas, jeune homme, ce serait dommage. À quoi serviraient les légendes si on ne pouvait les raconter à ses enfants ?

— Et pour le Geistliche Schild ?

Le conservateur marqua un nouveau temps d'arrêt.

— Pour le codex, c'est un autre problème. Si tant est qu'il existe, il peut être très dangereux.

— D'accord, répondit Aloyse, dangereux pour qui y croit. C'est bien cela ? Moi, je ne crois pas à la magie. Je ne risque pas comme mon ami d'en avoir peur. Non ?

— Mon cher Christmann, votre candeur m'inquiète. Si j'étais vous, je me méfierais. Car si le livre a bien été volé – c'est ce que semble croire votre ami – il se pourrait qu'il soit utilisé à des fins maléfiques. À l'encontre de son ancien propriétaire. Et pourquoi pas contre d'autres personnes ? Et s'il s'agissait du codex de sainte Odile – et encore une fois, cela n'est qu'une hypothèse –, il se pourrait qu'il ait accumulé une immense puissance au cours de tous ces siècles. Puissance accumulée ou, si vous préférez, puissance prêtée par son utilisateur. Partez d'un postulat du bon sens populaire : « La foi soulève des montagnes. » Concentrez cette foi sur un objet. Si ce dernier affiche les signes de la religion, c'est encore plus facile. Reconnaissez-lui un pouvoir de protection. Remettez le tout dans le contexte de l'époque. Le VIIIe siècle. Ambiance des campagnes ? La vie était très dure, les maladies presque toujours fatales et la violence omniprésente. Et maintenant, faites-lui traverser le temps. Les guerres, les souffrances, les angoisses, les peines terribles. Ses propriétaires successifs se le remettant de la main à la main selon un rituel, se relatant son histoire, son utilité, et se transmettant une foi indicible en son pouvoir et sa destinée. Ne pensez-vous pas que si la foi était une énergie, des quantités gigantesques auraient été accumulées dans ce livre ? Et toute cette énergie ne demanderait qu'à en sortir sur une quelconque sollicitation de son détenteur, légitime ou illégitime !

» Imaginez, monsieur Christmann, ce que ce livre pourrait provoquer s'il était en de mauvaises mains. Qu'il soit ou non magique ne compte plus alors. Ce qui compte, c'est la conviction de son possesseur. Imaginez la haine, imaginez les limites de cette haine. Y en a-t-il seulement ? Que serait-il prêt à faire pour arriver à ses fins ? Car quand bien même « tout » ne serait pas possible, « rien » ne lui serait impossible. Vous comprenez ce que je veux dire ? Voilà pourquoi votre ami est sûr que sa fille a été tuée par le voleur du recueil. Voilà pourquoi vous devriez avoir peur, monsieur Christmann.

— J'ai tout de même du mal à vous croire, professeur. Il faut malgré tout que je le retrouve, rien que pour le repos de mon ami. S'il a été volé, la partie risque d'être compliquée, je ne le trouverai pas de sitôt.

Manzmann ricana une fois de plus :

— Pensez-vous ! S'il a été volé, il va très certainement se manifester à nouveau. Contre votre ami. C'est à ce moment précis que vous pourrez le récupérer. Permettez-moi un conseil : évitez la ligne de mire du voleur, si vous me passez l'expression. Attaquez de biais ou par-derrière. Et n'attendez pas qu'il réveille tous les démons des Enfers pour agir… Non, je plaisantais, là.

Chapitre XVIII

Dabo, 1676

— Il faut qu'on sorte d'ici sinon on va tous crever, hurla Hans Klein.

Ameuté par les cris, le sergent, un solide gaillard au visage scarifié, poussa les soldats qui gênaient son passage et se planta devant lui :

— Tais-toi, lui dit-il d'une voix calme et sèche. Si tu ne la fermes pas tout de suite, je te décolle la tête des épaules. C'est compris ?

Hans Klein ne répondit pas, mais il continua à pleurer. Le sergent reprit :

— S'il y en a un seul d'entre vous qui veut s'en aller d'ici, pas de problème. On le remonte, et on le jette par-dessus les murs. Les Français ont des chiens de guerre à nourrir. Ils seront très contents de le ramasser. Y'a un volontaire ?

Les hommes s'étaient réfugiés sous le donjon du fort, dans une des salles souterraines aménagées dans le rocher. Pourtant en haut, sur la plateforme et les murs, on ne courait aucun danger particulier tant que les combats étaient interrompus. Néanmoins la place manquait. La cour, le donjon et les dépendances étaient déjà occupés par les animaux et les charrettes qui avaient monté les denrées de première nécessité dans l'urgence.

Hans Klein ferma les yeux et serra les dents. Bien sûr, il aurait préféré se battre au grand air. Et mourir au soleil. Il avait pu constater que l'été avait refait une incursion en Lorraine. Tout comme les armées du roi Louis le Quatorzième. Crever comme un rat au fond de son trou lui faisait peur, d'autant qu'il n'avait pas eu de nouvelles de Lisette, son amie. Quand les veilleurs avaient sonné l'alarme, il avait été poussé avec ses compagnons d'infortune vers l'antique forteresse. Juste le temps de se saisir de son casque et de sa lance. Puis les lourdes portes s'étaient refermées sur les quelques dizaines de soldats. Au début, ils avaient tiré des salves de canon, pour montrer la détermination du commandement. Les colonnes surarmées de monsieur de Bois-David voulaient passer et elles passeraient. À quoi bon résister. Cependant, le comte de Linange avait décidé que Dabo devait résister. Eh bien Dabo se battrait. Hans Klein était de la piétaille. On se moquait de son sort en haut lieu. Hans Klein le savait, tout comme il savait qu'il n'était pas à l'abri derrière ces murailles. Un fort, isolé, pour empêcher le passage des armées françaises vers l'Alsace. Foutaises !

La forteresse avait bien pris quelques boulets en représailles, mais le feu s'était calmé assez vite. Des campements avaient été installés autour du village, ainsi que quelques postes de surveillance. Les Français avaient disposé juste assez d'hommes pour organiser le blocus et tenir le siège. Les colonnes principales avaient déjà franchi les Vosges.

Le sergent écarta un fantassin pour s'asseoir à côté de Hans Klein. Il lui tapa sur la cuisse.

— Ça va mieux, soldat ? Dis-moi, quel âge as-tu ?

— Dans les quinze ans.

— Quinze ans ! C'est un bel âge pour mourir, dit le vieux militaire en riant.

Puis il se fit plus rassurant :

— Tu verras, ça va bien se passer. En haut, dit-il en montrant du doigt le plafond, le commandant sait ce qu'il fait. Tu sais petit, j'ai un fils de ton âge.

— Il est où, votre fils, sergent ?

— À Kehl, sur le Rhin, avec sa mère. C'est lui qui dirige la maison quand je ne suis pas là. Tu as une bonne amie ?

— Oui sergent. Elle s'appelle Lisette. Elle vit au village. Son père est fermier.

— Ah, bien. C'est qui son père ?

— Le Christian. Christian Wacht.

Le sergent lui sourit.

— Je le connais, cet homme : rudement costaud. Et je connais sa fille. Elle est jolie, tu as de la chance. C'est lui qui habite la route de la forêt, juste en contrebas du château.

— Je ne sais pas si j'ai de la chance, sergent. J'espère que Lisette va bien. Je n'ai pas eu le temps de la prévenir de l'arrivée des Français.

De nouveau, le sergent se fit rassurant :

— Ne t'en fais donc pas. Comme les autres au village, elle aura pu fuir dans la forêt et s'y cacher. C'est plein de rochers et de grottes par ici. Les Français ne vont pas prendre le temps de tout fouiller. C'est nous qu'ils veulent. Et nous, on a de quoi tenir : poudre et boulets, mousquets, nourriture par tonneaux entiers et plus de trois cents gaillards dont la moitié sont de purs gibiers de potence, prêts à en découdre. Ajoute à ça un commandant comme il n'y en a pas deux. Alors, tu t'inquiètes pour rien, mon garçon. On est loin d'être foutus.

Christian Wacht avait entendu les premiers coups de canon alors qu'il coupait du bois dans la forêt, du côté de La Hoube. Au début, il avait trouvé que sa hache sonnait curieusement. Puis il avait pensé à l'écho, et soudain, il comprit. Il attacha son bœuf à un arbre et s'élança le plus vite possible à travers la forêt en direction de Dabo, bondissant au-dessus des souches, insensible aux branches qui le griffaient. Arrivé au bas de la vallée, les poumons en feu, il se jeta au sol derrière un arbre abattu. Un détachement militaire avait établi un point de contrôle sur le chemin.

Christian rampa silencieusement derrière le fût couché pour évaluer l'obstacle. Traverser le chemin était impossible. Des patrouilles allaient et venaient, toutes à portée de vue les unes des autres. Il lui fallait trouver un autre moyen de passer. Profitant des hautes fougères, il s'éloigna discrètement. Arrivé à distance respectable, il reprit son souffle. Ses pensées allaient toutes vers Jeanne, son épouse, et Élisabeth, sa fille, qui étaient restées à la ferme. Pourvu qu'elles aient eu le temps de se cacher. Après avoir cherché une faille dans le barrage que formaient les lignes françaises, il dut se résoudre à attendre la nuit pour s'approcher du village. L'attente lui était intolérable et l'angoisse lui remontait les tripes. Il connaissait la cruauté de ces soldats en campagne. De vrais soudards, sans scrupules. Pires même que les Suédois. Il dut attendre l'obscurité naissante pour se faufiler entre deux patrouilles. Après quelques minutes d'évolution en rampant, il se figea. Un bruit. À un jet de pierre. Des branches cassées. Christian serra très fort sa cognée, prêt à défendre sa vie. Il perçut des pleurs et des reniflements.

— Hé, souffla-t-il. Fais moins de bruit, tu vas nous faire repérer.

— Qui c'est ?

— Christian. De la ferme du bout du village en direction de La Hoube. Et toi, qui tu es ?

— Guillaume, le fils de Jean-Jacques le meunier. Je suis avec Trudi, ma sœur, dit en hoquetant une petite voix.

Christian les rejoignit.

— Je te connais, Guillaume. Où sont tes parents ?

— Au village.

— Ils ne se sont pas sauvés avec vous ?

Le petit serra sa sœur contre lui.

— Non.

— Qu'est-ce qu'ils font alors ?

— Rien. Ils sont morts. Les soldats les ont tués. Ils ont tué tout le monde, au village. Nous, on jouait dans la forêt près du grand châtaigner quand on a entendu les coups de feu. On est rentré à la maison mais les soldats nous ont jeté des pierres en nous disant de ficher le camp.

Christian regarda les deux gosses. Ils avaient entre cinq et sept ans. Leurs visages étaient souillés de larmes et de crasse. Tous leurs membres tremblaient. Il ne pouvait pas les laisser seuls.

— Venez avec moi, mais attention, je ne veux pas le moindre bruit, sinon, je vous abandonne dans les bois. C'est compris ?

Les enfants hochèrent la tête en silence.

Ils entamèrent la remontée vers le village. Lorsqu'ils arrivèrent à portée de vue de la maison, le cœur du fermier se mit à battre très fort. Elle était éclairée par le feu qui la ravageait. Une partie du toit s'était effondrée. La cheminée massive se dressait encore vers le ciel. Il dissimula les enfants sous un buisson en leur recommandant de ne surtout pas bouger, puis il continua sa progression. Une odeur écœurante de chair brûlée rendait l'air irrespirable. Christian parvint à la ferme par l'arrière. Tous les objets de labeur, outils et mobilier avaient été éparpillés dans la cour et brisés. Par la porte de l'étable, il vit dépasser les deux pattes arrière de son vieil âne. Il n'avait pas dû intéresser les pillards, qui ne s'étaient pas embarrassés de le détacher avant de mettre le feu au bâtiment. Toutes les autres bêtes avaient disparu : cochons, vaches et veaux. Il s'approcha autant qu'il put du brasier et essaya de pénétrer dans la maison en feu. La chaleur était si forte qu'il dut y renoncer. Toussant et pleurant il tourna autour de l'habitation à la recherche des siens quand il découvrit sa femme.

Jeanne reposait sur le dos, les cheveux défaits étalés sur ses bras relevés. Son jupon retroussé dévoilait un entre-jambe inondé de sang. Ses tortionnaires lui avaient élargi le sourire à la lame, puis ils avaient fait de même avec son intimité. Ils devaient l'avoir longuement battue avant de l'achever en lui défonçant la poitrine d'un coup de pieu. Sa gorge était béante. Christian, à genoux, la tête jetée en arrière, poussa un hurlement silencieux qui ne finit que lorsqu'il n'eut plus de force. Tout en pleurant, il lui ferma les yeux et rabattit doucement le jupon. Il ne fallait pas laisser de trace de son passage. Il se dirigea vers la grange. Elle s'était effondrée en partie, mais il put y pénétrer. En s'enfonçant dans les ruines il parvint jusqu'à la trappe de la cave. La fermeture était intacte, cachée par des fagots qui avaient roulé par-dessus. Il en souleva un pan et appela doucement.

— Lisette, c'est ton père !

Pas de réponse.

Après quelques appels, il referma la trappe. Elle avait dû s'enfuir. Il ne pouvait en être autrement. Elle était au lavoir aujourd'hui. Il était sûr qu'elle s'était fondue dans la nature au premier coup de feu. À treize ans, on n'est pas naïf.

Il la vit dans l'herbe noire, à côté de son panier de linge renversé. Nue.

Christian s'assit et pleura.

Quand il reprit ses esprits, il s'essuya le visage et repartit en direction de la forêt. Il lui fallait s'occuper des survivants. Ils n'avaient pas bougé, blottis l'un contre l'autre, les yeux hagards.

— Venez, leur dit-il.

En s'approchant de sa maison incendiée il leur intima l'ordre de détourner la tête. Il souleva les battants de la trappe et leur dit :

— Descendez, vite.

Il les suivit et referma sur eux les portes de la cave. Il alluma une chandelle. Des fruits conservés à l'abri de la lumière ainsi que des jambons fumés assureraient leur survie dans l'immédiat. Dans cette situation, la terre battue serait une paillasse plus qu'honorable.

Depuis deux jours qu'ils étaient enterrés, ils avaient perdu la notion du temps. Soudain, Christian sursauta. Des raclements d'objets métalliques sur les dalles de grès. Il posa ses mains sur la bouche des deux enfants pour leur intimer le silence, puis se saisit de sa cognée. En faisant le moins de bruit possible, il souleva un des battants de la trappe. L'air vif le ragaillardit. Mais la puanteur était terrible. Il saisissait des mots au vol. Et ce rire…

— T'aurais dû l'entendre piailler la petite, une vraie démone. On n'était pas de trop tous les quatre pour la tenir. Et avec ça une chair fraîche. Tu devineras jamais. L'était pucelle.

Christian serra les dents à les faire craquer pour ne pas hurler.

Une seconde voix reprit.

— Et la vieille ? Docile ?

— Pour sûr qu'elle était docile, tant qu'on obligeait la gamine à regarder. Mais quand le Hubert l'a forcée, là, elle est devenue méchante. On a dû la convaincre de se taire.

L'autre pouffa de rire.

— J'ai vu.

— Non, reprit le premier, t'as rien vu. On l'a donnée à Rex. Faut bien que ce cabot profite un peu de la guerre. Il passe son temps à bouffer du teuton. Après qu'on s'est bien amusés, on lui a laissé sa chienne.

Wacht referma la trappe. Il n'avait plus de larmes. Il n'était que douleur.

Ne pas réagir. Il aurait pu sortir. Les saisir l'un après l'autre entre ses puissantes paumes. Leur broyer le crâne. À tous les deux. Il en avait la force. Et la haine. Ne pas se faire repérer. Se calmer.

Attendre.

Le temps passa.

De nouveau un bruit. C'était la trappe. Christian sauta sur ses pieds, la hache dans les mains.

— Père ?

— Rudi ?

— Père, c'est moi.

Un homme d'une vingtaine d'années se précipita dans la cave.

Christian serra son fils dans les bras.

— J'ai vu maman et Lisette. Je vais les tuer, ces Français.

— Tu ne tueras personne. En tout cas pour l'instant. Il y a plus urgent à faire. Mais d'abord, que fais-tu là ? Je te croyais à Phalsbourg chez tante Berthe !

— Les Français sont passés par là aussi, en direction de Saverne. Un bourgeois m'a expliqué que le comte de Linange avait défié le roi Louis et que celui-ci, avec sa grande gueule, ne se laisserait pas insulter de la sorte. Je me suis dit qu'ils passeraient forcément par Dabo. Et que tu aurais besoin d'aide.

— Tu as eu raison, mon fils. On va avoir du travail.

— Comment, tu veux déjà reconstruire ?

— Non, c'est pas le moment. Tant que ces cochons sont installés dans le coin, on ne pourra rien faire.

— Ils en ont pour longtemps ?

— D'après ce que je sais, au château, ils ont de quoi tenir : avec le puits, le grain que j'ai livré et les salaisons, il y en a pour des semaines. J'ai vu une partie de leurs armes, on aurait dit qu'ils s'attendaient à ce siège. Deux bons mois, voire plus. Moi, il va falloir que je parte. Je ne sais pas où, je ne sais pas combien de temps. Mais je dois partir.

— Je crois que je n'ai pas bien compris.

— Je t'expliquerai dès mon retour. Sois patient. J'ai une mission, et bientôt toi aussi tu en auras une. Mais dis-moi, comment va le moral actuellement à Phalsbourg ?

— Les troupes ont fait du mal. Ils détruisent tout sur leur passage. Néanmoins, je ne peux pas dire qu'ils sont pires que les impériaux. Pour l'instant, ça va un peu mieux, surtout depuis que les dernières colonnes sont passées. Chez tante Berthe, tout est tranquille. On entend dire par-ci par-là que les Français vont bien finir par refluer. Ils vont saccager ce qui reste encore debout.

— Retournes-y tout de même. Avec ces deux-là. Dis à Berthe que je les lui laisse en pension le temps de régler certains problèmes ici. Qu'elle prenne bien soin d'eux, ils n'ont plus de famille. Ils seront dorénavant ton frère et ta sœur. Quand j'aurai fini, je passerai te prendre à Phalsbourg. Et je t'expliquerai.

Chapitre XIX

— Comment trouvez-vous mes boulettes de foie et mes pommes de terre sautées, monsieur Jean ?

— Ce sont les meilleures que j'aie jamais mangées, madame Christmann. Promis.

— Merci. Aloyse, ressers un peu de vin à ton ami, tu ne vois pas que son verre est vide ?

Jean et Aloyse étaient devenus inséparables. Pour le plus grand bonheur de mémé, qui avait retrouvé l'usage de sa cuisinière. Comme au bon vieux temps, quand elle nourrissait une tablée entière de familiers et de journaliers.

— Tout se tient, décréta Aloyse en remplissant les verres. Dabo, ou Dagsburg autrefois, pourrait très bien avoir abrité le trésor d'Odile. D'après mes recherches à la bibliothèque de l'université, le bourg avait appartenu dès le Xe siècle à des descendants de la famille de la sainte : Hugues, comte de Nordgau, puis Eberhard IV, son fils. Avant l'an mil, ils avaient déjà érigé une tour d'habitation, des dépendances, des murs pour rehausser le rocher ainsi qu'une muraille autour de la base du rocher. Et c'est de cette époque que date le puits-citerne que tu m'as montré par le dessous. Toute trace de ce château fort a disparu quand les armées de Louis XIV et Louvois ont décidé de le raser, en 1679, après la guerre de Hollande. Parce que les Linange n'avaient pas accepté le traité de Westphalie et se refusaient à la France depuis 1648. Le comté était aux Linange depuis le XIIIe siècle, après avoir appartenu aux Eguisheim puis aux Eguisheim-Dabo. Léon IX, le pape qui a donné son nom à la chapelle sur le rocher, est issu de cette famille. Mais attention, la première chapelle ne date que de 1825. Celle qui existe actuellement et plus récente : 1892.

— Et n'oubliez pas la pièce pour le guide ! plaisanta Jean. Putain, tu imagines comme ça devait être glauque là-haut, en l'an mil.

— Oui, mais au milieu des forêts et des montagnes, tu te sentais comme sur un bateau au milieu de l'océan, répondit Aloyse, dans un sourire rêveur.

— Tu es déjà monté au rocher en plein hiver, par plafond bas ? T'as pas envie d'y traîner. Même avec une grosse doudoune. Je ne veux pas imaginer ce que pouvait être la vie en ce temps-là.

Aloyse reprit l'énoncé de ses recherches.

— Et il y a la chapelle Sainte-Odile. Du XVIIIe siècle.

— Aucun rapport, elle n'est pas dans le coin, déclara Jean, catégorique. Le trésor était enfermé dans la salle que je t'ai montrée. Un point c'est tout.

— Écoute, je ne dis pas le contraire. J'essaie d'énumérer des faits, c'est tout. Parce que les questions sont : quand a-t-il été retiré de sa cache ? Pourquoi et où a-t-il été transporté ?

— À mon avis, répondit Jean, le « quand » et le « pourquoi » ont un rapport étroit. Le « où », pour l'instant, on peut l'oublier.

— Tu as raison. Soyons logiques. On ne déménage pas un monceau d'or juste sur un coup de tête. S'il a été placé là par Odile, ou un membre de son clan, ce devait être vers la fin de sa vie ou après sa mort. Donc vers 720 ou après...

Jean regarda le jeune journaliste, ahuri :

— Tu te rends compte qu'on parle d'un truc qui s'est passé il y a plus de mille deux cents ans ! Ça laisse rêveur.

— Ne raisonne pas en années, sinon tu vas avoir le vertige. Raisonne en événements, en changements, en indices, en références. Qu'est-ce qu'on a ?

— Tout d'abord, on a le lieu. Est-il probable que quelqu'un ait trouvé une galerie, cette galerie et cette salle, en 720 ?

— Il ne s'agit pas d'un couloir naturel. Il a été creusé par la main de l'homme.

— Tout juste, répondit Jean. Il y a des grottes et des cavernes dans le coin, mais cette galerie est artificielle. Elle ne doit dater que d'après la construction du château, c'est-à-dire peu avant l'an mil, soit deux cent cinquante ans après sainte Odile.

— À moins...

— À moins que quoi ?

Aloyse se tenait le menton.

— Y avait-il des gens capables de creuser un truc pareil avant l'an 720 ?

— Ben, ce n'était pas Alexandrie ou Rome, mais des Celtes, des Romains et des Francs ont vécu dans le coin, au fil du temps. Pour compléter ce que tu as si savamment énoncé, les premières constructions sur le rocher étaient certainement gallo-romaines. Un temple dédié à Mercure, ou un truc comme ça. J'ai oublié ce que nous avait expliqué l'instituteur. On dit que le roi Dagobert au Ve siècle y avait construit un relais de chasse. On trouve même des vestiges de civilisation de l'âge de pierre dans les environs. Alors pourquoi pas une galerie creusée dans le roc plus ancienne encore ? Le rocher doit bien avoir quelques centaines de milliers d'années. Je ne te parle même pas de la roche, le grès, qui s'est formé il y a quelques centaines de millions d'années.

— On arrête là, on ne va plus s'en sortir. Voyons la chose autrement : crois-tu possible que les Romains aient pu creuser cette galerie ? Puis qu'on l'ait redécouverte plus tard et qu'on y ait planqué le magot ?

Jean haussa les épaules.

— Demande au dinosaure.

— Comment ?

— Ton professeur Manzmann. Il pourrait peut-être nous renseigner.

Chapitre XX

La nuit était la meilleure alliée des deux hommes. Christian et Rudi retournaient vers leur ferme. Ils avaient dissimulé le bœuf et la charrette dans un abri de bûcheron avant de repasser les lignes françaises. Il s'était écoulé un mois depuis leur rencontre dans la cave de la ferme.

Un soir, le père avait frappé à la porte de chez la tante Berthe. Le regard de celle-ci avait changé :

— Christian, j'éprouve de la tristesse à te voir si gaillard, alors que cela fait à peine un mois que tu as enterré ta femme.

Rudi et Christian se regardèrent tristement en songeant aux cadavres laissés à même le sol. Pas question de rentrer dans les détails.

— Chère Berthe, je n'ai ni oublié mon épouse ni ma petite fille. Je les pleure à chaque instant et je me maudis de n'avoir pas été présent lors du drame. Mais toute cette peine ne me fait pas oublier les vivants. Toi, mon fils et sa nouvelle fratrie. Vous êtes ma raison de vivre à présent. Guillaume et Gertrude resteront encore chez toi quelque temps, car j'ai un travail très important à réaliser avec Rudi.

— Tu ne songes pas à te venger de toute une armée ? demanda-t-elle soudain inquiète.

— La vengeance attendra.

Au loin, la vision dantesque de la forteresse assiégée, qui se découpait dans le ciel tourmenté, leur aurait presque fait oublier l'horreur du spectacle qui les attendait aux abords des ruines de leur maison. Les corps décomposés avaient servi de pitance aux animaux rendus à la liberté. Ils en avaient dispersé les membres à travers la cour. Père et fils se rendirent aussitôt à la cave et s'y enfermèrent.

Rudi voulait se changer les idées.

— Alors, tu me montres ce livre quand ?

Christian ouvrit sa besace et en sortit un objet enroulé dans une étoffe.

— Ceci est le bien le plus précieux de notre famille. Il nous a été confié en des temps très reculés par quelqu'un de très important. Une princesse. Une sainte. Ce livre est notre bouclier spirituel. Il contient les prières et les incantations destinées à nous protéger.

— Il n'a pas protégé mère et Lisette.

— Il les aurait protégées, si j'avais été présent quand les Français sont arrivés, gronda Wacht. J'aurais pu les protéger. Mais le Seigneur en a décidé autrement. Leur trépas a son utilité. Il nous oblige à remplir notre mission. Même si ces morts nous sont inacceptables.

— C'est quoi, cette mission ?

— Protéger un trésor des temps anciens.

— Quel danger court-il ce trésor ? fit Rudi avec une moue méprisante.

— Les Français. Aucun doute qu'ils parviendront à prendre le Burg[1]. Tôt ou tard. Et s'ils font sauter le rocher,

1. Château fort.

ils finiront par le trouver.

— Ton trésor est dans le roc, sous le château ?

— Tu verras. Quand mon père m'a décrit ma mission, il a insisté sur deux éléments : en premier lieu, le trésor est caché dans le rocher, et quand il sera en danger, à l'aide du livre, il m'apparaîtra devant les yeux.

— Et en second ?

— Que de la même façon le livre me révélera à qui je devrai confier le trésor et où je trouverai cette personne.

Rudi haussa les épaules.

Wacht continua :

— Et j'ai trouvé cette personne.

— Ah, c'est très bien. Et cet inconnu t'a chaleureusement remercié de lui confier un trésor, c'est ça ?

— Ne sois pas insolent, mon fils.

À la lueur d'une maigre chandelle, Christian ouvrit l'ancien recueil, le feuilleta et désigna une page.

— Là. C'est là.

— Parce que tu sais lire, maintenant ?

Le père referma le livre. Il le posa sur un tabouret. D'une main ferme, il décocha une gifle magistrale à son fils. Celui-ci en tomba sur les fesses. Christian, toujours calme, prit le jeune adulte par le col :

— C'est la dernière fois que tu te moques du Bouclier. Est-ce bien compris ?

— J'ai… j'ai compris, père. Je ne dirai plus rien.

— À la bonne heure. Mon père m'a recommandé de me placer sous notre demeure et de réciter la prière qui se trouve écrite là.

Puis il ferma les yeux et entama une longue incantation. Il sembla à Rudi qu'elle n'en finissait pas. Prudent, il préféra garder le silence.

Un tremblement.

Wacht continua sa psalmodie, les yeux clos. Il suait. Sa

tête rythmait ses paroles. De plus en plus vite.

Un grondement.

L'inquiétude gagnait le jeune fermier.

Soudain, dans un assourdissant vacarme accompagné d'un nuage de poussière, un pan de mur s'effondra. Alors que Christian prononçait « amen », son fils se réfugia à l'opposé du cellier. Le dos contre la pierre froide, la bouche grande ouverte, les yeux exorbités.

Quand le nuage de sable et de poussière se fut dissipé, dans la lumière vacillante de la bougie apparut un trou béant.

Chapitre XXI

— Monsieur Wacht, dit le vieux professeur, votre maison est intéressante : elle a été reconstruite à plusieurs reprises, si j'en crois les différences de style. Avez-vous une idée de l'époque de sa première édification ?

— Je sais pas. XVe ou XVIe siècle. Il paraît que la cuisine est la pièce la plus ancienne de la maison.

— Oh, j'aurais dit XVIIIe pour les murs et la charpente. Sauf pour cette cheminée ! Elle est magnifique, elle doit avoir connu le Roi-Soleil.

— Peut-être. C'est d'ailleurs ici qu'était caché le Geistliche Schild, dit-il en indiquant le petit placard mural.

— Ce que vous pensez être un Geistliche Schild, reprit Manzmann.

— Si vous le dites.

— Bon, et ce souterrain alors, s'impatienta le vieil homme.

— On y va, on y va.

Aloyse s'amusait. Le conservateur du musée, malgré son âge avancé, trépignait comme un enfant incapable de dissimuler sa curiosité.

Visiblement, je ne suis pas le seul que ça excite, pensa-t-il.

Dans la cave, le professeur contempla longuement la terre battue, puis la porte cachée par le buffet. Il ramassa une binette posée dans un coin et se mit à gratter le sol.

— Que faites-vous ? se permit de demander Jean.

— Vous voyez bien, je creuse.

— Vous n'auriez pas besoin d'un petit coup de main ?

— Allez-y, ne vous gênez pas.

Wacht s'empara d'une pioche et en frappa la terre. Elle était dure. Les années l'avaient bosselée comme un antique pavage de galets.

Il finit par percer la couche superficielle, en y mettant de grands coups. Le professeur se concentra sur l'endroit et en gratta le fond.

Assez vite, il y eut un raclement.

— On y est, déclara-t-il. Dégagez-moi cela.

Jean et Aloyse creusèrent puis nettoyèrent une surface lisse en pierre. Ils élargirent le trou.

— C'est quoi ça ? demanda Jean. Un coffre ? Un sarcophage ?

— Pardon ? Non, c'est un dallage. C'est ce que je cherchais.

— Un dallage, dans ma cave ? Et dire que je pensais qu'elle était en terre battue !

— Cela prouve que cette pièce avait une utilité bien plus importante que de servir de cellier. Et qu'elle est antérieure à la maison.

— Ah bon.

— Oui, c'est assez courant que l'on reconstruise une maison sur d'anciennes caves ou d'anciennes fondations. Si elles sont encore en bon état, bien sûr. Mais passons à la porte. Elle est au niveau de la terre. Elle a donc été installée à l'époque de la reconstruction de cette ferme. Et vu son état de délabrement, elle n'a pas été changée depuis. Trois cents ans ?

Ils passèrent la porte et pénétrèrent dans la première salle.

— Oui ! déclara le conservateur admiratif.

— Quoi ?

— Rien. Rien.

Jean fit jouer la grille et ils s'enfoncèrent dans le souterrain. Afin d'en révéler tous les détails au savant, ils s'étaient cette fois-ci équipés de puissantes lampes torches.

Après une dizaine de minutes d'évolution, ils parvinrent à la seconde grille, puis ils entamèrent la remontée jusqu'à la salle aux quatre ouvertures.

— Ah, bien ! continua Manzmann sur le même ton.

— Quoi ?

— Non rien.

Jean lui présenta les lieux.

— Et c'est dans cette pièce qu'était le trésor ?

— Absolument professeur, déclara Wacht.

— Super, c'est génial !

Aloyse et Jean se jetèrent un coup d'œil, intrigués.

— Et ensuite, il aurait été déménagé ? Mais où ?

— Je regrette, mais l'histoire ne nous le dit pas.

Le vieil homme afficha une moue contrariée.

— Et par là, qu'est-ce qu'il y a ? demanda-t-il en avançant.

— Stop ! crièrent en cœur les deux compères. C'est un piège.

Ils éclairèrent la citerne puis la cheminée :

— Ça donne dans le puits !

— Quel puits ?

— Celui qui est encore visible sur la plateforme, à côté de la chapelle Saint-Léon, déclara fièrement Aloyse.

— C'est une ânerie que vous me dites là !

— Pardon ? dit le journaliste.

— Oui, une connerie. Une stupidité.

Devant l'air hébété d'Aloyse, le professeur continua.

— Le puits sur la plateforme doit faire trois mètres de profondeur, maximum.

— Mais non, il a été bouché pour des questions de sécurité, n'est-ce pas Jean ?

Il chercha du regard le Gros, mais celui-ci détourna les yeux, confus.

— Ne dites pas n'importe quoi, jeune homme. Le puits est un réservoir qui avait comme objectif de recueillir l'eau de pluie. Il n'y a pas de source miraculeuse à trente mètres sous le rocher. Croyez-moi. Il y a plus simple : creuser un petit réservoir près de la surface. Ceci, dit-il en montrant la cheminée, est un boyau naturel.

— Mais on sent l'air passer, osa Jean.

— Oui, c'est vrai, il doit y avoir une ouverture quelque part dans une anfractuosité du rocher. Un trou bien discret. Et cela, dit-il en montrant la fosse remplie d'eau, eh bien c'est un réservoir naturel dû à l'infiltration, une petite merveille de la nature. Ils ont dû tomber dessus en creusant le tunnel.

Revenu dans la salle centrale, il désigna la dernière ouverture.

— Et par là, on va où ?

Jean marmonna dans sa barbe, de peur d'être pris en défaut :

— Ça montait vers la forteresse. Mais c'est bouché après quelques pas.

— Allons voir, dit Manzmann.

Jean s'attendait à une nouvelle critique.

— Vous avez raison, dit le vieil homme. Le passage a été muré.

De retour chez lui avec ses deux partenaires, le Gros sortit la bouteille d'eau-de-vie et les invita à s'asseoir.

— Alors professeur, qu'en dites-vous ? demanda Aloyse.

— C'est bien.

— Mais encore ?

— Il faut absolument qu'on retrouve le codex.

— Non, je parle du souterrain. Il date de quand ?

Manzmann sirota longuement sa mirabelle, la faisant passer entre ses dents. Puis d'un air énigmatique il déclara :

— Je n'en sais rien.

— Comment, reprit Aloyse, vous n'en savez rien ? Vous aviez pourtant l'air de tout connaître : les dalles, la porte…

— Oui jeune homme, vous avez raison. Mais je ne vous dirai rien.

— Mais pourquoi, je pensais que vous pourriez nous aider !

— En effet.

— Alors quoi ?

— Je veux bien vous aider.

— Mais ?

— Mais à une condition.

Le Gros et Aloyse le dévisagèrent comme s'il venait de leur faire les poches.

— Et laquelle ?

— Eh bien…

— Allez-y, qu'attendez-vous !

— Je veux en être.

— Vous voulez quoi ? demanda Jean, totalement ahuri.

— Je veux en être, insista le professeur.

— Je dois comprendre que vous exigez une part du trésor. C'est bien cela ?

— Le trésor ? S'il existe ! Et ce n'est pas ce qui m'intéresse le plus. Je veux faire partie de cette chasse au trésor. Voilà ce que je veux. Vous semblez ne pas comprendre : il est certain que mes connaissances peuvent aider à découvrir et le livre et le trésor, si tant est qu'il ait existé un jour. En échange, je veux jouer avec vous.

— Jouer ? demanda Aloyse qui n'en croyait pas ses oreilles.

— Oui, monsieur Christmann. Je veux jouer à la chasse au trésor avec vous. Trouver le codex, son voleur et, pourquoi pas, trouver le trésor. Je m'ennuie à la retraite. Les poussières du musée me saoulent à la longue. Même écrire des bouquins à la con me fait chier ces derniers temps. Je veux une énigme, de la vie, de l'espoir. Alors pour une fois que je peux participer à quelque chose de palpitant ! Je veux en être. C'est ma condition.

Dans le silence de la cuisine ponctué du tic-tac de l'horloge, les trois hommes regardèrent leurs verres. Le Gros en profita pour les remplir. Ils furent vidés aussitôt.

Après avoir consulté en silence son jeune compère, Jean fixa le conservateur du musée des Traditions populaires d'Alsace.

— C'est vous-même qui avez affirmé que ce serait dangereux.

— M'en fous.

— Alors, bienvenue au club.

Chapitre XXII

— Voilà ce que nous allons faire. Tu vas remplir les sacs, autant que deux hommes peuvent en porter. Nous traverserons la forêt jusqu'à ce que nous ayons dépassé les barrages militaires. Nous les chargerons sur la charrette. Avec du bois, nous les recouvrirons. Cela fait, tu reviendras ici et tu resteras caché dans la cave. D'ici trois jours, je serai de retour.

— Trois jours, s'exclama Rudi, mais qu'est-ce que tu veux que je fasse pendant trois jours dans ce trou ?

— Tu auras le temps de préparer d'autres sacs, de te reposer, de ranger et nettoyer. Mais surtout, tu ne sors pas, tu ne te fais pas voir. C'est compris ?

— Compris père. Mais, pour la lumière ?

— Je vais te ménager une petite ouverture de façon à renouveler l'air et te laisser un peu d'éclairage. Nous n'avons plus assez de chandelles. Je vais tenter d'en trouver avant mon retour.

— Tu vas où ?

— Mon fils, tu n'as pas besoin de le savoir. Quand tout sera fini, je te raconterai. Dans cette attente, je préfère que cela reste entre Dieu et moi. Pardonne-moi, mais moins tu en sauras, moins tu nous mettras en danger. Il n'est pas exclu que ces porcs de Français nous mettent la main dessus et tentent de nous extorquer des informations. Il paraît que, parfois, quand ils veulent savoir quelque chose, ils l'apprennent. Ils apprennent même ce qu'ils n'ont pas demandé.

Rudi frissonna. Il comprenait les précautions de son père. Des histoires horribles de tortures avaient déjà été évoquées lors des veillées. Vrais ou faux, ces récits sinistres, racontés à la lueur d'un feu de cheminée, terrifiaient adultes et enfants.

À peine les derniers rayons du soleil avaient-ils cessé d'éclairer les cimes des sapins que les deux hommes s'enfoncèrent dans les taillis, chargés comme des bêtes de somme. Arrivés à proximité des lignes françaises, ils disparurent dans les fougères. Une fois le passage difficile franchi, le reste ne fut qu'un jeu d'enfant. Ils retrouvèrent l'attelage dissimulé dans l'abri de bûcheron, chargèrent le précieux fardeau et le camouflèrent.

— Rentre à la maison, mon fils. Et surtout fais-toi aussi petit et discret qu'un rat. Encore une chose. Si d'aventure quelqu'un venait à s'approcher trop près de la maison, dissimule l'ouverture dans le mur et cache-toi dans le passage. Et… s'il le découvrait… Ta vie est moins importante que ce que nous cachons. Tue-le. Sans hésiter. S'ils sont deux, tue-les. Tu dois protéger notre secret, à tout prix. M'as-tu bien compris, mon fils ?

— Oui père.

Avant de monter sur la charrette, Christian attrapa son fils par les épaules puis le serra très fort.

Le jeune homme en fut très surpris : deux fois en quelques semaines, son père lui avait montré un signe d'affection. Ce n'était jamais arrivé. L'heure devait être grave.

Sur ce, le vieux Wacht s'enfonça dans les ténèbres.

Trois jours plus tard, au petit matin, il souleva la trappe.

Rudi fut soulagé de le retrouver. D'autant qu'il rapportait des chandelles en quantité surprenante, de la nourriture et une bouteille de schnaps.

— Tu l'as trouvée où ?

— Ta tante Berthe. Tu lui manques, ainsi qu'à Guillaume et Trudi.

— Ils me manquent aussi. Le voyage s'est bien passé ?

— Sans problème. J'ai cheminé toute la nuit jusqu'à Phalsbourg. La nuit suivante j'ai fait la seconde partie de la route. Après avoir tout déchargé, j'ai récupéré un peu et fait le retour d'une traite.

— Tu n'as croisé personne ?

— Non. Pas un soldat, pas un détrousseur. Personne.

— Et maintenant ?

Wacht sourit :

— Et maintenant, je dors. Tu remplis les sacs suivants et ce soir on recharge.

La nuit venue, alors qu'ils passaient les lignes Rudi surprit le regard exalté de son père. En y prêtant attention, il perçut un léger borborygme qui sortait de ses lèvres. Avant de le quitter, il lui demanda :

— Père, mais tu pries ?

— Oui mon fils. Je prie. Comme le veut le Bouclier. Comment crois-tu que nous passons sans éveiller l'attention des soldats ? À l'aide du livre, nous sommes invisibles. Et toute cette route, sans un égorgeur ? C'est grâce au livre. Je prie également pour toi, sache-le.

— Merci père.

Le jeune homme avait appris sa leçon : il préféra la prudence à l'impertinence.

Des semaines s'écoulèrent.

— Père, qu'as-tu ?

— Rien, je suis fatigué.

— Il faudrait que tu t'arrêtes un peu, suggéra Rudi. Tu ne peux pas continuer éternellement sans dormir. Même notre Seigneur s'est reposé le septième jour.

— C'est lui qui nous confie cette mission. Alors nous nous reposerons quand ce sera fini.

Dans la cave, les nuits étaient courtes, et leur bénéfice médiocre. Le teint de Christian avait pâli, ses traits s'étaient creusés.

Rudi savait son père au bord de l'épuisement, mais devant sa détermination, il n'osait le lui faire remarquer. Quand, avant une expédition, Wacht parvenait à trouver le repos, c'était d'un sommeil agité, entrecoupé de paroles incompréhensibles et de gémissements. Parfois ses mots ressemblaient à une longue incantation.

Enfin les derniers sacs furent remplis. L'ultime voyage. Malgré son indicible fatigue, Christian Wacht était fier. Fier d'avoir rempli la mission ancestrale. Il était plus prolixe qu'à son habitude en mâchant les bouts de lard :

— Je ne reviendrai pas ici. Pas tant que le château ne sera pas tombé. Quand la situation sera éclaircie et le blocus levé, nous reconstruirons la ferme.

— Alors je t'accompagne ?

— Non mon fils, tu reviens et tu refermes le trou. Fais en sorte que personne ne puisse trouver le passage secret et cache le Bouclier.

— Moi ?

— Oui. Car à partir de cet instant, c'est toi qui seras en charge de sa garde.

— Mais père, à quoi pourrait-il me servir, s'il n'est plus la clé d'accès au trésor de la princesse ?

Le fermier prit la main de son fils. Il lui exprimait ainsi sa rugueuse affection en même temps qu'une instruction ferme :

— Le Bouclier est la clé de tout. Il a protégé le trésor, mais il a également protégé la famille. Bien sûr, quand tu te rappelles ta mère et ta sœur, tu pourrais croire que ce n'est qu'illusion. Ne doute pas, mon fils. Aie la foi. Ce que nous avions à accomplir est accompli. Mais ce n'est pas la fin, car il faudra encore protéger le trésor. En d'autres temps, en d'autres lieux. En attendant il te faudra user du Bouclier avec intelligence pour la survie des tiens. Et leur transmettre à ton tour l'objet que je te remets aujourd'hui.

Il sortit le paquet de son vêtement et en défit l'emballage. Le livret tremblait entre ses mains.

— Prends-le. Tu en as la garde et la responsabilité désormais. Uses-en avec sagesse. Dissimule-le afin que jamais quiconque ne puisse s'en emparer. Choisis parmi tes héritiers celui qui en sera digne. Rappelle-lui quel fut notre mandat. Enseigne-lui ses devoirs.

— Comment saurai-je lequel sera digne de cet héritage ?

— De même sang, tu le reconnaîtras.

— Je ne comprends pas ce que tu veux dire.

— C'est ce que m'a dit mon propre père : « De même sang, tu le reconnaîtras. » Lui-même avait reçu cette instruction de son père. Tu distingueras toujours tes amis de tes ennemis. Le livre est là pour t'y aider. Maintenant, cache-le.

Avec lourdeur, il se leva et s'équipa. Pour le dernier transport, le fardeau était moins pesant que les fois précédentes. Ils progressèrent sereinement dans les bois et passèrent les lignes ennemies sans encombre. Arrivés à l'abri forestier où le bœuf et son chariot à foin les attendaient, ce fut la surprise.

Quatre soldats bondirent sur eux, armes à la main.

— Lâchez ce que vous portez, les pouilleux, lança celui qui brandissait un pistolet.

Le père et son fils s'immobilisèrent sans un mot, firent choir leurs sacs et écartèrent les bras.

— Alors, les vilains, on veut rompre le blocus ? railla celui qui semblait être le chef.

Il tournait autour d'eux en les examinant de la tête aux pieds.

— Vous venez d'où, de Dabo ? De La Hoube ? Je ne vous connais pas. Je suis certain que vous savez que le couvre-feu est en vigueur. Alors je me demande ce que deux bestiaux comme vous font dans la forêt à cette heure. Vol ? Braconnage ? La réponse est peut-être dans ces sacs ? Voyons un peu.

Il se pencha pour en ouvrir un.

La suite se passa en un éclair.

Attrapant le bras armé de l'homme, Christian le força à faire feu sur un deuxième guerrier, auquel la balle arracha la moitié du crâne. Puis le fermier lui retourna le bras et lui broya l'épaule dans un craquement sec. Le soldat hurla, juste le temps pour Wacht de lui briser la nuque. Voyant son père s'engager, Rudi envoya un grand coup de pied dans l'entrejambe du militaire qui lui faisait face et lui éclata le nez d'un second coup bien placé. Pendant ce temps Christian avait sauté à la gorge du dernier bougre. Quand Rudi se fut débarrassé de son adversaire, il tenta de venir en aide à son père. Devant le spectacle qui s'offrit à lui, il resta impuissant : le vieux Wacht avait planté ses doigts dans les orbites du dernier soldat pour lui dégager le gosier. Alors que sa pauvre victime était secouée des derniers soubresauts, Christian s'acharnait à lui arracher la gorge à coups de dents. Il ne mit fin à la boucherie qu'une fois arrivé à la colonne vertébrale.

En silence, il se releva, s'essuya la bouche dégoulinante de sang du revers de son habit et ramassa les sacs. Rudi fit de même. Ce n'est qu'après avoir chargé la charrette qu'il remarqua la petite dague plantée dans les reins de son père.

— Tu es blessé ! Tu ne peux pas partir comme cela.

— Laisse, mon fils, ce n'est rien. C'est superficiel.

— Père, s'écria le jeune homme, ce n'est pas une petite blessure ! Il faut la soigner, sinon tu risques l'infection.

— Je vais bien, dit fermement Christian. Je me soignerai une fois arrivé.

Il monta sur la carriole.

— On se retrouve à Phalsbourg dans trois jours, lança-t-il avant de s'éloigner dans la nuit.

Ni à Phalsbourg. Ni à Dabo. Rudi ne revit jamais son père.

Après que le château de Dabo eut été rasé, en 1679, sur ordre de Louis XIV et de son ministre Louvois, le jeune homme, accompagné de sa tante, de Gertrude et de Guillaume, retourna à la ferme. Les restes de sa mère et de sa sœur avaient disparu. À l'emplacement où elles avaient connu l'horreur de leurs derniers instants, il posa une dalle de grès gravée d'une simple croix. Il releva les ruines et reconstruisit une maison plus moderne. Elle devait brûler accidentellement cinquante ans plus tard, emprisonnant sous son toit neuf de ses douze occupants.

Chapitre XXIII

Ses nuits n'étaient pas le reflet de ses jours. Autant l'aventure et la découverte de ses nouveaux compagnons l'enthousiasmaient, autant le sommeil ne lui octroyait pas de répit. Pendant trois ans, l'accident de l'Airbus l'avait fait cauchemarder. Et depuis peu, les yeux de Brigitte disparaissant dans les flammes venaient hanter ses rêves. Parfois, au réveil, il se persuadait de révéler à Jean les circonstances étranges du décès de sa fille. Plus tard dans la journée, sa lâcheté reprenait le dessus, et il remettait l'aveu à un autre jour. Pourtant, au fond de lui, il savait que le Gros et lui étaient liés à jamais. Une amitié née sur le coin d'une table, entre alcool et larmes. Un sentiment partagé de détresse, avec comme prologue un miracle commun : la survie après un accident d'avion. Et puis l'incroyable quête d'un objet perdu, Graal plébéien, mythe populaire ou légende familiale. Il n'en fallait pas plus pour que les deux hommes reprennent goût à une vie pourtant sinistrement marquée. L'original conservateur de musée accentuait encore l'absurdité de leur équipe. Lui, dont le seul drame était l'ennui, avait trouvé en ces deux-là des compagnons de jeu, des trompe-la-mort. Aloyse, sans oser se l'avouer, éprouvait un sentiment de manque lorsqu'il se retrouvait sans eux. Isolé dans la ville. Son travail de journaliste l'avait lassé. Même le Stammtisch du restaurant *Au Sapin rouge* ne le distrayait plus comme auparavant.

La Grosse Sonia lui avait trouvé une tête bizarre :

— T'as une nouvelle copine, c'est ça ? Tu peux nous le dire, allez !

— Mais qu'est-ce que tu vas inventer là, ma belle ! Tu sais qu'il n'y a que toi que j'aime.

— Sois sérieux et réponds-moi, sinon, pas de demi.

— Laisse-le, disait Sepp derrière son comptoir, il est fatigué. Tu l'emmerdes avec tes insinuations.

— C'est moi qui t'emmerde, pauvre type insensible. Ça se voit bien que notre Aloyse n'est pas dans son état normal.

Le policier Fuchs, plus finaud :

— Encore ton histoire de Geistliche Schild qui te perturbe ?

— Il ne s'agit pas d'un Geistliche Schild. D'après le professeur Manzmann, le bouquin qu'on recherche serait effectivement un grimoire, mais bien plus ancien. Et pour l'instant, on navigue en plein brouillard. Mon ami Jean…

— … que tu as rencontré grâce à moi, je te le rappelle…

— Exact, donc mon pote Jean nous raconte une histoire familiale dans laquelle ce livre serait associé à un trésor.

— Bien, reprit l'inspecteur. Comme beaucoup de légendes.

— C'est vrai, admit Aloyse. Donc Jean prétend que ce livre a été volé à sa fille.

— Volé ? C'est donc mon domaine. Si ton ami Jean le souhaite, je pourrai lui donner un coup de main pour élucider tout ça.

— Merci, c'est gentil de ta part. Je pense tout de même

qu'il n'acceptera pas d'intervention extérieure. Il est très méfiant. Pour faire partie de la bande, le professeur a déjà dû user du chantage.

— Comment cela ?

— Il ne voulait rien nous révéler sur ses conclusions.

— Et ?

— Il n'avait en fait rien de concret à nous dire. Seulement deux ou trois détails.

— Lesquels ?

L'instant magique. Avant lequel tout est noir, gris, ou morose, dans le meilleur des cas. L'instant magique. On ne le sent pas poindre. C'est comme l'amorce d'un sourire quand on est malheureux ; les nuages côtiers qui apparaissent au naufragé alors qu'il se demande si une tempête va couler son frêle esquif : il n'a pas encore compris qu'il va vivre, mais ses pieds, déjà, se préparent à fouler la terre ferme ; le sou que l'on découvre au fond de sa poche quand on a trop envie d'une bière. À l'instant magique, Aloyse, sans savoir que son univers basculait, vit une jeune femme taper sur l'épaule de Fuchs.

— Excusez-moi inspecteur. On m'a dit que je vous trouverais là.

— Durieux ! Qu'est-ce que tu fais ici, tu sais bien que je ne suis plus en service à cette heure.

— Ça fait un petit moment que je cours après vous. Vous étiez encore en service quand on a eu besoin de vous.

— Paraît-il que le ministère de l'Intérieur va équiper une partie de ses effectifs de téléphones mobiles. Moi, je n'y crois pas. En attendant, Durieux, tu peux toujours courir après moi, ça te sculpte tes jolies cuisses.

Durieux avait effectivement de jolies cuisses, avec le

fessier qui va bien. Une taille fine, des seins moulés dans un pull noir à col montant. Un visage fin et dur éclairé par de grands yeux d'un bleu très pâle. Les cheveux de jais, tirés en arrière en chignon.

— Ah oui, Durieux, que je te présente mes amis. Derrière le bar, c'est Sepp, le tôlier. La mégère qui dirige tout, c'est Sonia. Ici, la loi, c'est elle, alors gaffe ! Le clodo avec qui je me murge c'est Aloyse. Aloyse Christmann de *L'Est libéré*.

— Le fameux Aloyse-trois-minutes-douche-comprise, oui, déjà entendu parler, répondit l'amazone avec un sourire narquois.

— Pardon ? s'étouffa le journaliste stupéfait.

Autour de la table, tout le monde s'esclaffa. Tous, sauf Aloyse qui n'en revenait pas.

— Comment m'avez-vous appelé ? reprit-il, indigné et prêt à en découdre avec l'effrontée.

— Oh, vous ne connaissez pas votre petit nom ? C'est votre baptême ?

— Mais comment osez-vous… On ne se connaît pas !

— Aloyse, calme-toi, relax ! fit Fuchs.

— Faut pas vous vexer, Aloyse, reprit la jeune femme. Je ne pense pas que ce soit à propos de vos performances intimes qu'on vous a attribué ce délicat sobriquet dans nos murs.

— Que faut-il que je comprenne ?

Fuchs se raclant la gorge lui expliqua :

— Tes articles sont si brefs qu'à la PJ, ce surnom t'a été donné spontanément. Tu ne le savais pas ?

— Je découvre, répondit-il.

— Bon, dit Fuchs. Je continue les présentations. La demoiselle qui a su faire preuve de grande délicatesse, c'est Isabelle Durieux, une collègue. Inspecteur Durieux, pour les clients. Et que me veut-elle, l'inspecteu

Durieux ?

— Rappelez le chef. Tout de suite.

— On m'envoie un inspecteur pour me demander d'appeler le bureau ? C'est pour quand la garde républicaine ?

— Rappelez le chef tout de suite. C'est tout.

— Bon, ben quand il faut bosser, faut bosser. J'en ai pour deux minutes. Assieds-toi et prends un verre.

La jeune femme tira une chaise et s'assit face à Aloyse.

— Une limonade, inspecteur ? demanda Sonia avec un sourire en coin.

— Un amer-bière bien servi et sans faux-col.

La Grosse Sonia regarda Sepp :

— Et un amer, sans faux-col, pour l'inspecteur.

— Je ne suis plus en service, moi, déclara la jeune policière.

— Vous êtes en stage ? demanda Aloyse.

— En stage ? Plus depuis quatre ans. Je ne relève pas l'insinuation. Je me persuaderai plutôt que vous avez tenté de me flatter en raison de mon physique de jeune fille.

Elle avala la moitié de son amer et s'essuya virilement la bouche du revers de la main.

Classe, la gonzesse ! pensa Aloyse. *Elle rote et elle pète et si t'es pas content, elle t'explose le pif d'un coup de coude.*

— Vous ne portez pas votre arme de service ? demanda Aloyse en posant le regard sur les formes athlétiques mises en valeur par les vêtements taillés très près du corps.

— Une arme ? Pas besoin. Kung-fu. Je vous montre si vous continuez à me reluquer les nichons comme un gros pervers.

— Pardonnez-moi. J'admirais votre ligne. Vous faites du sport ? À part le kung-fu, bien sûr.

— Badminton.

— Ouh la la. Et du crochet également ?

L'inspectrice lui rendit son regard estimatif et lui répliqua avec une expression d'ironie jouée :

— Vous feriez bien d'en faire également. Vous me semblez totalement avachi, mou, imbibé d'alcool et de cigarette. Le badminton, pour votre info, est un sport extrêmement tonique qui nécessite un muscle cardiaque puissant, des réflexes aiguisés ainsi que du punch. Mais je pratique aussi la monopalme et la course de montagne.

Aloyse se reprit :

— Je cours, moi aussi. Et à la montagne. Je vous prends quand vous voulez.

— Je pense que j'ai dû l'offenser, le petit père. Mais pari tenu. Je vous propose un petit défi dans les Vosges, ce week-end.

— OK. Samedi après-midi, je me libère. Venez chez moi à Weiterswiller. On se fait une petite course dans les sentiers. Et après, une tarte flambée, histoire de récupérer.

— Chiche, répondit la fliquette.

Chapitre XXIV

Une semaine bien longue pour Aloyse. Défier une sportive était une ânerie monumentale pour quelqu'un qui n'avait pas fait d'exercice depuis des années. Il avait couru, marché, nagé et fait du vélo. Il n'était pas mauvais du tout. En d'autres temps… Après le crash il s'était laissé aller. L'alcool et la cigarette avaient encrassé son cœur et ses poumons. En se détaillant dans un miroir, il se rendit compte que le bourrelet au-dessus de la ceinture n'y était pas la veille. Tout du moins il n'y était pas la dernière fois qu'il s'était examiné. Pas besoin d'un entraîneur ni d'un médecin pour se prescrire le remède : on était lundi soir, il n'allumerait pas la prochaine cigarette avant la course. Il décida qu'avant d'aller se coucher, un petit tour sur les quais de Strasbourg serait un bon début d'entraînement. Il dénicha ses vieilles chaussures de sport, enfila le survêtement et le T-shirt qui lui servaient pour les travaux de bricolage et s'élança dans la nuit. Trois minutes plus tard, il dut stopper tant il suffoquait. Son palpitant partait en vrille et son estomac se trouva délesté de son contenu au pied d'un arbre.

Dur constat : faire le tour de l'ellipse insulaire, ce qui pourtant aurait été un simple échauffement quelques années en arrière, devenait aujourd'hui un objectif quasiment inaccessible. Il tint bon et arriva chez lui en nage, au bord de l'apoplexie. Le lendemain, le réveil fut douloureux. Il arrivait à peine à mettre un pied devant l'autre. Le docteur Muller-Meyer subodora un accident de la circulation et s'enquit de sa santé. D'autres collègues optèrent pour une correction infligée par un lecteur mécontent. Il n'osa pas leur répondre et préféra afficher sa tête des mauvais jours. Et pas une clope de la journée. Tania redouta une maladie grave.

Le soir venu, il laissa le *Sapin rouge* de côté et s'autorisa une promenade sur le parcours de la veille. Histoire de se détendre les muscles.

Mercredi, il appela Jean pour s'excuser de ne pas pouvoir le rencontrer samedi comme d'habitude. À vrai dire, Aloyse se sentait un rien coupable d'abandonner son ami. Jean, par contre, trouva ce contretemps fort à propos. Il avait quelqu'un à voir, de toute façon. *Une femme ?* se demanda Aloyse.

Il passa un coup de fil à Manzmann qui, lui, sembla très déçu. Il avait fait certaines recherches dont les résultats auraient pu les intéresser Jean et lui. De toute façon, ce n'était que partie remise.

Cela fait, le jeune homme s'élança une nouvelle fois sur son circuit. Il le boucla en un temps honorable pour un pied-bot. Aloyse retrouvait un peu de fierté. Presque trois jours sans une seule cigarette. À part ces foutues endorphines qui l'empêchaient de fermer l'œil avant 2 heures du matin, il commençait à se sentir mieux.

Le jeudi soir, repos.

Vendredi, après avoir confirmé son rendez-vous avec Isabelle pour le début de l'après-midi de samedi, il s'en retourna à Weiterswiller, histoire de choisir le champ de bataille. Il partit à petites foulées dans les sentiers et se rappela bien vite que courir en montée n'était pas une chose aisée. Loin de là. Il décida de sélectionner avec soin le parcours, de telle sorte qu'un adversaire, même entraîné, ne puisse s'éloigner trop, de peur de se perdre. Stratégie… Éventuellement, en y insérant des points de vue, ou des curiosités pour motiver des arrêts…

Arrivé à un endroit remarquable, il se surprit à admirer le paysage avec des yeux nouveaux. Une fraîcheur qu'il n'avait pas ressentie depuis longtemps. La vérité lui péta au visage : cette fille lui avait plu. Il voulait lui plaire à son tour. L'étonner. Et pourquoi pas, la séduire. Cela le changeait du peu d'intérêt qu'il éprouvait pour ses partenaires habituelles. Une fois qu'il en avait obtenu l'essentiel – qu'en général elles ne retenaient pas longtemps – elles perdaient tout intérêt à ses yeux. En une semaine, l'affaire était torchée et elles partaient toutes seules sans qu'il ait particulièrement à les y inviter. Quant à la danse du paon, elle se limitait généralement à un baratin de foire, un restaurant, deux ou trois verres pour les détendre et hop ! C'est lui qui se détendait.

Jamais il ne s'était donné le moindre mal, sauf à la rigueur si elles se refusaient à lui la première fois. Là, il pouvait aller jusqu'à investir dans un bouquet de fleurs. Cependant, rien de comparable, aucune implication personnelle.

Merde, pensa-t-il.

Il n'avait connu aucun élan du cœur depuis qu'il avait croisé le regard pétillant de Charlotte. Aucun sentiment. « No woman, no cry » avait chanté le fumeur d'herbe. Jamais il n'avait connu pareille fulgurance. Voilà pourquoi il avait peur. Toutes ces années à revoir les mêmes yeux verts dans son sommeil l'avaient abattu.

Pas d'inquiétude pour l'instant, songea-t-il, *je ne suis pas amoureux. Elle est roulée comme une voiture de sport, d'ac-*

cord, et elle a le regard qui tue. C'est tout. Pas de quoi fouetter un maso.

L'essentiel était de ne pas se laisser humilier.

Elle fut ponctuelle. En arrivant dans la cour chez mémé, elle donna un petit coup d'avertisseur.

— C'est qui, celle-là ? demanda la grand-mère.

— Personne. Juste une copine avec qui je vais courir.

— Courir ? Toi ? Une copine ? Tu ne me la présentes pas, ta copine ?

— Si. Pas de problème, dit-il d'un ton détaché. Si tu le permets, je lui offrirai une douche après la course. On se fait un petit restaurant dans la soirée.

— Un restaurant ? Une copine ? Tu ne veux pas l'inviter à dîner à la maison, je vous préparerai des salades de cervelas et de gruyère. Avec un peu de charcuterie.

— Une autre fois, mémé. Merci quand même.

— Prêt ? lui demanda Isabelle dans un grand sourire.

Quelque chose avait changé dans son attitude. Elle était plus détendue. L'autre soir, elle était un flic.

— Oui, prêt. Enfin presque. À peu près…

— Tu nous as trouvé un beau parcours ?

— Tu verras.

Ils s'élancèrent, côte à côte, dans les rues du village. Tranquillement. Après les dernières maisons, Aloyse emprunta une allée de sable qui montait en pente douce. Ils gravirent ainsi la montagne par des chemins forestiers, en faisant de grands zigzags, jusqu'à proximité du sommet. Le cœur du garçon tapait fort dans sa poitrine, mais il tenait le coup. Isabelle semblait flotter dans l'air, tant sa foulée était légère. Tout en grimpant, elle lui raconta les quelques compétitions auxquelles elle avait participé : les Crêtes, la Montée du Grand-Ballon, réputée pour son dénivelé vertigineux. Aloyse, lui, n'avait rien de comparable à lui raconter. De toute façon, il ne pouvait rien lui dire. Il se concentrait sur le circuit que faisait l'air, de son nez à ses poumons, de ses poumons à sa bouche... Le rythme de ses pieds, le balancé de ses bras. Attention à la pierre. Ne pas se tordre la cheville.

Il se concentrait sur son parcours car, lorsque ses yeux se posaient sur la croupe dansante de la jeune fille, il sentait son rythme cardiaque s'emballer un peu plus. Ce n'était pas le moment. Tout de même, elle était encore plus sexy que la première fois qu'il l'avait vue.

Ils s'engagèrent dans un sentier étroit comme une coulée, sinuant entre les chênes rabougris et les myrtilles. La pente, raide, faisait penser au flanc d'une pyramide antique. De grands rochers plats couronnaient le sommet et formaient les remparts d'une forteresse naturelle. Par endroit, une vue splendide sur les collines avoisinantes s'offrait aux deux coureurs. Ce fut l'occasion de la pause. Ils s'étendirent sur le grès qui dominait la forêt, cherchant la maigre chaleur du soleil de cette journée de fin d'hiver. La résine des sapins était la seule odeur qui couvrait le froid. Une curieuse vasque était creusée dans le grès. L'endroit s'appelait le Pfannenfelsen. Aloyse en profita pour donner un petit cours sur les pierres à bassin et les pierres sacrificielles dans les Vosges. Elle prêta une attention toute particulière à ses explications. Il était la tête et les jambes, cet après-midi-là...

Puis elle donna le signal du départ de la redescente, par les petits sentiers creusés entre les sapins.

— On fonce ?

— Attends, dit-il. Je préfère passer devant. C'est très accidenté, donc dangereux. Au cas où tu tomberais, je serai là.

Elle le laissa la précéder dans un sourire.

Soudain, alors qu'ils dévalaient la pente dans une futaie, le garçon s'immobilisa, le doigt sur les lèvres. Sans un bruit, il montra un ruisseau qui creusait le versant de la montagne. Difficile de distinguer nettement. Le roux des feuilles mortes. Un pelage. Une biche se désaltérait d'eau froide. Puis apparut un faon. Enfin, toute une harde. Nerveux, un grand cerf dressait la tête.

Isabelle se coula derrière le garçon et lui serra l'épaule en se lovant contre lui. Le contact chaud et palpitant de la femelle, l'odeur de la sueur éveillèrent les sens de l'animal qui était blotti au fond de lui. Une chimie bouillante et explosive se déclencha, qui le laissa pantois et essoufflé. Quand enfin le grand mâle les repéra, il tapa sèchement des sabots et fila par-dessus le point d'eau, dans un galop assourdi, vivement suivi par sa petite troupe.

La brunette réveilla le grand dadais d'une claque sur les fesses et prit elle aussi le large en coupant la forêt droit vers la vallée. Sur son nuage, Aloyse la suivit. Il se sentait cerf, et les troncs, les souches, les ravines et les fougères étaient les témoins de sa bestialité renaissante, de sa puissance physique. Il avalait la descente, glissait, bondissait, survolait, à la suite de sa proie. Elle riait tout en courant. Sa petite queue de cheval fouettait l'air. Quand ils débouchèrent sur une voie goudronnée, ils calmèrent leur rythme et reprirent un petit trot civilisé jusqu'au village.

Arrivé dans la cour, il récupéra son souffle, les mains sur les cuisses. Pendant qu'elle étirait ses membres, il l'admirait du coin de l'œil : le galbe des ses cuisses, la rondeur de ses fesses, le ventre musclé et les seins… Quels seins ! Ses épaules gracieuses et son cou tendu. Il se sentait un homme nouveau. Un homme qui avait vaincu son corps encrassé, qui avait vaincu la montagne.

Il lui offrit un rafraîchissement et ce fut l'occasion de lui présenter mémé.

Après de courtes amabilités, il lui indiqua la salle de bains afin qu'elle puisse se changer et prendre une douche. Quand lui-même eut fini de se changer, il retrouva la jeune femme attablée dans la cuisine, en pleine conversation avec sa grand-mère.

— Vous dites du mal de moi, lança-t-il ?

— On fait connaissance, répondit mémé.

— Je lui faisais des compliments sur votre maison. Elle est vraiment très impressionnante. On sent la puissance de ses hauts murs et pourtant elle est tellement tordue qu'on la verrait s'effondrer à chaque instant.

— C'est comme moi, dit mémé.

Elles semblent bien s'entendre toutes les deux, constata-t-il.

— Et cette course ? demanda la vieille femme.

— Oh, on a juste trottiné un peu entre les sapins, répondit l'inspectrice.

Comme Aloyse sembla affreusement vexé par cette pique, elle continua :

— Mais on s'est bien amusés, n'est-ce pas Aloyse ?

— Oui oui.

— Est-ce que je peux vous offrir à boire, demanda mémé. Une bière bien fraîche ?

— Oh non, répondit la sportive, si vous en avez à température ambiante, ça ira aussi bien.

Et toutes les calories brûlées lors de l'escapade furent bien vite récupérées, grâce au sens de l'hospitalité de mémé.

Chapitre XXV

Deux heures plus tard, ils prenaient place dans un restaurant près de Saverne, où l'on servait une tarte flambée exceptionnelle.

Aloyse avait fait un effort surprenant : il avait enfilé un blue-jean propre. Sa compagne avait laissé retomber ses cheveux, ce qui lui adoucissait le visage.

— Tiens donc, voilà notre ami Aloyse !

Les deux personnages qui s'étaient installés à la table voisine n'étaient autres que Jean Wacht et le professeur Manzmann.

— Professeur ! Jean ! Alors ça, pour une surprise !

Le plus étonné fut encore Adrien Manzmann :

— Mademoiselle Durieux, je suis ravi de vous revoir. Comment allez-vous ?

— Très bien, je vous remercie, professeur. Et vous-même ?

— Fort bien. Mais venez à notre table, nous n'allons tout de même pas faire semblant de ne pas nous connaître !

En s'attablant, Aloyse, intrigué, leur demanda :

— Alors comme ça, vous vous êtes déjà rencontrés ?

Le conservateur afficha un grand sourire :

— J'ai eu l'honneur d'enseigner l'histoire à cette charmante demoiselle, en quoi était-ce déjà ?

— En DEA.

— C'est cela, en DEA. Je dois dire que j'ai eu beaucoup d'ambition pour elle. Vous étiez plutôt une élève douée, Isabelle. Et qu'avez-vous fait de vos talents ?

— J'ai passé des concours administratifs.

— Pour enseigner ?

— Non.

— Alors quoi, vous n'êtes pas devenue pionne dans un collège tout de même.

— Presque. Inspecteur de police. Police judiciaire.

— Nom de… d'un couvercle de four !

— Eh si.

— Comment peut-on devenir flic après s'être fait une spécialité de l'histoire régionale ? Bon, les jeunes sont faits pour nous surprendre, nous autres les dinosaures. C'est bien comme cela que vous m'appelez quand j'ai le dos tourné ? C'est à vous que je parle, Aloyse.

— Moi ? Mais non ! C'est Jean qui vous appelle comme ça.

— Moi ? dit Jean à son tour. Jamais de la vie ! Je suis à la retraite, moi. Je suis moi-même un dinosaure, dans ce cas.

— C'est vrai qu'il y a quelques ressemblances. En fait non, tu fais plus mastodonte, fit le journaliste, taquin.

— Bon, dit Jean, assez des mondanités ! Je propose un apéritif pour tout le monde. On va fêter ces retrouvailles. Amer ?

La conversation tourna autour de banalités jusqu'à ce qu'Aloyse interroge le professeur.

— Vous m'aviez parlé de découvertes intéressantes concernant notre affaire.

— Oui, dit-il en jetant un coup d'œil à sa voisine. Après

tout, on est entre initiés. Vous rappelez-vous du chroniqueur Armand de Hochfelden ?

— Celui qui avait écrit la légende du codex de sainte Odile ?

— Lui-même. Donc il se trouve que le manuscrit des chroniques de ce brave homme a disparu pendant les bombardements de Strasbourg lors de la guerre de 1870. Il devait relater cette histoire dans sa totalité et donner une liste non exhaustive des lieux où le trésor de Hohenbourg aurait pu être dissimulé. Vous vous souvenez ?

— Oui.

— Eh bien, un de mes amis, un spécialiste des écrits médiévaux, sans l'affirmer avec certitude, avance qu'il pourrait bien exister une copie de ce document.

— Une copie ?

— Oui, une copie. Un autre manuscrit, d'un moine de la fin du XIIIe siècle.

— Et ?

— Que cette copie existerait encore.

— Non !

— Si. Conservée dans une collection privée.

— Laquelle, professeur, venez-en au fait !

— La collection de Friedrich.

— Merde, dit Aloyse.

— Oui, merde, vous pouvez le dire.

— Euh, pourquoi « merde » ? demanda Jean.

Isabelle intervint dans la conversation.

— La collection de Friedrich est l'une des collections les plus importantes d'alsatiques et de documents rares qui ont marqué l'histoire de la région. Le *Satyricon* de Bruno, vous connaissez ?

— Non, dit Aloyse, mais le nom me plaît. C'est un sex-toy pour garçon ?

— Un codex, continua-t-elle, imperturbable. Il fait

partie de la collection de Friedrich. Une copie unique de fragments disparus du fameux *Satyricon* de Pétrone, monument de la littérature érotique de l'Antiquité romaine, dont le copiste et enlumineur serait, dit-on dans certains milieux, Bruno d'Eguisheim-Dagsbourg. Lequel fut plus tard le si parfait pape saint Léon IX, qui interdit en son temps la simonie et le nicolaïsme. Toutefois, cette attribution a été très contestée par les spécialistes.

— Top ! C'est quoi le simonisme et le nicolas-machin-chose. Une religion du Moyen-Orient ? Une manie sexuelle honteuse ?

— Le flic va vous expliquer, n'est-ce pas ? ricana Manzmann.

— Léon IX avait condamné le mariage ou le concubinage des prêtres : voilà pour le nicolaïsme. Pareil pour le trafic des biens spirituels, charges ecclésiastiques, qui se négociaient pour pouvoir les exploiter, comme on achèterait une licence IV : ça c'était la simonie. Un type bien pensant, notre pape local.

— Plutôt chiant, oui ! rit Aloyse. Je comprends que l'Église ne fasse pas la pub des petites perversités de ses illustres représentants.

Le professeur ferma les yeux, et récita les vers latins de Pétrone :

— « *Qualis nox fuit illa, di deaeque !*
Quam mollis torus ! Haesimus calentes,
Et transfudimus hinc et hinc labellis
Errante animas. Valete, curae
Mortales ! Ego sic perire coepi. »

— Hein ? fit Aloyse.

— « Quelle nuit ! Ô transports ! Ô voluptés touchantes,
Nos corps entrelacés, et nos âmes errantes,
Se confondaient ensemble et mouraient de plaisir.

C'est ainsi qu'un mortel commença de périr », traduit Isabelle langoureusement en le caressant des yeux.

Aloyse rougit et resta coi.

Jean, lui-même troublé, balbutia :

— Et c'est quoi qui est contesté là-dedans ?

— Qu'il s'agit bien d'un extrait manquant du roman que l'on connaît sous le titre *Satyricon* et qui décrivait la décadence des mœurs sous l'Empire romain, ainsi que la décadence des lettres. Ensuite, qu'il a bien été écrit par Pétrone, c'est-à-dire Titus Petronius Arbiter à l'époque de l'Empire, et enfin que le copiste vers 1047 était le bien-pensant pape saint Léon IX. Il ne l'a pas revendiqué après sa nomination, vous en comprenez la raison, n'est-ce pas !

— Un petit coquin, dit Jean. Parlez-moi plutôt de cette collection.

Le professeur continua son exposé :

— Originaux, copies rarissimes, actes officiels, sceaux, ils ont tout collecté. Pendant très longtemps le père du comte de Friedrich, un industriel protestant, a accumulé toutes ces pièces rares, racheté tout ce qui se vendait, retrouvé ce qui était perdu. Il offrait de l'argent à ceux qui en avaient besoin contre des merveilles sauvegardées au cours des siècles. Il a communiqué sa passion à son fils. Ce bonhomme a simplement tout raflé. Et le terme est adéquat, car bien des Juifs aux abois pendant la guerre ont utilisé la filière de Friedrich pour fuir. Il faisait cependant payer fort cher ses services. D'où la taille et la rareté de sa collection.

— Et alors ?

— Alors, cette collection n'est pas accessible.

— Il ne l'expose pas ?

— Il est mort il y a des années, reprit Isabelle. Sa veuve, par contre, veille jalousement sur son trésor et ne laisse personne s'en approcher. Une vieille bique aigrie et peu partageuse.

— Vieille bique, faudrait voir à pas exagérer, mademoiselle, l'interrompit Manzmann. C'est pas parce qu'on a dépassé la trentaine qu'on est vieux. Quant à Simone, elle n'est pas si âgée que cela.

— Simone ?

— Oui, Simone de Friedrich, une « vieille » amie, reprit le professeur. Nous étions déjà très proches alors que son croulant d'époux était encore dans sa chaise roulante. Si vous voyez ce que je veux dire.

— Vous, professeur, vous étiez l'amant de Mme de Friedrich ?

Les trois n'en revenaient pas.

— Je n'ai jamais dit cela. Elle était très belle cependant. Elle l'est toujours. Elle n'avait que trente ans quand ce vieux satyre de quatre-vingts ans l'a épousée, au milieu des années 60. Ce qui lui fait maintenant dans les soixante ans. Eh oui, ça se passe comme ça, dans certains milieux.

— C'est surtout comme ça qu'on se remplit les poches avec facilité, déclara Jean.

— Oh non ! Sa passion dévorante pour les livres lui aura fait dépenser toute sa fortune, au vieux comte. Pourtant, les industries textiles ainsi que l'empire du papier du père ont été vendus au bon moment et ont rapporté suffisamment d'argent pour garantir la survie de la maison de Friedrich pendant de très nombreuses années. À ce jour, il ne reste à la comtesse que la maison de Strasbourg, la villa d'Antibes ainsi que le chalet de Cortina d'Ampezzo. D'ailleurs, elle en revient la semaine prochaine. Elle y passe tout l'hiver jusqu'au printemps.

— Il ne lui a rien laissé…

— Quelques immeubles en ville qui lui rapportent juste de quoi subsister. Il faut dire qu'au sortir de la guerre il y avait pas mal de possibilités d'investissement immobilier, pour qui possédait de l'or.

— Pauvre femme, tellement démunie.

— Bon, en tout cas, pour les chroniques d'Armand, j'en fais mon affaire.

Alors qu'il raccompagnait Isabelle à sa voiture, Aloyse lui dit tout penaud :

— Tu aurais pu me dire que tu étais diplômée d'histoire, avant de me laisser me ridiculiser à t'expliquer ce qu'était une pierre sacrificielle.

— Te ridiculiser ? Mais non, mon mignon, tu étais touchant.

Sur ce, elle lui colla une bise sur la joue et sauta au volant.

Chapitre XXVI

Ses jambes étaient lourdes, ses forces le quittaient. L'effort de la nuit avait été trop intense. Il avait fait le trajet en une traite, poussé le bœuf au maximum, l'encourageant du fouet. Il avait croisé des loups, rencontré des brigands. Avait-il l'air si misérable qu'il n'avait éveillé l'intérêt ni des uns ni des autres ? Était-il toujours protégé par le livre, alors qu'il l'avait confié à son fils Rudi ? Il n'avait plus de réponse. Il avait avalé la route du soleil couchant au début de la matinée, passant au plus rapide, se moquant des obstacles. Il voulait terminer sa mission. Et dormir. Dormir longtemps.

Le jour était levé depuis trois heures quand il frappa à la porte. L'homme qui lui ouvrit l'avait vu arriver et avait compris immédiatement la situation. Il n'était pas parti aux champs avec les autres car il avait pressenti sa venue. Le voyageur avait pourtant une journée d'avance. À peine l'homme eut-il ouvert son huis que Christian tomba à genoux. L'homme lui prit le bras, qu'il passa par-dessus son épaule, et le soutint. Wacht était un colosse, l'homme avait du mal à le porter. Il le traîna tant bien que mal jusqu'à une table sur laquelle il l'aida à s'étendre. Avec un bout d'étoffe trempé dans l'eau, il lui humecta la bouche et lui lava le visage. En relevant son vêtement, il vit la plaie. Sans l'aide de personne, Wacht avait réussi à retirer la dague plantée dans son dos. Nul besoin d'être médecin pour comprendre que la blessure était sérieuse. L'homme alla chercher des linges propres et de l'eau-de-vie. Il fit boire le blessé, nettoya sommairement la plaie, puis la pansa du mieux qu'il put. Il s'absenta un instant le temps d'aller chercher son livre. Puis il s'installa sur un banc, près de la fenêtre, et commença une longue prière. Sur sa table, Christian oscillait entre éveil et délire. De temps à autre, l'homme remettait un linge trempé d'eau froide sur le front du malheureux. Quand enfin sa respiration se fit plus régulière, l'homme sortit s'occuper de l'attelage. Il donna de l'eau au vieux bœuf et poussa la charrette au fond de la grange, en prenant soin de bien en fermer les portes. De retour auprès du paysan lorrain, il constata que celui-ci s'était endormi paisiblement.

Le lendemain matin, Christian se réveilla dans une chambre qu'il ne connaissait pas. Il était confortablement installé dans une alcôve, sous un douillet édredon de plumes. Dans la cheminée, un grand feu crépitait et diffusait une agréable chaleur.

Il reconnut l'homme assis près du lit. Richard.

— Comment vas-tu Christian ?

— Ma foi, je vais bien, dit-il en se redressant sur son séant.

Il tâta ses reins.

— Je pensais avoir été mortellement blessé.

— Certes, mon ami. Mais tu iras bien. Ne t'en fais pas. Et ton bœuf également. Je m'en suis occupé. Il était grand temps d'ailleurs. Car ni toi ni lui vous n'auriez fait le voyage de retour.

— Il n'y aura plus de voyage désormais, Richard. C'était le dernier.

— Enfin, murmura Richard visiblement soulagé.

— Il est maintenant sous ta garde, pour longtemps j'espère. Ainsi, comme tu le sais, il est dit que lorsque le jour sera venu, toi et moi nous l'exposerons à la vue de tous et il prodiguera de grands bienfaits.

— Je le sais. J'attendrai ce jour. Toutefois, je ne pense pas que le moment soit proche. En tout cas, pas tant que la guerre entre l'Empire et la France ne sera achevée.

— Ces guerres n'en finiront jamais. Certains attendent le moindre prétexte pour souffler sur les braises.

— Ils cesseront de se battre quand ils auront tout dévasté. Regarde autour de toi. Mis à part ma demeure, tout n'est que ruine.

— C'est la puissance du livre. Les pillards ne voient pas ta maison.

— Oh, répondit Richard, ils la voient, ce n'est que le hasard s'ils ne la dévastent pas. Un jour c'est l'orage qui les fait fuir, un autre jour, une troupe impériale déloge les Français. Je sais les récompenser, ils connaissent la réputation de ma bière. Mais mon gîte a souffert il y a un demi-siècle : le feu a ravagé les écuries et la grange. Une partie de la maison a dû être reconstruite. Elle souffrira encore.

— Ne comprends-tu pas que c'est Dieu qui la protège ?

— Il ne protège pas plus ma maison qu'Il n'a protégé la tienne, mon ami. Il ordonne que nous remplissions la mission qu'Il nous a confiée. Et peu Lui importe combien d'êtres chers nous laissons derrière nous. Les larmes ne comptent pas pour Lui. Le seul à avoir survécu lors de l'incendie de 1630 était mon père. Tous les autres sont morts : parents, grands-parents, frères, sœurs et enfants. Alors ne me dis pas que Dieu protège notre maison. Il nous garde en vie pour que nous accomplissions notre devoir.

— Richard, s'il te plaît. Si je n'avais pas constaté de mes yeux ta loyauté, je penserais que tu blasphèmes.

— Pardon, mon ami. Voilà que je te néglige. Veux-tu manger quelque chose ? Mon épouse a préparé une bonne soupe à ton intention.

— Bien volontiers, je me sens un appétit d'ogre. Et dire qu'hier encore, alors que je cheminais, je pensais que j'avançais vers ma destinée fatale. Ce matin, je me sens tout gaillard. Un vrai jeune homme.

Sans difficulté, il sortit les jambes du lit et se redressa. Richard l'invita à prendre place sur le banc et posa devant lui un bol de soupe fumant et du pain.

Christian n'ingurgita jamais meilleure soupe. Richard le regarda avaler des cuillers entières avec avidité, ce qui le fit sourire.

Soudain, son sourire se figea.

— Christian !

L'autre continua à porter la cuiller à sa bouche.

— Christian !

Wacht leva les yeux et, voyant la mine décomposée de son ami, il comprit.

Il regarda son bol. Il était plein de sang. Christian se vidait de son sang par la bouche.

Chacun se rendit à l'évidence : il n'y avait rien à faire.

— Mon ami, dit Richard, je suis tellement désolé.

— Ce n'est rien Richard. J'ai bien vécu.

Le colosse se purgeait de son sang et rien ne pouvait stopper l'hémorragie.

— Y a-t-il quoi que ce soit que je puisse faire ?

— Rien, je le crains. Ou peut-être, si.

— Dis-moi.

— J'aimerais que tu pries pour moi, afin que je retrouve mes proches disparus. Élizabeth, ma fille adorée, ainsi que ma très chère épouse Jeanne. Elles me manquent tant.

— Je prierai pour vous trois.

— Autre chose…

— Dis-moi.

— Je voudrais continuer à veiller dans l'au-delà sur…

Christian s'éteignit. Son front heurta la table.

— Je te le promets, mon cousin, tu continueras à y veiller. Pour l'éternité.

Chapitre XXVII

— Qui est-ce ?

— Le professeur Manzmann, *contessa*.

La grille s'ouvrit automatiquement et le petit groupe se retrouva dans un vaste jardin, puis fut introduit dans le hall par un majordome.

— Une maison, hein ! murmura Jean. Vous avez raison, elle vit misérablement la pauvre dame.

Le hall dans lequel ils avaient pénétré était immense et décoré d'objets tous plus précieux les uns que les autres. Il ouvrait sur un salon à gauche, et sur la droite une double porte menait à la bibliothèque, comme l'indiqua le professeur. Aloyse désigna un tableau accroché au-dessus d'une impressionnante desserte Louis XVI.

— C'est un Dürer, ça ?

— Un Hans Baldung, jeune homme. Mon époux était littéralement fasciné par la Renaissance allemande. Est-ce aussi votre cas ? dit une voix venue de loin.

— Euh, non. Plutôt flamande… répondit-il, surpris et gêné.

Une créature vaporeuse venait de faire son entrée en haut de l'escalier d'apparat.

— *Contessa !*

— *Professore, amore mio !* chanta l'apparition en descendant les marches, le bras en avant.

Le « professore » se précipita vers elle et lui saisit la main pour la baiser.

— *Contessa !* répéta-t-il.

— Vous n'imaginez pas combien furent pénibles ces derniers mois sans votre chaleureuse présence, *professore*. Il a fallu que je me coltine les Hohengrattler et les Gardenfocker pendant près de trois semaines. Ils sont d'un barbant, ces vieux chnoques, vous n'en avez pas idée.

— Comme je vous plains, mon amie, répondit tendrement Manzmann alors qu'il la dévorait amoureusement du regard.

Elle jeta un coup d'œil au petit groupe :

— Vous n'êtes pas venu seul, à ce que je vois.

— Non, très chère, comme vous le savez, nous faisons actuellement des recherches sur un document disparu, celui dont vous possédez la copie. Sachant que vous portiez une attention toute particulière à la sécurité de votre trésor, j'ai pensé qu'il serait plus facile pour Mahomet d'aller à la montagne que le contraire…

— Vous avez parfaitement raison, *professore*. Ne me présentez-vous pas vos amis ?

— Bien sûr, *contessa*. En premier lieu, voici le colonel Jean Wacht, de l'armée de terre.

Le Gros claqua des talons et s'inclina sur la main tendue.

— Mes hommages, comtesse.

— Colonel. Mon défunt mari, le comte de Friedrich, a appartenu à l'aviation pendant la guerre. Il a malheureusement été grièvement blessé en mission et ce fut la fin de sa période dite « aviation de chasse ».

— Seigneur, fit Jean. Où a-t-il été blessé ?

— Surtout à l'amour-propre. Vive la France, colonel !

Et ce jeune homme ? dit-elle.

— Je vous présente Aloyse Christmann. Journaliste.

— Un journaliste, chez moi ? C'est un scandale ! fit la dame en mimant l'indignation. Mais non, jeune homme, je plaisantais. Et ça ?

Elle lança un regard en biais à Isabelle.

— Isabelle Durieux est une spécialiste en histoire régionale, annonça Adrien Manzmann sans mentir. Elle a longtemps suivi mes cours et nous avons besoin de ses lumières. Voilà pourquoi je lui ai demandé de nous accompagner.

— Soit, dit la comtesse sèchement. Je vous ai fait préparer le document en question. Je dois vous dire qu'il est en mauvais état, alors vous êtes priés de respecter le protocole. Veuillez me suivre, s'il vous plaît.

— Bien, *contessa*.

Ils empruntèrent un escalier qui descendait vers les sous-sols de la maison.

— « Contessa », murmura Aloyse, elle est italienne ?

— Non. Elle est née Simone Schmidt.

Cette maison était en fait un hôtel particulier de la fin du XIXe siècle, d'une vingtaine de chambres, et situé au beau milieu d'un parc arboré privé. En pleine ville.

— Veuillez s'il vous plaît enfiler une combinaison, ainsi qu'une paire de gants et un masque.

— Quel luxe de protection, fit remarquer Aloyse. On va dans un laboratoire ?

Tous le regardèrent comme s'il venait de Mars.

— Nous entrons dans la chambre des pièces rares et anciennes.

Devant eux, une paroi sur laquelle se découpaient des cloisons de verre ainsi qu'une porte étanche.

— Comme vous pouvez le constater, cette partie de la maison est protégée. Vitres blindées, porte inviolable, enveloppe de béton armé, doublée de plaques d'acier. À l'intérieur, l'atmosphère est contrôlée : température, taux d'hygrométrie…

— Comme dans une cave à vins, lança joyeusement le journaliste.

Silence outré de la maîtresse de maison.

— Je disais donc que mon mari était très à cheval sur les conditions de conservation de sa collection. Je vous prierai en conséquence de ne retirer ni vos masques ni vos gants. Au centre de la pièce, l'écritoire. Nous y avons disposé le document que vous avez souhaité consulter. Vous pouvez tourner les pages délicatement, sans les plier, en utilisant les pinces plastique ad hoc. *Professore*, je sais que je peux compter sur vous pour que tout se passe selon le protocole de Friedrich. Sonnez quand vous aurez fini.

— Le protocole. Oui ma très chère.

Elle lui lança un regard ravageur et s'en retourna.

— À nous deux, déclara le conservateur en se frottant les mains.

— Professeur, c'est quoi ce protocole ? demanda Aloyse.

— Faire comme si toutes ces merveilles avaient la gale.

— Ah ! Dans ce cas, je veux une seconde paire de gants.

Pendant que les deux scientifiques se penchaient sur le manuscrit, Jean et Aloyse firent le tour de la pièce. Il s'agissait en fait d'une bibliothèque dont les rayonnages étaient d'un blanc immaculé, comme le reste du mobilier et le revêtement de sol. Sur les étagères étaient disposés des ouvrages, selon un code indiqué sur le support et que les deux compères ne comprenaient pas. Il y en avait un nombre invraisemblable. Des placards vitrés contenaient quantité de rouleaux et de parchemins. Des lanières effilochées pendaient, recouvertes d'une multitude de sceaux de cire.

— Surtout ne touchez à rien, dit Adrien Manzmann en indiquant du menton les objectifs des caméras automatiques qui suivaient tous leurs mouvements. Nous y voilà. Je reconnais le nom d'Odilia.

Avec discrétion, il sortit un petit appareil photo de sa poche et prit rapidement une série de clichés sans flash pendant qu'Isabelle lui tournait les pages.

— Regarde, le *Satyricon*. C'est la copie du fameux Bruno dont tu nous as parlé, l'autre soir ?

Isabelle leva la tête.

— C'est vrai ? fit-elle avec envie.

— Allons, ne bougez pas comme cela, mademoiselle.

Manzmann termina sa série d'instantanés et déclara :

— C'est bon, on peut y aller.

— Comment, dit Jean, c'est tout ?

— À moins que vous ne vouliez le déchiffrer tout de suite.

L'ex-militaire s'approcha de l'écritoire et jeta un œil au document.

— C'est joli, mais pour moi c'est de l'hébreu.

— Du latin. Nous allons prendre notre temps pour le traduire.

Chapitre XXVIII

— Tu ne m'as pas appelé, lui reprocha Aloyse.

— Tu ne m'as pas appelée non plus, lui répondit la fliquette.

Ses cheveux étaient de nouveau tirés en arrière. Sa tenue de travail. Le sourire qui lui allait si bien pendant et après la course avait disparu de son visage. Le garçon ne savait pas comment l'aborder.

— Je pensais que…

Elle l'interrompit :

— … qu'il te suffirait de claquer des doigts, c'est ça ?

— Pas du tout.

— Que j'étais une Marie-couche-toi-là ?

— Mais non !

— Que tu n'avais plus d'effort à fournir pour me séduire ?

— Je… balbutia-t-il, dépassé.

— Alors, fais quelques efforts ! lui dit-elle.

— Tu veux bien ?

— Que tu te casses la tête pour me séduire ? Oui.

— Super. On se fait un ciné ?

— Bon, je constate qu'il y a du boulot. Pas de ciné. Allez, je te laisse. Tchao !

Alors qu'elle s'éloignait :

— Mais qu'est-ce qui pourrait te faire ban… Tu veux qu'on se batte ? Karaté, badminton ? Reviens ! On pourrait courir un soir ?

Elle se retourna :

— Eh bien voilà un garçon qui sait parler aux femmes ! Samedi prochain, même heure, même endroit.

Chapitre XXIX

La paillasse était recouverte de photographies. Penché sur les clichés, Adrien Manzmann était circonspect.

— Son hypothèse se tient. Mais…

— Quoi professeur ? lui demanda Aloyse.

— Je ne sais pas… Récapitulons. Le chroniqueur, Armand de Hochfelden, a rédigé son texte en 1143. Il nous raconte l'histoire d'Odile à sa manière. Rien que l'on ne sache déjà. Fille rejetée d'Etichon, duc d'Alsace, que l'on nomme également Attic, ou Adalric, bref, elle recouvre la vue après son baptême par Erhard, évêque de Ratisbonne, à l'abbaye de Baume-les-Dames. Elle retrouve son père, s'occupe des nécessiteux. Se sentant coupable, il lui lègue le château de Hohenbourg, à l'emplacement de l'actuel couvent du mont Sainte-Odile, afin qu'elle puisse y vivre sa vie au service des autres. Armand relate les différents miracles, la source et diverses banalités. Là où ça devient intéressant, c'est qu'il semble dire que la princesse jouissait de subsides colossaux, du fait du rendement des biens appartenant au couvent mais également de la prodigalité de nombre de ses admirateurs. S'y ajoutaient encore les revenus des adeptes du style de vie de l'abbesse Odile. Elle agissait en véritable gourou sur près de cent trente jeunes filles de haute lignée. Au fil de ma carrière d'historien, j'ai souvent entendu dire que le couvent de Hohenbourg était riche. Néanmoins ce chroniqueur fait, il me semble, un peu de sensationnalisme. Serait-il l'ancêtre de *Voici* ou de *Gala* ?

Content de lui, le conservateur du musée des Traditions populaires d'Alsace continua :

— Ce qui nous intéresse, c'est la légende. Armand la colporte ainsi – vous m'excuserez, mais je synthétise la traduction car je ne suis pas poète : Odile fit appel à la famille qui l'avait suivie dans sa vie contemplative. Elle lui donna pour mission de trouver une cachette loin du couvent, où les richesses de Hohenbourg seraient à l'abri pour l'éternité. Elle lui confia, pour l'aider dans cette tâche, un livre magique, imprégné des miracles qui avaient marqué la vie de l'abbesse. Armand le nomme « bouclier spirituel ». Il dit que ce livre magique était doué d'une force capable de briser la montagne et qu'il conférait à son utilisateur une clairvoyance qui lui permettait de lire dans le cœur des hommes. Après la mort d'Odile, le mystérieux trésor fut acheminé dans sa cachette. S'ensuit l'énumération des lieux qu'Armand supposait être des abris idéals. Et devinez quoi ? Dagsburg, c'est-à-dire Dabo, y est mentionné, parmi une quinzaine de propositions, dont Hochfelden, dans la vallée de la Zorn. Cependant, le chroniqueur ne se contente pas de désigner les caches possibles. Il précise que le trésor doit être enterré, mais en hauteur… Vous saisissez quelque chose ?

— Non.

— Il parle certainement de lieux élevés choisis pour établir un oppidum, un village, une église, un temple, et j'en passe. Pourquoi cet écrivain du XIIe siècle pense-t-il à Hochfelden ?

Aloyse suggéra :

— Il venait lui-même de Hochfelden et ce bled porte bien son nom : « hauts champs », il est situé sur une colline.

— Exact. J'irais même jusqu'à dire que, étant originaire de ce village, il a peut-être couché par écrit une histoire qui se transmettait jusque-là de bouche à oreille localement.

— Possible, en effet.

— Eh oui, Aloyse, on le dit bien, les légendes ont souvent un fond de vérité.

— Alors, en pratique, est-ce que ce bourg pouvait abriter un tel trésor ?

— À nous de voir. Soit on choisit cette proposition parce qu'il la suggère fortement, soit on en sélectionne une autre au hasard. Sauf Dabo. Eguisheim ? Balbronn ?

— Va pour Hochfelden. Par où je commence ?

— Voyons. Armand écrit : « Sous la fabrique de bière, au frais. »

— Sous la brasserie ? Vous vous fichez de moi ! Et pourquoi pas dans les cabinets, chez Lulu. C'est une blague, ce bouquin.

— Jeune homme, réveillez-vous. La bière est une des boissons les plus universelles. On en trouvait de tous temps et en tous lieux. La brasserie contemporaine n'existait pas. N'espérez pas trouver un trésor sous les bâtiments en fonction. Ou ce serait le hasard. Cherchez d'abord l'habitat de l'époque. L'idéal serait que cet habitat ait été à l'abri des convoitises : derrière de hauts murs, dans un rocher, enterré profondément. Vous voyez ? Puis trouvez la source. Une bonne eau est le premier élément d'une bonne bière.

— Ah bon. C'est pas l'amer, les bretzels et la cigarette ?

— Espèce de cul avec des oreilles.

— Je vous prie de m'excuser professeur. Je vais circonscrire le périmètre de mes recherches et je vais me lancer. J'ai même une petite idée de qui pourrait m'aider.

— Pardon ? Tu voudrais que je me serve de mon emploi pour t'ouvrir des portes ? Mais si tu veux réussir dans la vie, t'as qu'à coucher ! Ma carte de police restera dans son étui et réservée à des activités légales.

— Je t'en prie, Isabelle, je ne te demande pas d'outrepasser tes droits, mais de participer à une enquête sur le terrain. En ma compagnie de surcroît. Ça pourrait être sympa, non ?

— Mon petit, c'est mal me connaître que de croire que je pourrais participer à une pareille mascarade. L'autre soir chez la vieille folle, d'accord, c'était pour voir de près ce fameux *Satyricon* de Bruno. Mais de là à sortir ma carte bleu-blanc-rouge sous le nez de pauvres gens en leur demandant s'ils n'ont pas des souterrains chez eux avec un trésor caché dedans, faudrait pas pousser. Non, c'est non !

Aloyse désigna la rue :

— Tu vois, cette rue qui monte, c'est la rue de l'Église. Elle mène…

— À l'église.

— Qui se trouve à l'emplacement de l'ancien château féodal, perché sur la colline. J'ai vu les croquis dans *Saisons d'Alsace*. Ne le cherche pas, il a été rasé en 1675. On devrait trouver quelques rognures des vieux murs, si toutefois ils n'ont pas été arasés eux aussi. À gauche et à droite partent les rues de l'Hôpital et Leclerc, puis du Général de Gaulle. Elles forment un cercle grossier, suivant les anciennes fortifications et les fossés qui les protégeaient. Je propose qu'on aille à l'intérieur de ce cercle et qu'on y furète. On commence par la rue de l'Hôpital.

— Bonjour, je m'appelle Isabelle et je participe à une enquête. Pourriez-vous, s'il vous plaît, répondre à quelques questions ?

Vêtue d'un tablier à carreaux bleus, la vieille femme s'essuya les mains. Elle se trouvait dans la cour d'une maison prise au hasard dans la rue. L'ancienne demeure d'un manouvrier.

— Je n'ai besoin de rien.

Isabelle fit sa gentille.

— Non madame, nous ne vendons rien.

— Je ne veux pas parler de religion non plus. Des Témoins de Jéhovah, j'en veux pas chez moi !

— Madame, nous enquêtons pour une succession, fit Isabelle en croisant les doigts. C'est un peu particulier, mais les personnes qui nous aideront à résoudre l'énigme toucheront une récompense.

— Combien ?

— Ce n'est pas à nous de négocier les détails, madame, continua Aloyse.

— Alors vous voulez bien, demanda Isabelle ?

— Dites toujours.

Le journaliste fit un résumé plutôt honnête :

— Le client de notre employeur a résidé dans le village juste avant la Seconde Guerre mondiale et, à l'arrivée des Allemands, il a caché des biens familiaux.

— C'est qui ?

— C'est confidentiel.

— Ah bon, dans ce cas, ça ne m'intéresse pas.

— La récompense…

— Et où il a caché tout ça ?

Isabelle se lança, espérant que sa capacité de persuasion suffirait :

— Dans les souterrains.

— Hein ?

— Dans les anciennes galeries qui partaient du château.

— La maison de retraite ? Le château Schauenburg ?

— Non, pas celui-là. Le vieux château fort qui était planté là jusqu'à il y a trois siècles.

Par un ample geste dans l'espace, Aloyse montra du doigt l'ancien tracé des murs.

— Ah celui-là. Je vois ce que vous voulez dire.

— Avez-vous déjà entendu parler des souterrains ?

— Oui.

Les deux « enquêteurs » cachèrent leur surprise. À vrai dire, ils ne s'attendaient pas à une réponse positive.

— Et vous pourriez nous en parler ?

— Non.

— Et pourquoi, demanda Isabelle ?

La vieille hurla :

— Maman ! Maman !

— Qu'est-ce qu'il y a ?

Une bonne femme toute tordue et ridée apparut à la fenêtre de la maison à colombages.

La vieille au tablier continua à hurler :

— C'est pour toi. Ces gens veulent que tu leur parles des souterrains.

— Des quoi ?

La vieille s'y reprit à deux fois. Devant l'incompréhension de sa mère, elle s'excusa.

— Elle a cent cinq ans la semaine prochaine. Mais ça fait trente ans qu'elle n'entend presque plus. Elle est heureuse comme ça.

Puis elle répéta :

— Ils veulent que tu leur parles des galeries sous la maison.

— Ah ! Les galeries, oui, c'est vrai, les galeries.

Le regard de la centenaire s'éclaira.

— Quand on était petites, mes sœurs et moi, nos parents nous disaient toujours que si on n'était pas sages, ils nous enfermeraient dans les galeries. Parfois la nuit, on entendait des sons venant de sous la terre. Des bruits qui résonnaient, comme dans une cathédrale. Ça nous faisait peur, vous ne pouvez pas savoir !

Aloyse lui demanda :

— Et vous savez s'il y a un accès à ces souterrains depuis votre maison ?

— Hein ?

— Est-ce que vous avez une entrée pour les souterrains ? articula le jeune homme.

— Non.

Première déception.

— Josiane, dit l'ancêtre à l'intention de sa fille, emmène-les chez Germaine.

La Josiane les précéda pour les conduire deux bâtiments plus loin où elle appela Germaine.

— Germaiiiiine !

— Oui.

— Viens, on veut te parler.

Germaine, même tablier à carreaux bleus, cheveux violets, ouvrit le portail de bois. La cour donnait sur une demeure traditionnelle plus cossue que la précédente.

— Ces gens voudraient que tu leur parles des galeries sous la maison.

— Ah ?

— Ils voudraient que tu leur montres l'entrée.

— Suivez-moi.

« Cheveux violets » les invita à pénétrer dans sa maison. Dans le petit hall de l'entrée, sombre et carrelé de tomettes, se dressait une porte en ogive de grès sculpté. Style gothique.

— C'est là.

Aloyse ne cacha pas son étonnement.

— Juste comme ça, dans l'entrée de votre maison ?

— Oui. Où vouliez-vous qu'elle soit ?

— On peut voir ?

— Oui.

Se disant que cette femme n'était pas causante, Aloyse appuya sur la poignée ouvragée et… la porte s'ouvrit. Une volée de marches s'enfonçait dans le sol.

— On peut y pénétrer ?

— Oui, mais il n'y a pas de lumière.

Isabelle sortit une lampe du petit sac qu'elle portait sur le dos. Arrivée au bas des marches, elle se retrouva dans une cave. Au mur : des casiers à bouteilles, de vieux meubles, un petit atelier, des étagères avec des pots de confitures. Un banal cellier.

Cheveux violets dit :

— L'ampoule a claqué, mais le Ernest est trop saoul pour la changer.

Aloyse se proposa gentiment de se charger de la corvée.

Comme si elle n'attendait que cela, Cheveux violets sortit une ampoule de la poche de son tablier. En un tour de main ce fut fait, et la propriétaire se dérida.

— Venez, je vais vous montrer.

Elle se dirigea vers un coin que la modeste ampoule ne parvenait pas à éclairer. Il y avait là une ouverture donnant sur un nouvel escalier. Celui-ci les mena à un second niveau de cave. Une pièce plus petite où les habitants de la fermette entreposaient des caisses. Partant d'un des murs, un couloir s'enfonçait dans le noir.

— Voilà. Vous y êtes.

Elle les encouragea de la main.

— Allez-y. Visitez. Faites attention, dans les petites galeries qui partent à gauche et à droite, il y a eu des éboulements. Ne vous y aventurez surtout pas.

Aloyse éclaira le couloir : il était entièrement maçonné et semblait en très bon état. Une forte odeur de grotte s'en dégageait. Aloyse s'y engagea prudemment suivi d'Isabelle. Ils marchèrent un bon moment. Au bout de deux cents mètres de descente en ligne droite, le tunnel était muré.

En retournant sur leurs pas, ils constatèrent que les deux galeries qui partaient perpendiculairement étaient impraticables : des accumulations de moellons et de terre prouvaient qu'elles n'avaient pas résisté au temps. Ils sortirent décontenancés de leur petit tour dans les entrailles de la terre.

— Alors, les jeunes, vous êtes déçus ? demanda Germaine. C'est comme tous ceux qui les ont visités. Dès qu'on entend parler d'un souterrain, on pense mystère, oubliettes, cadavres, trésor. Celui-ci conduisait à une chapelle située plus bas dans le village. La chapelle a été rasée par Turenne à la même époque que l'ancien château fort. Mais l'entrée à l'autre bout du tunnel est toujours visible chez des amis. Je peux prévenir ces gens que ça vous intéresse.

— Non, ce n'est pas nécessaire.

— C'est mon grand-père qui a muré le tunnel, car il était devenu très dangereux.

— Alors vous les connaissez bien, les souterrains ? Vous les avez visités ?

— Pour être franche, c'est pas un truc qui m'intéresse, dit Germaine dans un grand sourire. Mon père et ses frères les connaissaient par cœur et ils y jouaient souvent. Mais le grand-père ne voulait plus qu'ils prennent ces risques insensés. Plus tard, ce sont les galeries adjacentes qui se sont écroulées. Elles ne menaient plus nulle part de toute façon.

Isabelle, prise d'un sentiment de culpabilité, avoua le but de leur visite.

— Et vous pensez que je ne m'en doutais pas ? Venez plutôt avec moi à la surface. Vous prendrez bien un petit verre de gewurztraminer ?

Les ayant installés à sa table, Germaine leur expliqua :

— J'ai toujours entendu parler d'un trésor caché dans les galeries. Mais vous savez, depuis le temps qu'on le raconte, il y en a eu des explorateurs ! Quand ce ne sont pas les gosses du village, ce sont de pseudo-historiens. À ma connaissance, personne n'a jamais rien trouvé, à part des outils abandonnés et des cadavres de chiens.

— Mais il doit y en avoir d'autres, des galeries.

— Bien sûr, il y en a d'autres. Pas très nombreuses, en réalité. Elles ont toutes été visitées. Certaines sont totalement impraticables. Mais vous savez, ce ne sont que quelques boyaux dans le sous-sol, rien de plus. Ils partaient de l'ancien château et allaient vers quelques points importants dans le village : le presbytère, la maison d'un notable, des lieux de culte… De temps à autre, on entend dire lors de travaux que des bouts de galeries ont été mis à jour.

— Auriez-vous entendu dire qu'un de ces tunnels passerait sous la brasserie ?

— Sous la brasserie, il faut que ce soit profond alors, à cause des caves de maturation. Et puis elle est loin ! À moins que…

— À moins que quoi ? demandèrent-ils en cœur.

— Vous ne parlez pas de la brasserie actuelle, celle qui se situe tout en bas du village. Vous voulez parler de la vieille cave à bière. Ça me revient ! Celle-là, elle était vraiment belle !

— Qui… la cave ?

— Oui.

— Racontez, s'il vous plaît !

— Une voisine qui habitait trois maisons plus loin, plus près de l'église, avait tout comme nous une cave très ancienne. Elle était plus grande, plus profonde et très fraîche. Avec un sol entièrement dallé. Mais là on ne parle plus de tunnel. On y trouvait un puits, ainsi qu'une sorte de silo enfoui. Il paraît qu'on y conservait la glace pour l'été. Quand j'y étais descendue, j'avais trouvé l'endroit très joli. Ça m'avait fait penser à un palais souterrain. La voisine disait que c'était une très ancienne cave à bière. Bien plus ancienne que la brasserie que l'on connaît aujourd'hui, qui existe depuis 1640, comme vous le savez certainement. Elle disait que c'était là que, du temps des Romains ou des Gallo-Romains, on fabriquait et conservait la cervoise. Pour vous dire que c'est vieux ! Parce qu'il faut dire que l'eau du puits de la voisine était très pure.

— On peut visiter ?

— Non. Fini. Tout a été détruit pendant la dernière guerre. Après les hostilités, les voisins ont choisi de ne pas reconstruire leur maison. Les caves ainsi que le puits ont été comblés. Là non plus vous ne trouverez pas votre trésor.

Après avoir remercié leur hôtesse, Aloyse et Isabelle s'en retournèrent à Strasbourg. Ils étaient désappointés.

— Pourtant, ça collait : un lieu occupé depuis l'Antiquité, une cave à bière qui existait au haut Moyen Âge et qui aurait pu abriter un trésor, et comme par hasard, une histoire qui court à propos d'un trésor mystérieux... Un château féodal rasé. Mais rien. Rien de rien.

— Et si...

Isabelle se lança :

— Et si ce que nous cherchons avait bien été là, dans cette cave à bière, il y a très longtemps ? Et qu'il en ait été retiré ?

— On ne se fonde que sur des rumeurs, des hypothèses tirées par les cheveux et des légendes familiales, répliqua Aloyse, un rien énervé. Jean, le professeur et moi, nous nous sommes lancés dans cette aventure par jeu. Mais à part nous promener dans des caves et des souterrains, on n'a rien fait de concret.

— Tu sais, Aloyse, ton jeu… il commence à me plaire.

Le jeune homme l'observa du coin de l'œil.

— Qu'est-ce qui te plaît ? Le jeu, ou la perspective de t'enrichir ?

Isabelle ne lui répondit pas. Dans un sourire, elle dénoua ses cheveux.

Le soir même, Aloyse fit son rapport par téléphone au professeur Manzmann.

— Faudrait-il que nous continuions à fouiller de fond… en fond cette bonne vieille cité de Hochfelden ?

— Je ne le pense pas. Vous êtes allés droit au but. La brasserie actuelle est une installation industrielle. Celle de 1640 et la brasserie artisanale contemporaine de la villa romaine qui dominait Altus Campus[1] n'ont pas grand-chose en commun. Le site a dû connaître quelques évolutions en deux millénaires, mais relativement identifiables. Si l'emplacement de caves gallo-romaines dans lesquelles se trouvait un puits a été repéré depuis longtemps, il est inutile d'en rechercher un autre. Un village, une brasserie. Plus, c'est pécher ! Les élucubrations d'Armand datant du XIIe siècle, il est probable que déjà à cette époque nous avions des prédécesseurs qui avaient retourné tous les sous-sols. On pourrait s'obstiner. Mais il nous faudrait plus d'indices.

— Qu'est-ce que je fais dans ce cas, professeur ?

1. Hochfelden.

— On verra cela dès samedi. On se voit, non ?

Aloyse hésita.

— Y a-t-il un problème, jeune homme ?

— Je suis pris ce samedi.

— Ah. Je vois. Jean et toi vous êtes terribles. Lui aussi fuit tous nos rendez-vous. Il y a une histoire de femme là-dessous.

— Jean Wacht ? Non, ce serait étonnant.

— Et pourquoi pas ? reprit le professeur.

— C'est vrai, dit Aloyse. Après tout, aurions-nous imaginé que vous et la *contessa*…

— Oh là, doucement, jeune impertinent. Il n'y a jamais rien eu avec Simone dont j'aie à rougir.

— Ben voyons. « Amore mio ! »

— Certes, mais je n'ai pas à en rougir. Parlons donc de votre nouvelle copine, l'inspecteur Durieux. Sévère mais jolie, j'en conviens. J'ai toujours pensé qu'elle était une brouteuse.

— Pardon ? fit Aloyse, médusé.

— Allons, ne me dites pas que vous ne lui trouvez pas un air un peu masculin. Pas tant dans ses traits que dans son attitude, une femme qui tient un pistolet…

Le professeur, de provoqué, devenait provocateur. Aloyse se sentait mal à l'aise.

— Je ne lui trouve rien de viril, bien au contraire…

— C'est vrai qu'elle est bien roulée, la brunette, continua le vieil homme. Je m'en serais bien fait un sandwich à l'époque où elle suivait mes cours.

— Mais enfin, professeur !

Aloyse n'osait pas rabrouer le conservateur, à qui il donnait plus que le double de son âge.

— Mais non, Aloyse, je plaisante. Je vous fais marcher. J'ai bien vu comme vous la regardiez. Je voulais d'ailleurs vous en parler, car vos coups d'œil plongeants pourraient vous desservir tôt ou tard. Ayez un peu de pudeur. Vous lui bavez littéralement dessus. Retenez-vous, soyez digne. Charmez-la, séduisez-la, avec élégance. Mais il est vrai que vous et l'élégance, ça fait deux.

— Merci, c'est gentil comme remarque. Et que feriez-vous, professeur, pour la séduire ?

— Je lui offrirais une fille.

Chapitre XXX

Aloyse passa toutes les soirées restantes à courir. Il voulait impressionner Isabelle. Il la voulait tout court, comme jamais il n'avait désiré qui que ce soit. Son dernier paquet de cigarettes avait été abandonné dans un tiroir. Il se réservait toutefois la possibilité de replonger, un plaisir reste un plaisir. Avant tout, il devait arriver à ses fins avec la belle. Alors chaque soir un peu plus vite, un peu plus loin. Ce samedi, elle verrait bien de quel bois il était fait. Il n'était pas un mollusque.

Le derrière d'Isabelle n'était toutefois pas sa seule préoccupation. Sa curiosité avait été agacée depuis qu'Adrien avait laissé entendre que Jean pouvait avoir une petite aventure. Un petit coup de téléphone, innocent ? Histoire de mettre les pieds dans le plat…

— On se voit samedi, comme prévu, non ? demanda-t-il perfidement à son interlocuteur.

— Écoute, ce samedi, ce ne sera pas possible. J'ai un rendez-vous.

— Ah oui ?

— Toutefois dimanche, si vous voulez, on pourrait tous déjeuner ensemble et faire le point.

— Bon, va pour dimanche. Mais je suis déçu. Adrien a

d'ailleurs suggéré que tu voyais une femme et que tu nous le cachais.

— Moi ? C'est n'importe quoi ! Plus à mon âge.

— Le professeur s'envoie bien la *contessa*.

— Oui, répondit Jean. Mais lui c'est peut-être par intérêt historique.

— Tu es cruel, Jean. Elle n'est pas si vieille, Simone. Je la trouve d'ailleurs assez sexy pour une mamie.

— Non, Aloyse, je parlais de l'intérêt historique des collections de Friedrich. Tu as l'esprit mal tourné. Et si tu veux savoir, la Simone, je la trouve également tout à fait à mon goût.

— Elle serait ravie d'apprendre qu'elle trouble trois générations de mâles. Donc ce n'est pas une femme que tu vois ?

— Ce n'est pas ce que tu imagines.

— Et tu ne veux pas me dire ?

— Si, bien sûr Aloyse. Il se trouve que je m'occupe d'une personne malade. Depuis que je n'ai plus ma Brigitte, il faut bien que je dispense un peu ma tendresse paternelle.

— Pardonne-moi, Jean. Je ne savais pas.

— Il n'y a pas de mal. On déjeune dimanche alors ?

— D'accord. J'en parle à mémé. Elle adore préparer des petits repas. J'ai l'impression que ça lui manquait ces derniers temps.

Mémé en fut enchantée. Ce serait l'occasion trop rare de cuisiner le plat préféré de son regretté époux : les Grumbeereknepfle. Les quenelles de pomme de terre, avec de la crème, une fondue d'oignons et des petits croûtons… Aloyse en salivait de bonheur. Le plat des fêtes de son enfance. Accompagné de pinot noir sec ou d'un riesling. Ah, les saveurs d'antan…

Avant le dîner, pour profiter du jour qui rallongeait, Aloyse fit un petit tour dans la forêt. Il suivit le sentier serpentant entre les arbres vers le Pfannenfelsen. Il en aimait les mousses et les lichens, l'odeur de la terre humide, du sous-bois, le frais silence. La lumière de la fin d'après-midi brasillait sur les branches humides et les herbes en un halo incandescent. L'éponge des sols dégorgeait du trop-plein des neiges fondues, et Aloyse ressortait ses chaussures de la tourbe avec de la boue noire jusqu'aux chevilles. Arrivé sur le rocher qui culminait sur la colline, il s'assit et prit le temps d'admirer son pays. Il sentait au fond de sa poitrine la bondissante énergie que lui procurait l'image d'Isabelle. Il caressait des yeux le velours des sapins sur les sommets environnants. Une légère brume enveloppait le fond de la vallée. Le soir tombait. Demain, elle serait là, avec lui. Dans sa forêt. Il avait envie de retenir le soleil quelques instants encore. De sentir sa douce chaleur lui envelopper les épaules. Comme tout le monde semblait le lui rappeler, à commencer par Isabelle, il lui fallait la séduire pour la mériter. Il en était sûr, s'il n'y parvenait pas avec brio, elle finirait par s'éloigner. Délicieuse piqûre du doute. Demain, il essaierait. Avec la perspective d'une charmante lutte, il entama la redescente en sifflant *Someday my prince will come*, les mains dans les poches.

Chapitre XXXI

— En l'absence d'autres éléments, il est inutile de poursuivre nos recherches à Hochfelden. Êtes-vous en accord avec moi ?

— Oui, professeur, répondit Jean.

— Aloyse ?

Surpris, ce dernier leva la tête, confus.

— Je vous demande pardon.

— On disait : on arrête de fouiller Hochfelden. Tant que nous n'avons pas d'indices plus précis.

— OK.

Les deux hommes regardèrent Aloyse, surpris par le manque d'intérêt que la conversation suscitait chez lui.

— Y'a un problème Aloyse ? s'enquit Adrien.

— Oh non, tout va bien.

— Ça n'a pourtant pas l'air, insista Jean.

— Je vais bien, répéta le décoiffé.

Les deux vieux n'insistèrent pas.

— On ne m'ôtera pas de l'esprit que la réponse se trouve dans le Geistli… dans mon livre, dit Jean. Je le sais. Je le sens.

Mémé fit son entrée avec une bouteille de riesling couverte de buée. Elle servit son petit monde, en lorgnant

Aloyse du coin de l'œil. Il vida son verre d'un trait et se resservit sans en proposer aux autres convives. Depuis le matin, il était d'humeur maussade et rien n'avait réussi à le dérider, ni le soleil, ni la présence de ses amis. En revanche, il s'était jeté sur l'apéritif, puis sur le vin à table. Mémé reconnaissait ces symptômes. Elle ne les avait que trop supportés ces dernières années. De le voir faire une incursion dans sa période noire l'inquiétait.

— Je pense que, dans l'hypothèse où le livre est un élément de la solution, nous devrions le voir réapparaître dans un proche avenir. Je ne peux pas imaginer qu'il n'y ait pas d'imbrication entre l'objet et son propriétaire. S'il s'agit d'un livre « magique », sa magie n'a aucune raison de s'exercer sans le magicien. Jean, pour moi vous déteniez une clé. Cette clé ne fonctionnera pas sans vous.

— Vous avez peut-être raison professeur. Voilà pourquoi j'ai la si nette impression qu'il n'est pas tant éloigné de moi. Comme si la réponse à toutes nos questions se trouvait à portée de main. Ce bouquin va me revenir.

— Gardez l'œil ouvert. Une rencontre, un hasard suspect… un rien peut vous révéler la présence du voleur et du livre. Vous êtes d'accord, Aloyse ?

Le garçon parut surpris.

— Vous n'êtes décidément pas avec nous, jeune homme. Est-ce mon ancienne élève qui vous perturbe à ce point ? Vous vous êtes planté sur toute la ligne. Je vous avais prévenu que c'était une goudou.

Aloyse s'emporta d'un coup. Il frappa la table en criant :

— C'est pas bientôt fini, ces conneries ! Vous êtes obligés de vous mêler de ce qui ne vous regarde pas ? Merde, à la fin !

Mémé se leva brutalement.

— Aloyse, tais-toi ! Ce ne sont pas des manières de

parler à tes amis. Qui, de plus, sont nos invités. Excuse-toi immédiatement ou quitte la table !

Le journaliste parut désarçonné par la colère de sa grand-mère et s'empressa immédiatement de se rattraper auprès de ses compères.

— Je... je ne sais pas ce qui m'a pris. Je ne voulais en aucun cas vous agresser. Je ne me sens pas très bien à vrai dire, même si cela n'excuse en rien mon comportement...

— Ce n'est rien, Aloyse, coupa Manzmann. C'est ma faute. Je ne me suis pas rendu compte que je vous blessais en me moquant de votre penchant pour Mlle Durieux. Je sais bien qu'elle n'est pas lesbienne. Je le disais par pur esprit de provocation.

— Bon, dit Jean, un petit canon pour faire passer tout ça. N'est-ce pas, madame Christmann ?

Mémé alla chercher une bouteille fraîche. Jean en profita pour glisser à Aloyse qu'il ferait bien de faire amende honorable auprès de sa grand-mère. Ce que le garçon reconnut, tant il était perturbé d'avoir si mal réagi.

Le calme revenu autour de la table, le professeur Adrien Manzmann reprit son exposé :

— Rien ne m'empêche pour l'instant de chercher de nouveaux indices dans les textes qui font allusion à la sainte. Dans celui qu'a rédigé son hagiographe, tout comme dans d'autres, plus obscurs. Quant au manuscrit d'Armand de Hochfelden, mis à part la qualité de sa calligraphie et de ses enluminures, il ne nous apprend rien de très intéressant. Toutefois, je vais retravailler sur sa traduction, histoire de vérifier si une double interprétation de la légende pourrait être faite.

Après que les invités furent partis, Aloyse monta directement dans sa chambre. Son humeur n'avait pas changé. Par fainéantise, il préféra remettre à plus tard ses excuses auprès de sa grand-mère. Il devait au préalable cuver ses excès de boisson.

Il se réveilla en sursaut dans son lit. Quelle heure était-il ? S'était-il endormi ? Dans son hébétude, il ne parvenait pas à savoir ce qui l'avait ainsi tiré de son demi-sommeil. Un bruit. Du verre cassé, lui semblait-il. Était-ce dans ses rêves ? Pour s'en assurer, il se leva. Sa tête tournait. Le vin faisait son effet. Nuit noire. Quelle heure déjà ? Vingt heures. Il avait somnolé toute la fin d'après-midi. Il descendit à tâtons l'escalier de bois ciré puis, arrivé dans le vestibule, il appela mémé.

Silence.

L'angoisse le prit comme un coup de poing. Pas un son entre les vieux murs. Il entra précipitamment dans la Stube, puis la salle à manger. Rien. Tout avait été rangé et nettoyé. Il fonça dans la cuisine. Derrière la table, près de la fenêtre, il vit traîner une mule. La charentaise de mémé. Puis il distingua le pied.

— Mémé !

Le jeune homme courut auprès de sa grand-mère. Elle gisait sur le dos, au milieu de la vaisselle fracassée. Les yeux fixes, la bouche entrouverte, dans une expression de souffrance aiguë. Le premier réflexe d'Aloyse fut de prendre délicatement la tête de mémé et de la poser sur ses genoux.

— Mémé, non ! répétait-il plaintif, tout en lui caressant les cheveux.

Il sursauta quand il se sentit saisi par le bras. C'était mémé. Elle n'était pas morte. Il l'avait pourtant cru.

Son expression changeait à peine. Il approcha l'oreille

de sa bouche afin de capter son souffle. Un murmure, presque inaudible.

Enfin, il se réveilla et bondit vers le combiné téléphonique pour appeler les secours.

— Je pense que c'est le cœur, lui dit le médecin après le départ de l'ambulance des pompiers. Je ne l'ai pas vue souvent, la mémé, mais elle me semblait capable de tracter une charrue. Alors, tu m'en vois étonné.

— C'est très grave, docteur ?

— Très grave, je ne sais pas encore. Mais sérieux, oui, ça l'est. Ils vont lui faire passer des examens, à l'hôpital, et on pourra se prononcer après cela.

— Mais qu'est-ce qui a pu provoquer cet accident, docteur, continua Aloyse ?

— L'âge... la fatigue. Elle n'a plus vingt ans, la mémé.

— Et si c'est l'énervement ?

— Que veux-tu dire, Aloyse ? Vous vous êtes disputés, elle et toi ?

— Un peu, juste un peu... répondit Aloyse.

— Allons, fit le médecin en lui tapant sur l'épaule, tout le monde se dispute, Aloyse. Et ce n'est pas une simple engueulade qui aura raison de cette vieille sorcière. Je la connais depuis toujours. Et avant moi, c'était mon père qui la suivait. Et qui suivait tes parents. Vous êtes des costauds dans la famille. Presque jamais malades. Toi, oui, tu m'inquiètes. Tu recommences à boire, à ce que je constate ?

— Euh, c'est juste aujourd'hui. Nous avions des invités.

— Des invités ? Et tu trouves que c'est une raison suffisante pour te saouler comme un marin russe ? Faudrait pas que tu trouves des prétextes bidons pour vider les bouteilles. On t'en a tiré une fois déjà. Une rechute te serait fatale. Et que se serait-il passé si tu n'avais pas remarqué le malaise de ta grand-mère à cause des vapeurs alcooliques dans lesquelles tu planais ? T'en rends-tu compte ?

— …

— Tu ne l'aurais trouvée que demain, morte. Alors, suis mon conseil : arrête de fumer, arrête de boire et arrête de faire chier ta grand-mère. Car pour supporter un petit gars comme toi, faut être une sainte.

— Merci docteur.

— De rien Aloyse. Et puisqu'on en parle, je trouve que tu t'es empâté. Fais un peu de sport.

Le reste de la nuit fut agité. Aloyse ne trouva pas le sommeil. Les paroles du médecin tournaient en boucle dans sa tête. Il se souvenait des raisons de l'énervement de mémé. Car de véritable dispute il n'y en avait jamais eu. En se tournant et se retournant entre ses draps, il se remémora le cours des événements qui avaient précédé le repas avec ses amis et le malaise de mémé.

Isabelle était arrivée au début de l'après-midi de samedi. Elle avait troqué son air sérieux et ses cheveux tirés contre un sourire espiègle.

Sans attendre leur reste, ils étaient partis à travers le village puis dans les chemins sablonneux. Bien vite, la brunette constata que son compagnon avait fait de spectaculaires progrès. Elle accentua donc l'allure. Aloyse avait prévu une boucle plus importante. Il n'était malgré tout pas de taille à lutter contre une sportive. S'engagea alors une poursuite en pente douce, dans laquelle la fille ouvrait le chemin que le garçon suivait avec rage. La montée dans les collines fut progressive, entre les sapins odorants et les feuillus dénudés, puis les genêts secs. Aloyse n'avait d'yeux que pour la croupe ronde et musclée qui poussait le corps mince de la jeune femme toujours plus loin. Son cœur tapait entre ses côtes à les faire péter. L'estomac propulsait de brutales montées acides, mais il tenait bon. Il se moquait de la performance. Ce qu'il voulait, c'était la fille. Au rythme de la course, il calquait une pénétration imaginaire. Il se sentait dans l'humidité intime, agrippé aux délicates épaules. L'adrénaline le faisait courir toujours plus fort, toujours plus vite, et la belle s'échappait encore. Il se voyait, collé à son dos, définitivement rivé à ses fesses. Ses mains agrippées à ses seins. Il n'était qu'un désir surpuissant que l'effort ne fatiguait ni ne décourageait.

Elle se retournait de temps à autre pour voir s'il suivait. Dans les yeux plissés du suiveur, elle aurait pu deviner le regard du violeur fou. Voilà peut-être pourquoi elle courait toujours plus vite, toujours plus haut. Aloyse ne sentait plus les griffures des ronces, l'angle des pierres frappées du pied. Il était redevenu l'homme animal, prêt à tout pour prendre sa proie.

Soudain, alors qu'ils débouchaient sur un rocher plat, elle se retourna. Elle était là, plantée devant lui, agressive. Un pas, un autre. Elle attrapa le poursuiveur par les vêtements, le tira à elle et pressa fortement ses lèvres sur les siennes.

Jamais Aloyse n'aurait pu imaginer baiser plus fougueux.

Elle le repoussa contre un tronc pour mieux le dévorer. Elle le saisissait, le serrait, le caressait, le griffait, le léchait... Lui se coulait, savourait, s'insinuait. Elle le frappait. Lui prenait à pleines mains ses douceurs, les malaxait, les triturait, les titillait du bout de la langue. Ils roulèrent sur le rocher, dans l'herbe et la mousse saturée d'eau.

Arrivés à la maison, ils laissèrent leurs jeux en suspens, se couvrant du regard, se prenant en pensée.

À ce moment-là, mémé les avait accueillis froidement.

Pendant qu'Isabelle se douchait, Aloyse s'enquit des raisons du comportement de sa grand-mère. Sans y prêter attention, elle continua à vaquer à ses occupations.

— Tu peux me dire ce qui ne va pas, mémé ?

— Mais tout va bien, mon fils. Tout va bien.

— Ça n'en a pas l'air. La semaine dernière, elle et toi vous étiez quasi des copines et aujourd'hui, c'est tout juste si tu la regardes en face. Y'a un problème, c'est clair.

— Mais non, mon fils, tu te fais des idées.

— Peut-être, excuse-moi, mémé. Pourrais-tu, s'il te plaît, nous préparer deux citronnades ?

— Des citronnades ? Tu ne préfères pas deux amer-bières ? C'est étonnant !

— Ouh la la ! Ne serais-tu pas un peu caustique, aujourd'hui ?

— Peut-être.

— Bon, continua Aloyse, je comptais lui proposer de rester dîner en notre compagnie, mais je crois que ce soir, ce n'est pas une bonne idée.

— Fais ce que tu veux, lui avait-elle dit pour clore la conversation.

Torturé par un sentiment de culpabilité, en sueur dans ses draps, Aloyse s'était rendu compte que jamais sa grand-mère ne s'était montrée sous ce jour à l'enfant qu'elle avait élevé. Depuis qu'elle l'avait à sa charge, elle avait été d'humeur égale, parfois colère, parfois rire. Il eût été impensable qu'elle se fût montrée irrespectueuse ou méprisante à son égard. Sa tendresse ne s'exprimait jamais par les mots, mais elle était réelle.

Quelque chose n'allait pas, Aloyse en était persuadé, et ce quelque chose, qui avait provoqué sa chute, avait un rapport avec Isabelle.

Chapitre XXXII

Alsace, 720

— J'aimerais bien jeter un œil sur le contenu de tous ces coffres. Pas toi, Bénédict ?

— Tais-toi, on pourrait t'entendre !

— Quand même, c'est un peu beaucoup, pour un jeune couple, tous ces chariots.

Ils suivaient en marchant, la lance sur l'épaule, la caravane composée de dix lourds chars bâchés. Avec eux, une trentaine de piétons armés et deux chevaliers encadraient le convoi. Ils avaient quitté l'antique villa ducale d'Obernheim depuis deux jours et avançaient très lentement sur une voie défoncée, dont l'entretien avait été abandonné depuis bien longtemps. Ils n'avaient aucune idée de leur destination. Seul le paysan qui les guidait connaissait la route. Eux, des soldats aguerris, dirigés par un simple paysan ! Cette expédition avait tout pour éveiller les convoitises. C'est pourquoi les chevaliers avaient promis les pires supplices à quiconque poserait la moindre question. À voir l'allure des deux guerriers, serviteurs dévoués du duc Adelbert, aucun des membres de la troupe n'avait osé faire la moindre remarque.

— J'ai entendu dire que c'est la propre fille du duc, Eugénie, qui s'enfuit avec le galant dont elle est éprise.

Bénédict se tourna franchement vers son compagnon de route :

— Marcus ! Ferme ta grande gueule, maintenant ! Tu veux qu'on crève ou quoi ? Moi j'en ai pas envie !

— Ne sois pas idiot. Quel est celui qui tuerait un homme pour une histoire de fesses qui ne le concerne pas ? Moi je crois que la princesse échappe en toute discrétion à l'emprise de son père. D'après ce qu'on dit à Obernheim, elle vivait cloîtrée dans Hohenbourg jusqu'à ce qu'elle fasse la connaissance du vilain Walafrid. Tu te rends compte : un paysan et une princesse !

Insensiblement, Bénédict s'éloignait de son camarade. Pouce par pouce. Il refusait d'entendre ses propos inconsidérés. Bien trop souvent, l'insouciance de Marcus leur avait causé des problèmes à tous deux. Bénédict s'était engagé pour la prime, qui suffisait pour faire vivre sa femme et ses trois gosses durant toute une saison ; Marcus, lui, l'avait fait pour l'aventure. Il ne vivait que pour les frissons. Être soldat de fortune était le moyen le plus rapide de se procurer les menus plaisirs de la guerre. En plus d'être un voleur, un violeur et un assassin, c'était un imbécile doublé d'un bavard.

Lorsque la troupe parvint à l'orée d'une forêt, le chef du convoi fit se regrouper les chars et organisa un campement pour la nuit. Par tiers, les soldats alterneraient la surveillance des lieux : deux tiers au repos, un tiers de garde, remplacé toutes les trois heures.

Marcus et Bénédict avaient tiré le bon tour : ils profiteraient de leur repos au beau milieu de la nuit. Fatigués par la longue marche, l'estomac plein, enroulés dans leur épais manteau, ils ne tardèrent pas à sombrer dans un sommeil profond.

Bénédict se réveilla en sursaut. Des ombres dans l'obscurité étoilée. Elles avaient attrapé Marcus, endormi à même le sol non loin de lui, et l'avaient brutalement entraîné vers le feu. L'homme se débattait en protestant.

Tout le monde s'était rassemblé autour du feu principal, certains tirés de leur sommeil, d'autres, de garde, attirés par les cris du captif.

Les deux chevaliers se tenaient là, les poings sur les hanches. Maintenu à genoux par deux solides gaillards, la tête tirée en arrière par les cheveux, Marcus pleurait :

— J'ai rien volé, j'ai rien fait.

— Non ! tonna l'un des chevaliers. Tu n'as rien volé. Cependant, il se trouve qu'il m'a semblé entendre que tu posais des questions indiscrètes. C'est vrai ? Peut-être que je me trompe !

Ce à quoi le deuxième ajouta :

— Mais il ne s'agit peut-être pas de toi. En est-on sûr ?

— Non ! hurla Marcus. C'est pas moi ! C'est pas moi !

La piétaille riait, s'amusant de l'humiliation du pauvre hère.

— Qu'est-ce qu'on a dit quand on vous a recrutés ? Que nous ne voulions ni yeux, ni oreilles, ni langues ! N'est-ce pas ce qu'on vous a dit ?

Il faisait la revue des hommes rassemblés autour du grand feu.

— N'est-ce pas ce qu'on vous a dit ? hurla encore le chevalier.

Plus un seul ne riait. Bénédict baissa la tête. Il n'avait pas dénoncé son compagnon. Qui s'était chargé de la basse besogne ? Il ne le savait pas. Ce traitement lui serait-il réservé à lui aussi ?

Le chevalier s'approcha de Marcus, lui enfonça un doigt dans le globe oculaire et arracha l'œil.

— J'ai dit « pas d'yeux ».

Alors que le malheureux se tordait en hurlant sa douleur, le chevalier arracha le second de la même façon.

— Ouvrez-lui la bouche !

Il y plongea sa main et se saisit du muscle recroquevillé.

— J'ai dit « pas de langue ». N'est-ce pas ce que j'ai dit ?

Il étira de force la langue et la trancha d'un coup sec. Il l'exhiba à bout de bras comme un trophée maudit, puis la présenta sous le nez de chaque spectateur.

— Et maintenant à vos postes, gronda-t-il.

Silencieux, les mercenaires s'en retournèrent, qui à sa couche, qui à sa garde. Aucun d'eux ne trouva le courage de se retourner quand le chevalier ordonna que l'on jette ce ver gargouillant au feu. Vif.

Le lendemain, après avoir traversé la rivière Zorn par le pont de bois de Svinderadovilla[1], ils arrivèrent en vue d'un castrum en ruine qui surplombait la vallée. Altus Campus[2].

À peine les chars furent-ils regroupés dans l'ancienne cour de la villa fortifiée que les deux chevaliers saluèrent Walafrid et repartirent avec leurs hommes. L'endroit était abandonné depuis que de violentes guerres de voisinage avaient anéanti la famille du seigneur local. Un village agricole avait résisté à la misère, au pied de la colline, mais aucun habitant ne s'était présenté au-devant de la colonne lors de son arrivée.

1. Schwindratzheim.

2. Hochfelden.

Quand les soldats furent partis, quelques femmes sortirent de sous les bâches. Elles accompagnaient les cochers, tous des paysans attachés à Walafrid.

— C'est ici que nous vivrons désormais, lança-t-il à la cantonade. Nous relèverons les murs de cette ferme, nous cultiverons les sols et nous ferons grandir nos enfants dans ces champs. Ainsi en a décidé Adelbert, notre duc.

Walafrid s'approcha du plus grand des chars et appela :

— Vous pouvez descendre, princesse, nous sommes arrivés.

— Désormais, tu m'appelleras dame Eugénie. Fais décharger immédiatement les coffres dans une dépendance que tu mureras sans attendre. Ensuite, nettoie-moi cette porcherie que nous puissions nous y installer bien confortablement. Demain, nous vérifierons les murs des bâtiments, remonterons les palissades et mettrons une porte à la cour. Tu feras quérir les anciens du village et tu leur annonceras que tu es dorénavant leur nouveau maître. Par la volonté d'Adelbert. Envoie les villageois couper des troncs pour renforcer les enceintes autour du domaine.

— Le duc est-il informé de cela ?

— Que crois-tu, Walafrid ? Mon père fait exécuter les instructions de ma regrettée tante, sa sœur. Tu es le seul à connaître ma mission. Et tu garderas éternellement pour toi ce secret. Je saurai te le rappeler très souvent, fais-moi confiance, dit-elle en caressant son torse puissant avec un sourire coquin.

Le lendemain, après avoir soumis les habitants du lieu et établi chacun de ses paysans dans une maison, il explora la villa en compagnie d'Eugénie. Dans une dépendance, on accédait par un escalier de pierre à de superbes et profondes caves en excellent état. Des foudres et de vieux tonneaux de bois éventrés traînaient au sol.

— Nous y sommes. Nous allons y descendre les coffres puis nous en camouflerons l'issue, murmura Eugénie. Après cela nous ne l'ouvrirons qu'une fois l'an pour y ajouter ce que tu rapporteras de chez la mère-abbesse de Hohenbourg, conformément à la volonté d'Odile, ma tante… On dirait que cela ne te convient pas, Walafrid ?

— Si, bien sûr que si. C'est que…

— Parle !

— Cet endroit m'inspire.

— Te voilà poète !

— Non, ce que je veux dire, c'est qu'il y a un puits, des caves de conservation. Je pourrais bien brasser un peu de cervoise.

— De la bière ? Tu n'as rien de mieux à faire ?

— Une fois les champs plantés, les animaux soignés, les murs reconstruits et recouverts, il se pourrait bien qu'il me reste un peu de temps.

— Eh bien tu t'occuperas de moi, décréta-t-elle en riant.

Rouge jusqu'aux oreilles, il continua :

— Mais je…

— Trouve-toi un autre endroit, si c'est ce que tu veux dire. Ces caves romaines ont désormais trouvé leur utilité. Ce n'est pas les terriers frais et l'eau qui doivent manquer dans le pays.

— Merci maîtresse.

— Eugénie !

— Merci maîtresse Eugénie.

Chapitre XXXIII

L'hôpital de Saverne. Froid. Aloyse tournait et retournait devant la chambre en se rongeant les ongles. La porte s'ouvrit et laissa paraître un médecin, suivi d'une infirmière.

— Elle veut vous voir, monsieur Christmann.

Aloyse s'apprêtait à entrer dans la chambre, quand le médecin le retint par le bras.

— Un instant, s'il vous plaît. Avant de la voir, il faut que vous sachiez. Votre grand-mère ne va pas bien du tout. Elle vous a demandé, mais je ne suis pas certain qu'elle vous reconnaisse, c'est peut-être l'habitude. Votre médecin de famille avait pensé, entre autres, à un accident cardiaque. Après électrocardiogramme, nous n'avons rien détecté d'alarmant de ce côté. Je penche plutôt pour un malaise lié à une poussée hypertensive. Ce qui a pu provoquer une chute. Elle a dû se cogner en tombant. Peut-être au coin d'une table ou dans un escalier. Nous avons constaté un traumatisme crânien.

— La table, certainement, répondit Aloyse.

— Bien. Le traumatisme a provoqué une contusion cérébrale. Je vais à l'essentiel : votre grand-mère est hémiplégique. Tout le côté gauche de son corps ne réagit plus.

— Hémiplégique, dit Aloyse, tandis que les larmes lui montaient aux yeux.

— Oui. Ne soyez pas étonné de l'asymétrie de son visage. Elle était dans le coma, nous n'avons pas eu besoin de l'assister par un respirateur artificiel. Elle est résistante et elle s'est réveillée toute seule. Tout ce qu'on a compris de ce qu'elle essayait de nous dire, c'est votre prénom.

— Docteur, est-ce que ça se soigne ?

Le médecin le regarda tristement.

— Elle aurait vingt ans de moins, je ne dis pas. À son âge, je ne pense pas qu'elle recouvre un jour de l'aisance dans sa vie quotidienne. Il faut vous faire une raison, monsieur Christmann. Dans le meilleur des cas, si l'œdème ne grossit pas et ne comprime pas plus le cerveau, elle pourra vivre un certain temps, avec un peu de lucidité.

— Sinon ?

Le médecin haussa les épaules.

— Elle est vieille, vous savez…

Aloyse lui aurait bien mis son poing dans la figure. Il préféra entrer dans la chambre.

Il se sentit immédiatement dans une annexe de la morgue, avec ses murs glauques, son sol de plastique lustré, ses néons. Un énorme respirateur artificiel dans un coin.

Mémé était étendue sur le lit métallique. La tête relevée par de gros oreillers. Une paupière affaissée, elle marmonnait, seule dans son univers.

— Mémé, c'est moi. C'est Aloyse.

Elle semblait ne pas avoir remarqué sa présence et continuait un soliloque incompréhensible. Un filet de salive lui coulait de la commissure des lèvres.

Aloyse lui prit délicatement la main. Elle reposait sur la couverture. Il n'avait jamais remarqué combien elle était osseuse et fripée. Malgré l'atmosphère de la chambre, cette main était chaude. Plusieurs fois, il sentit les doigts décharnés se resserrer sur les siens. Il observa sa grand-mère. Son œil valide allait et venait, et son discours en sabir n'avait pas cessé. Intrigué, il approcha l'oreille de la bouche de mémé.

Il ne perçut qu'un souffle entrecoupé de mots sans suite. Puis il entendit son nom.

— Oui, mémé, c'est moi. Je suis là, s'écria-t-il en retenant ses larmes.

— Aloyse… C'est à toi…

— Qu'est-ce qui est à moi, mémé ?

— … À toi…

Il répéta sa question.

— … dans l'Eckkanschterle[1]… tout est dedans…

— Quoi mémé ? C'est quoi, l'Eckkanschterle ?

— … c'est ton tour… prends-le…

— Mémé ?

— … attention à Isabelle…

— Quoi ?

— …

Elle s'était endormie. L'effet des tranquillisants.

1. Encoignure.

Chapitre XXXIV

Hochfelden, 1189

Alertés par la cloche d'alarme qui sonna juste après tierce, les villageois, hommes, femmes, enfants, paysans ou artisans, étaient venus en désordre se réfugier derrière les remparts du château. Certains, arrivés tout droit des champs, avaient refusé d'abandonner bœufs et charrue, et tentaient de se frayer un chemin au milieu de la foule affolée. Habitués à des attaques de plus en plus fréquentes de la part des brigands, les villageois avaient acquis des réflexes de survie. Chacun prenait une arme. À défaut de dague ou de lance, c'était la fourche ou la hache qui servait à se défendre contre l'ennemi. Une fois armés, ils poussaient vers la forteresse tout ce qui avait deux ou quatre pattes. La villa forte d'autrefois qui dominait Altus Campus avait laissé la place à une structure moderne, mieux préparée contre les agressions. Son enceinte était de pierre, la tour de l'église percée de redoutables meurtrières, le tout cerné par un fossé qui empêchait l'ennemi de disposer des échelles directement sur les murs. Malheureusement, la place manquait pour tenir un siège lorsque toute une populace s'entassait dans les bâtiments avec enfants, animaux et les maigres richesses qu'elle avait réussi à emporter avant l'arrivée de la horde déchaînée.

Sur le chemin de ronde, Louis lançait des ordres brefs à ses hommes. Ce n'étaient pas de véritables guerriers, certes, mais depuis de nombreuses années ils avaient appris à défendre chèrement leurs biens et leurs récoltes.

Louis avait la lourde tâche de protéger le village, ainsi que l'avait fait son père avant lui. Il avait bâti une forteresse autour du site où près de cinq cents ans plus tôt ses aïeux Walafrid et Eugénie avaient édifié la première chapelle. La splendide église moderne, toute de moellons, remplaçait l'édifice premier qui avait brûlé trop souvent.

Louis était inquiet. L'angoisse ne le lâchait plus depuis la dernière attaque. Elle était survenue beaucoup trop tôt. Une guerre avec un des seigneurs voisins, vassal d'un suzerain ennemi, était normale, politique et convenue. Alors que ces raids de brigands ne présentaient aucune des caractéristiques des luttes de pouvoir. Louis savait ce que ces brutes étaient venues chercher. Beaucoup de ses gens le murmuraient en cachette. Aucun n'osait le clamer à la cantonade car personne ne connaissait la vérité. Et c'était s'exposer à la colère seigneuriale. Depuis près de cinq siècles, la parentèle de Louis protégeait le secret de l'abbesse Odile d'Alsace.

Deux ans auparavant, son épouse Brunehaut avait été enlevée contre rançon. Il avait refusé de payer. La quantité d'or réclamée était astronomique. Un matin, Louis avait retrouvé la tête tranchée de Brunehaut dans le fossé.

Dans la famille de Louis le Goupil, on ne pleurait plus depuis longtemps. Lui-même n'avait jamais connu sa mère, son grand-père ni même Eberhardt, son frère premier-né. Tous assassinés ou mystérieusement disparus. Une malédiction ancestrale. Il savait que ce malheur était lié au secret, et il l'acceptait. Il avait fait le choix de trouver femme malgré tout, afin de perpétuer sa lignée.

Louis Arnulf, son fils âgé de cinq ans, serait appelé à lui succéder. Si Dieu le laissait vivre. S'il ne survivait pas, il lui faudrait avoir un autre enfant, puis un autre, jusqu'à ce que son sang passe à la génération suivante.

Depuis sa tour de guet, Louis surveillait le combat. Ses longs cheveux roux dépassaient de son casque ; il était mal à l'aise dans son armure qui lui serrait le ventre depuis quelque temps. L'épée au fourreau, il suivait du regard les traits des archers qui fusaient vers le château. En réponse, les paysans à l'abri des murs jetaient des pierres sur leurs assaillants. Ses guetteurs avaient fait du bon travail. Ils avaient repéré la colonne qui progressait sous le couvert des brumes matinales de la rivière Zorn, au fond de la vallée. Les villageois avaient été les plus rapides. Pour cette fois, il connaissait l'issue de la bataille. Les brigands, voyant toutes portes closes, lanceraient des projectiles enflammés sur les toits de tuiles, pousseraient de grands cris en tournant autour de la place forte, incendieraient quelques fermes après les avoir pillées de tout ce qui pouvait avoir un peu de valeur, meubles, récoltes, salaisons et animaux abandonnés, puis ils repartiraient aussi discrètement qu'ils étaient venus, se cacher dans quelque obscure ruine militaire au fond des forêts vosgiennes. De Schwindratzheim, pourtant à quelques jets de flèches, personne ne viendrait au secours de Hochfelden. C'était comme cela, une vieille rivalité entre les villages. Le temps qu'un messager alerte un seigneur ami, que celui-ci rassemble suffisamment d'hommes armés, les assaillants auraient disparu en ne laissant que mort et désolation derrière eux.

Parmi les ruines, il y aurait peut-être la petite brasserie de Louis, située plus bas dans le village. Ses ancêtres l'avaient édifiée pour leur convenance personnelle. Petit à petit, elle était devenue une source de profit et faisait la fierté du seigneur du village. Souvent, après les razzias, il retrouvait les toitures détruites, l'orge emportée ou souillée. Et la cave ouverte. Tout était à refaire : récoltes, tonneaux, maturation. Une véritable passion pour Louis. Il passait des heures au milieu de ses fûts, tous les jours, ainsi que le dimanche, à deviser avec son maître cervoisier. Il suivait le trempage et la germination, le touraillage du malt, la saccharification, et se régalait d'y adjoindre de nouveaux arômes et épices. Puis laissait fermenter. Toujours dans sa cave, à tel point qu'on l'avait surnommé Goupil : le roux en son terrier.

Ce qui rendait Louis le plus soucieux, c'était sa mission. Il n'avait pas le droit de faillir. Ainsi était-ce. Néanmoins, il sentait bien que tôt ou tard, un voleur plus malin, un seigneur plus puissant lui arracherait le cœur, en même temps qu'il s'emparerait de ce qui était enterré sous son domaine. Il ne pouvait l'accepter. Plusieurs fois ces dernières semaines, dans ses nuits sans sommeil, il avait pensé à déplacer le trésor. Son père, Bertrand le Sage, sur son lit de mort, lui avait recommandé de le faire en cas de nécessité absolue. Il connaissait la procédure. À l'aide du livre sacré qu'Odile confia à Eugénie en des temps reculés, il retrouverait la trace d'une autre illustre ancêtre : Gundeline. Nièce de la première, cousine de la seconde. Elle devait avoir préparé une cachette plus sûre, pour les siècles à venir.

Voilà comment était énoncée la mission. Cependant, il ne parvenait pas à s'y résoudre. Avec le temps, avec les habitudes, il avait fini par se persuader que toutes ces merveilles dissimulées lui appartenaient en propre et faisaient de lui l'homme le plus riche de la chrétienté. Plus riche même que Charlemagne ne l'avait été. Plus riche que le Frédéric Barberousse et Philippe Auguste réunis...

Cependant, ces attaques répétées avaient fini par venir à bout de sa confiance en lui. Sa vaillance et sa volonté d'airain l'aidaient à mener des hommes rudes, à diriger son fief d'une main de fer. Mais face à l'impérieuse nécessité de garantir la survie du trésor, sous peine de mort et de souffrances éternelles – comme l'en avait menacé Bertrand le Sage –, il voyait ses rêves de toute-puissance s'éloigner de lui. Son cœur se brisait. Bien sûr, il aimait son fils, et avait adoré son épouse. Son domaine était à lui seul un symbole de réussite, sans être trop ostentatoire, car les grands à qui il prêtait allégeance n'auraient pas toléré trop grande fortune. Il n'avait pas l'armée pour s'en protéger. Cruelle ironie que d'être potentiellement plus puissant que son suzerain, et de ne pas pouvoir l'afficher. Se montrer humble était une force. Se laisser humilier, une souffrance. Tout cet or qui n'offrait qu'une muette revanche !

Insensible aux hurlements et aux éclats du combat, il se rendit d'un pas résigné dans son cabinet de travail. Sous les tapisseries, il avait fait aménager un coffre muni de lourdes ferrures et d'une serrure élaborée par un véritable artiste. Il admirait ce bel ouvrage. Il en tira précautionneusement un livre relié de cuir. Le livre sacré d'Odile. Comme son père le lui avait enseigné, il se concentra sur son problème : la défense du secret. D'une prière latine, il fit une litanie, répétant indéfiniment les mêmes formules jusqu'à fondre les mots en une vis sans fin. Il pria des heures durant, alors qu'au-delà des murs du logis les affrontements avaient cessé à la faveur de la nuit. Il pria jusqu'au matin. Puis il protégea le recueil en le roulant dans une étoffe de serge et le rangea au fond d'un sac de cuir.

En fermant les yeux, il voyait le chemin qui le mènerait jusqu'à la porte de celui ou celle qui prendrait le relais.

Sans avoir dormi, il s'équipa. Son cheval caparaçonné, il se munit de son écu, de sa lance et de son épée, de son sac, et s'en alla. Ce fut la stupéfaction quand on le vit se présenter ainsi équipé, mais pas un de ses lieutenants ne lui posa la moindre question. On lui ouvrit la lourde porte, on rabattit le pont sur le fossé. Il partit seul, dans un silence oppressant. Depuis presque un demi-millénaire les siens avaient subi des agressions parce que quelqu'un avait parlé. Le secret du trésor n'avait pas été gardé selon la volonté de celle qui l'avait échafaudé. Trop de monde avait participé à sa dissimulation, et Louis et ses parents avaient payé de leur sang cette maladresse. Il ne devait plus en être ainsi. Sans même guider son destrier, il se laissa aller au pas à travers prés et forêts. Jamais il ne rencontra bûcheron ou bandit. Il dormit sans descendre de sa monture, alors qu'elle avançait sans s'arrêter.

Au matin du troisième jour, Louis le Goupil tomba au sol, ce qui ne manqua pas de le réveiller. Son cheval se désaltérait dans une auge taillée dans le grès. Il se trouvait dans la cour d'une modeste ferme. Avec peine, à cause du poids de son armure, il se releva et vit un paysan assis sur une bille de bois qui l'observait, hilare. Se redressant vigoureusement, le seigneur de Hochfelden tira l'épée du fourreau. L'autre n'avait pas bougé et continuait à lui sourire. Après un moment, Louis rengaina son arme et s'approcha du vilain.

— Le bonjour, cousin, dit-il.

— Le bonjour cousin chevalier, répondit l'autre. Voilà bien longtemps que je t'attends, mais ce matin, à mon réveil, je me suis dit : « Gunther, aujourd'hui est un grand jour. Tu ne vas pas aux champs. » Et te voilà.

— Me voilà, ponctua Louis.

— Entre. Puis-je t'offrir une cervoise ? J'en brasse une qui est particulièrement rafraîchissante.

— Une cervoise, répondit Louis, j'en rêve !

Avant de pénétrer dans le logis, il s'interrompit :

— Je ne t'ai pas demandé, Gunther, mais où sommes-nous ?

Gunther lui sourit. Il leva le doigt vers une masse sombre qui émergeait au-dessus de la forêt.

— Dagsburg. Dabo, si tu préfères.

Louis resta pétrifié devant l'imposante stature du rocher, couronnée par un château que les premières lueurs du matin faisaient ressortir dans le ciel limpide. La base du rocher lui-même était cernée par de hautes murailles. Il lui sembla un court instant que l'endroit était imprenable, et il en éprouva une piqûre de jalousie.

— Et où comptes-tu dissimuler... notre affaire ?

Gunther perdit un instant son sourire. Louis reprit :

— Tu peux avoir confiance, c'est tout de même moi qui te l'apporte !

Après avoir hésité, le paysan lui répondit :

— Bien avant la construction du Burg, l'endroit était fréquenté. On y adorait un dieu de l'ancien temps. Les prêtres firent creuser un tunnel pour la commodité du culte. Ses accès ont été perdus au cours des siècles et retrouvés par mon ancêtre Gundeline. Depuis, nous l'entretenons, mes pères et moi-même, dans l'attente de ce jour. Ne te tourmente pas, il sera plus en sécurité ici que dans les coffres d'un usurier juif. Et sans le savoir, Cerbère veille ! dit-il encore en indiquant la place forte d'un œil rieur.

— Pour un paysan, tu me sembles bien instruit, mon cousin.

— Toi comme moi-même sommes appelés à défendre un trésor sacré. Entre tes mains, tu as la puissance militaire et politique d'un seigneur. Je n'ai que ma tête comme arme. Alors autant bien la fourbir. Car quand je serai appelé à faire mon devoir, je devrai y être préparé et ne point faillir. Mais viens goûter ma bière. Aujourd'hui est jour de fête. Et tu es l'invité.

Chapitre XXXV

Ils s'installèrent autour de la table.

— Je suis désolé pour ta grand-mère, mon garçon, dit le professeur.

— Moi également, dit Jean.

Aloyse se prit la tête entre les mains.

— Tu n'as aucun reproche à te faire. Une petite dispute de rien du tout ne provoque pas d'hémiplégie. Enfin, pas à ma connaissance.

— Bien sûr que non, continua Jean.

— Je me reproche surtout d'avoir bu, fit Aloyse. J'étais campé sur mes positions, je faisais le fier, sans voir que mémé allait de mal en pis.

— Mais non, tu te fais des idées. Tu es intervenu dès que tu as perçu le bruit de la chute. Tu as prévenu les secours. Moins ivre, tu n'aurais pas fait mieux, alors arrête un peu de te torturer.

— Et puis, elle n'est pas morte, non ? dit le professeur. Et tant qu'il y a un peu de vie, il y a de l'espoir. N'est-ce pas Jean ?

— Ben oui, quoi…

Aloyse dissimula l'irritation qui le gagnait par vagues. Il se devait de faire bon visage devant ses amis qui s'étaient déplacés pour lui. On était lundi après-midi, Muller-Meyer lui avait généreusement proposé de prendre ses congés de retard. De toute façon, Aloyse était incapable de se concentrer sur son travail.

— Elle m'a dit que je devais faire attention à Isabelle…

— Oui, et alors ? C'est une chouette fille. Tu t'entends bien avec elle, non ?

— C'est en effet une charmante demoiselle, fit Manzmann prudemment, se souvenant des éclats de la veille.

— Vous ne comprenez pas, reprit Aloyse. Samedi soir, mémé a été particulièrement désagréable avec elle et moi. Je songeais à inviter Isabelle à dîner à la maison en notre compagnie – d'autant qu'elle s'était déjà donné la peine de venir jusqu'ici – mais mémé a fait un tel cirque que je me suis contenté de la raccompagner à sa voiture. Je n'ai même pas eu le courage de lui proposer une alternative, comme aller au resto ou un truc comme ça, tant mémé m'avait humilié sur ce coup-là…

— Voyons, tu te fais des idées, dit Jean.

— Des idées, je ne crois pas. D'ailleurs je n'ai même pas trouvé le temps de rappeler Isabelle depuis.

— Ne t'en fais pas, Aloyse, dit le professeur, tu n'auras qu'à lui dire que mémé ne se sentait pas dans son état normal.

— La preuve ! Il n'empêche, mon souci n'est pas là : elle a été tellement désagréable envers ma copine que je me demande si « fais attention à Isabelle » ne signifiait pas « méfie-toi d'Isabelle »…

— Et en quel honneur ? fit Jean joyeusement. Parce qu'elle porte un flingue ?

— Elle n'en porte pas.

— C'est vrai, c'est une bête de combat. Tu as raison : il faudrait tout de même t'en méfier…

— Très drôle Jean, fit Adrien Manzmann. Tu ne vois pas que le petit est tout troublé, non ? Tu plaisanteras une autre fois.

— C'est bon, personne n'est mort.

— Pas encore, fit Aloyse, cynique.

— Pardon, fit Jean.

— Ce n'est rien.

— …

— Elle m'a également dit quelque chose comme « tout est dans l'Eckkansternele » ou quelque chose du genre…

— L'Eckkanschterle, corrigea le professeur.

— C'est quoi, fit Jean ?

— Un meuble suspendu, une encoignure.

— Ça ? fit Aloyse en montrant l'étagère fermée accrochée dans l'angle de deux murs.

— Tout à fait, dit le professeur en se levant, voilà un Eckkanschterle. Un meuble, dans lequel, traditionnellement, on plaçait les papiers importants de la famille, ainsi, entre autres, qu'une bouteille du meilleur schnaps, réservée pour les hôtes de marque. Comme nous. Je peux ?

— Oui.

Il ouvrit le meuble en tournant la clé et découvrit en effet une bouteille et quelques verres.

— Apporte le schnaps et les verres, dit Aloyse. Mémé n'y verra pas d'inconvénients si on boit un coup à sa santé.

— Tu as raison, décréta Jean.

Manzmann sortit le flacon et les petits verres. Aloyse les servit.

— À ta santé mémé !

— À ta santé, répétèrent les deux autres en vidant leur godet cul sec.

Aloyse les resservit et ils répétèrent la formule. Au bout

de trois tournées, le jeune journaliste se sentait déjà mieux, ses compères également.

— Bon, déclara le professeur, et si on regardait dans l'Eckkanschterle ce qui s'y trouve de si important…

— OK, mais c'est moi qui m'y colle. Mémé n'apprécierait pas qu'un étranger fouille dans ses affaires. Vous êtes d'accord, les mecs ?

— Bien sûr.

Il se leva, sa tête tournait déjà. Il plongea la main dans le meuble et en tira un livre ancien.

— C'est la Bible, constata Adrien. Elle est à sa place dans le meuble. Y'a autre chose ?

Aloyse sortit un dossier de carton fermé par une bandelette. Il le posa sur la table.

— Des papiers notariaux. Des actes de propriété de divers terrains…

— C'est leur place, continua Adrien.

Aloyse sortit un second dossier cartonné.

— Merde, c'est qui cette bonne femme sur la photo ?

— Mémé quand elle était jeune.

— Ah ! la vache, siffla le professeur, elle était bonne !

— C'est bon Manzmann, un peu de respect, fit Jean avec une bourrade. Et ces gens, c'est qui ?

Il désigna une photo de groupe.

Aloyse déglutit difficilement.

— Voilà ma mère, mon père, mon grand-père… mémé… Ils sont tous morts, maintenant…

— Non, pas tous.

— Non, dit Aloyse, pas encore.

— Y'a rien d'autre dans cet Eckkanschterle ? dit Jean, histoire de détendre l'atmosphère.

Aloyse fouilla de la main le meuble. On entendit un déclic.

— Tiens…

Il souleva le double fond qui s'était décoincé. Délicatement, il entra les doigts dans l'orifice apparu. Il en retira un vieux livre devant ses camarades abasourdis.

— Mais… fit Jean qui virait au cramoisi, mais… c'est… mon livre !

— Comment ? dit Aloyse, surpris.

— Rends-le moi, hurla Jean, hors de lui. C'est mon Geistliche Schild ! Voleur !

— Du calme, dit fermement le professeur. Du calme !

— Rends-le moi, continua Jean, fou de rage.

Il écumait tout en fixant Aloyse. L'autre tenait serré contre lui un petit livre de cuir, sans rien comprendre à ce qui se passait. Soudain, Jean renversa les chaises et se jeta sur Aloyse. Le jeune homme s'écroula sous la masse furieuse alors que Jean serrait ses mains autour de son cou. Le livre avait glissé sur le plancher. Aloyse ne parvenait pas à se défaire de l'étranglement du Gros. Il sentit venir la fin. Bêtement. La mort donnée par un ami. C'est tout. Jean serrait de plus en plus fort. Manzmann, totalement détaché de ce qui se passait, avait ramassé le livre et le feuilletait avidement. Il était totalement stupéfait par ce qu'il tenait entre ses mains. Puis il sembla s'intéresser au pugilat.

— Jean ! Jean ! hurla-il.

L'autre terminait son exécution.

Manzmann lui envoya un magistral coup de pied en plein dans les côtes, ce qui sembla distraire le Gros un instant.

— Jean, tu m'écoutes ? Il est rédigé en quelle langue, ton bouquin ?

Il répéta sa question jusqu'à ce qu'une lueur de compréhension éclaire les yeux fous de Jean, l'espace d'un instant.

— Jean, il est écrit en latin, ton livre, non ?

L'autre relâcha sa pression, semblant reprendre pied.

— Euh, oui, il me semble...

Le professeur lui mit l'ouvrage sous les yeux.

— Il est écrit en quelle langue ce bouquin, Jean ?

Il répéta sa question, jusqu'à ce que le colosse comprenne où il voulait en venir, et fit défiler les pages les unes après les autres.

— Mais... fit Jean, mais...

Il oublia alors complètement son travail d'exécuteur de la DGSE et laissa traîner Aloyse comme un pantin.

— Mais...

Il se saisit du livre et constata par lui-même.

— C'est pas possible. C'est pas possible !

— Si, déclara Manzmann.

— Putain...

Il se posa sur une chaise encore debout. Anéanti.

— Putain...

Puis, sans explication, il se mit à rire. Un rire gigantesque, nerveux, hystérique.

Aloyse restait au sol. Le professeur s'intéressa à lui.

— Il va mieux, le jeune homme ?

Il n'allait pas vraiment mieux. Il cherchait son air. La gorge douloureuse, la poitrine marquée par l'énorme masse qui l'avait écrasée. Pendant ce temps, le Gros n'en pouvait plus de rire. Enfin, Aloyse parvint à se remettre sur pied, aidé par Manzmann. Le vieux ramassa la chaise que Jean avait projetée pendant son agression et y laissa tomber Aloyse.

— Bon, maintenant que tout est rentré dans l'ordre, on se calme.

Jean se détendait progressivement. Il essuyait ses larmes avec tout ce qui traînait : mouchoir, manches, nappe.

— Pardon, répétait-il en hoquetant à l'intention du journaliste. Pardon. Je ne sais pas ce qui m'a pris...

— Moi, je sais, dit le conservateur du musée. Tu as cru reconnaître le bouquin qui t'a été dérobé.

— C'est vrai.

— Est-ce lui ?

— Euh... Non.

— Et pourquoi ?

— Mais parce que...

Il ne put s'empêcher d'éclater de rire de nouveau.

— Tu te calmes, merde, à la fin !

— Pardon, s'excusa-t-il en s'essuyant la morve qui coulait.

— Comment sais-tu que ce n'est pas ton livre ?

— Mais regarde !

Et il l'ouvrit devant les yeux d'Aloyse.

Ce dernier en oublia instantanément la douleur. Il feuilleta délicatement les pages de parchemin, les unes après les autres.

— Je rêve, réussit-il à articuler.

— Non, fit le professeur, tu ne rêves pas.

— Mais, ce bouquin... Y'a absolument rien écrit dedans ! C'est une blague !

— Si c'est une blague, reprit Manzmann, c'est une très vieille blague, je peux te l'assurer.

— Qu'est-ce que tu veux dire ?

— Le truc que tu tiens entre tes mains, comme s'il s'agissait d'un cahier d'écolier, ce truc a plus de mille ans.

— Comment ?

— Bien plus de mille ans, je te l'assure. Je n'en vois pas tous les jours, mais quand j'en tiens un, je le reconnais. Ce bouquin, que vous traitez tous les deux comme un vulgaire *Pif Gadget*, est une véritable pièce de musée. Une reliure absolument magnifique de pages de parchemin fin et solide. Et oui, il n'y a absolument rien d'écrit dedans, mais après tout, peu importe l'ivresse, quand on a le flacon… Il est dans un état de conservation remarquable. Mais je vous avoue que j'ai du mal à saisir pourquoi quelqu'un se serait donné autant de mal pour relier ces parchemins alors que rien n'y est consigné.

— Un livre de comptes ?

— Mais non ! Quel imbécile irait gratter des colonnes de chiffres dans un objet qui a demandé autant d'heures de travail ? Vous ne vous rendez pas compte ! Dans les temps où ce cahier fut composé, on ne trouvait pas des parchemins d'une telle qualité à la papeterie du coin. Et le cuir a été choisi, ouvragé et cousu avec une telle précision !

— Un cahier de cours de luxe ?

— De luxe, oui, sans aucun doute pour l'époque. Mais pas pour y noter quelque chose. On ne reliait que des documents terminés pour en faire des codex. Chacun des feuillets était une véritable œuvre d'art en soit. L'enluminure, la calligraphie… Il était comment, ton bouquin, Jean ?

— Mais, c'est le même. Enfin j'ai vraiment cru que c'était le même. Même couverture, même papier.

— Il était rédigé ?

— Bien évidemment. C'est comme tu dis, Adrien, de jolies enluminures avec de très belles couleurs, une calligraphie travaillée. Je ne suis pas linguiste, mais il me semble que c'était écrit en latin à l'intérieur.

— Donc pour résumer, dit Manzmann, ce n'est pas ton livre ?

— Non, mais vu de l'extérieur, c'est son jumeau, je vous le jure !

— Son jumeau. Comme c'est intéressant.

— Ah oui ? murmura Aloyse qui se remettait difficilement.

— Vraiment. Et toi, tu vas mieux ?

— Bof… fit-il en regardant du coin de l'œil celui qui quelques minutes auparavant était encore son ami.

Jean s'empourpra.

— Je… Je suis désolé. Je ne sais vraiment pas ce qui m'a pris. Je te demande mille fois pardon. C'était plus fort que moi. Tu sais… ma mission… Brigitte… défendre…

— C'est bon, dit Aloyse de mauvaise grâce.

Il lui tapa tout de même sur l'épaule en signe d'apaisement, mais il n'éprouvait aucune envie de sourire. Trop d'émotions pour ces dernières heures.

Manzmann continua :

— Nous voilà donc avec un élément de plus dans l'énigme qui nous concerne : nous recherchons un livre volé dans lequel serait inscrit l'emplacement d'un trésor. Et bizarrement, nous tombons sur son jumeau, pas un truc qui lui ressemble, non, son véritable jumeau, chez une deuxième personne qui participe au jeu de piste. Pour être bizarre, c'est vraiment bizarre. Mais tout doit pouvoir s'expliquer. J'en suis certain. Il va falloir y réfléchir.

— Un autre jour, s'il vous plaît, déclara Aloyse. J'aimerais me reposer. Je suis vraiment très fatigué.

— Bien sûr, fit Jean en se levant. On va te laisser.

Il regarda le gamin dans les yeux.

— Vraiment, je te demande de me pardonner, je ne sais absolument pas ce qui m'a pris. Il m'a semblé devoir me battre à tout prix et récupérer ce machin…

— C'est bon, fit Aloyse, en esquissant un sourire.

— Au fait, fit Manzmann, ça ne te dérange pas si je t'emprunte le livre ?

En un instant, Aloyse se transforma. Il prit les mêmes yeux fous que Jean quelques minutes plus tôt.

— Tu ne touches pas mon livre. C'est compris ?

Manzmann, surpris, réagit avec l'agilité d'un dompteur de fauves.

— Pas de problème, Aloyse. Je reviens demain pour que nous l'examinions tous ensemble. D'accord ?

Aloyse était redevenu lui-même.

— Entendu, professeur.

Chacun rentra chez soi.

Chapitre XXXVI

— Ma mère, puis-je m'entretenir un instant avec vous en privé ?

— Avec joie, ma fille, entre, et referme la porte derrière toi, répondit péniblement la mère-abbesse. Les courants d'air emportent les paroles plus loin que nos oreilles. De plus ils me raidissent les reins. Que veux-tu me demander, Attale ?

La jeune femme tenait dans ses mains le recueil que lui avait confié Odile. Elle arborait un sourire gêné.

— Ma mère, je n'ose croire que vous, qui êtes pour nous toutes un modèle de vertu, de dévotion ainsi que de dévouement au service du plus faible…

— Où veux-tu en venir, Attale ? l'interrompit Odile.

— Ma mère. Vous êtes-vous moquée de moi ? fit-elle en posant le livre ouvert sur le lit de la moniale.

— Pourquoi me demandes-tu cela, ma fille ?

— Il n'y a rien d'écrit à l'intérieur. Avez-vous une explication à me donner ?

Odile, pourtant très fatiguée, trouva la force de sourire. Elle prit la main de sa nièce et l'attira à elle, la faisant asseoir sur son lit de douleur.

— Es-tu sûre que cet ouvrage ne contient rien ? Observe-le mieux…

Attale le fixa longuement, puis en tourna une à une toutes les pages.

— Mère, je n'y vois rien !

— Alors ferme les yeux. Ne t'ai-je point dit que cet ouvrage a été baptisé en même temps que se produisait un miracle ? Il m'avait été offert en gage d'amour par mes sœurs du couvent de Palma en Bourgogne. Elles me voyaient souffrant de cécité et ne pouvaient songer un instant que je recouvrerais la vue. Elles m'ont fait cette petite malice sans penser à vilénie. Quel ne fut pas mon bonheur quand, dans le noir de mes jours, j'y trouvais toutes les prières ainsi que toutes les réponses à ces prières. Même joliment calligraphiée une prière n'est que suite de mots, alors que lorsqu'elle est issue de l'âme elle n'en a que plus de force.

» Tandis qu'Hidulphe me baptisait, je serrais l'ouvrage contre mon sein en priant Dieu de me laisser consacrer mon existence à aider et soigner ceux qui en ont le plus besoin, moi qui avais été favorisée en tout. En réponse à mes suppliques, Il me rendit la vue.

» Tout au long de ma vie, cet ouvrage merveilleux a accompli de véritables miracles. Ceux, spectaculaires, dont on parle dans mon dos, mais également des épisodes plus discrets qui ont sauvé des vies.

» À tes cousines, j'ai confié deux codex dans lesquels j'ai rédigé moi-même des incantations divines, grâce à l'art ancien que j'ai appris de mes mères à Palma et que je vous ai transmis à toi et à tes sœurs, à Hohenbourg. Je sais qu'elles sauront en tirer le meilleur parti dans la mission que je leur ai confiée. La tienne est plus spirituelle. Tu auras moins besoin de mots que de foi. Ne t'ai-je pas parlé de clairvoyance ?

— Si, ma mère.

— Alors, regarde, et dis-moi ce que tu vois.

Attale ferma les yeux…

Chapitre XXXVII

Il se réveilla en sursaut. Le téléphone ?

C'était bien le téléphone. Dans le brouillard de ses rêves, Aloyse se précipita hors de sa chambre et faillit se rompre le cou dans les escaliers de bois ciré. Pourvu que ce ne soit pas l'hôpital…

C'était Isabelle.

— Tu ne m'as pas appelée, dit-elle tristement.

Il essaya de lui répondre. Les mots avaient du mal à franchir la barrière de la gorge. C'était Isabelle. Il devait lui parler. Mémé avait dit « attention à Isabelle ». Il essaya encore. Puis comme par une déchirure il parvint à articuler :

— Mémé…

— Quoi, mémé ?

— Elle est à l'hôpital.

— Comment ? Que lui est-il arrivé ?

Aloyse réalisa pourquoi il n'arrivait pas à parler : ce cher Jean et ses paluches de bûcheron lorrain.

— Elle a fait un malaise. Elle est tombée.

— Je ne savais pas, dit-elle. Je suis désolée. Et moi qui pensais égoïstement que tu ne voulais plus me voir. Elle va mieux ?

— Hémiplégique.

— Oh non ! Elle peut s'en remettre ?

— Les médecins ne savent pas encore. Il y a peu de chance...

— Tu as besoin de compagnie ?

Le jeune homme tenta de se concentrer. Quelle heure pouvait-il être ? Il faisait nuit.

— Pas maintenant.

— Non, évidement, dit Isabelle. Il est près de 22 heures, c'est un peu tard pour sortir. Demain ? Je suis en congé, donc disponible...

Mémé avait dit « attention à Isabelle ». Il sentait le piège se refermer sur lui. Elle ne devait à aucun prix s'approcher de lui. Il ne savait pas pourquoi. C'était une intuition.

— Avec plaisir, répondit-il.

— Entendu, je m'en réjouis d'avance, dit-elle gaiement.

Merde, pensa-t-il. *Quel petit con je fais. Dès qu'il y a un joli cul, je craque. Mémé m'avait pourtant prévenu. Bon, c'est pas grave.*

En réalité, il était très heureux qu'elle vienne.

Le professeur Manzmann était tout excité :

— Je crois que j'ai compris l'histoire. Plutôt que de me renseigner sur le trésor et de décoder les élucubrations du dénommé Armand de Hochfelden, je suis parti de ce qu'on connaît à peu près.

— C'est-à-dire ? demanda Jean.

— Sainte Odile. Comme vous le savez, elle est née vers 660 à Obernai. Aveugle. Son père n'en voulait pas...

— Oui, on connaît l'histoire, dit Aloyse. Abrégez, s'il vous plaît.

— Sois patient, mon chéri, lui dit Isabelle au creux de l'oreille.

Ce qui le fit rougir.

— Pardon, Adrien, continuez, je vous en prie.

— Bref. Il n'en a pas voulu. Sa mère, Berswinde, l'envoya chez une tante, au monastère de Baume-les-Dames. Elle y fut éduquée religieusement. Elle y apprit également l'art de l'écriture. À cette époque, on copiait, enluminait et reliait des livres sacrés anciens. Je rappelle pour les plus incultes d'entre vous que l'imprimerie de Gutenberg ne sera exploitée que huit siècles plus tard. Ayant été baptisée par saint Erhard et saint Hidulphe, elle recouvre la vue, termine son éducation et revient à Obernai chez son père. Il finit par lui offrir sa résidence de Hohenbourg pour qu'elle y installe une sorte d'asile pour nécessiteux. On le connaît actuellement sous la dénomination de couvent du mont Sainte-Odile. Là se développe autour des « Restaurants du cœur » de l'époque une activité religieuse, dont elle prend la tête. Un grand nombre de filles de la noblesse, qui admirent sa dévotion, la rejoignent. L'endroit va recevoir jusqu'à cent trente moniales et quatorze prêtres chargés des cultes. Et parmi les nombreuses activités – voire inactivités, si je peux me permettre, puisque la contemplation était une occupation très sérieuse – Odile y enseigna l'art de la copie.

— Bon, et alors, dit Jean, légèrement énervé. On voudrait de l'action.

— Pouvez toujours attendre, bande de béotiens ! répondit le conservateur. Parmi les filles venues la rejoindre, j'ai retrouvé la trace, dans les écrits des historiographes, de plusieurs membres de sa famille. Sœur, nièces. Certaines étaient appelées à lui succéder. Cependant, j'ai noté que plusieurs de ces historiens ont signalé la soudaine disparition de trois d'entre elles : Eugénie, Gundeline et

Attale. Les nièces de la sainte, très proches d'elle.

Le professeur fit une pause.

— Quand César fit son compte rendu de la guerre des Gaules, il le fit non par goût de la littérature, mais pour des raisons de publicité, afin que cessent ragots et rumeurs sur son action. Il tourna les événements à son avantage, afin de se valoriser, mais...

— Professeur ! l'interrompit Aloyse. On s'éloigne du sujet.

— Tais-toi, dit Isabelle. Laisse-le parler.

— Je voulais dire que l'histoire est une succession de faits. Précis, datés, répertoriés. C'est une science basée sur l'exactitude, qui peut néanmoins être sujette à interprétation. Ce sont ces interprétations qui posent problème. Chacun peut y aller de sa théorie, et tout peut être raconté. César, lui, ne mentit pas sur les faits. Mais il les présenta de façon à se mettre subtilement en valeur. Est-ce que l'on peut se fier à ses commentaires, dans ces conditions ? Certainement, parce qu'il y aurait rapidement eu des contestations s'il avait menti. Ils furent très nombreux, les témoins de ses actes durant les guerres des Gaules. Il ne pouvait pas inventer ni raconter n'importe quoi. Nous avons donc choisi de lui faire confiance.

» Nous devons choisir à notre tour de faire confiance à des historiens si l'on veut progresser, et les éléments qui sont parvenus jusqu'à ce jour sont fiables pour la plupart – et ce que je prétends peut être controversé sans même que je le conteste. À nous de savoir interpréter les informations qui déjà ont fait l'objet d'une interprétation. Et pour mieux faire, extrapolons.

— Hein ?

— Extrapolons. À l'aide de ce que nous disent les historiographes, échafaudons une théorie. Même si elle semble ridicule. Voyons si elle tient la route. Alors, chère collègue Isabelle, qu'avons-nous ?

— Un récit d'Armand de Hochfelden qui dit qu'Odile a fait dissimuler le trésor de Hohenbourg. Il le localise à Hochfelden.

— Bien. Qu'avons-nous d'autre ? Jean ?

— Un livre très ancien, écrit à la main. Qui servait à mes ancêtres à protéger un fabuleux trésor. Ce livre a été volé à ma famille. À Brigitte, ma fille.

— Quoi d'autre ? Aloyse ?

— Mais il n'a pas de rapport !

— Pas encore. Mais dis-le, maintenant.

— Bon. Un autre livre. Que mémé vient de me faire découvrir. Jean a cru que c'était le sien, tant il lui ressemble. Mais je pense qu'il divague.

— Et pourquoi donc ? demanda le professeur.

— Quel rapport pourrait-il y avoir entre le livre de Jean et celui de mémé ? Et puis Jean et moi ne nous connaissions pas encore il y a quelques semaines.

— Tu en es sûr ?

— D'accord. On était tous les deux dans le crash du mont Sainte-Od...

— Oui ?

— Merde !

— C'est bien ce que je me disais, continua le professeur.

— Coïncidence, lança Aloyse.

Le professeur les rappela à l'ordre.

— Nous avons donc deux livres, deux témoignages de trésor, et trois nièces qui se sauvent de Hohenbourg. Qu'est-ce qui manquerait pour faire le lien ?

Jean leva le doigt :

— Moi, je sais !

— Oui Jean ?

— Un troisième livre et un troisième emplacement.

— Mais nous ne les avons pas, dit catégoriquement Aloyse.

— Qu'en sais-tu ? demanda Isabelle.

— C'est vrai, Aloyse. Qu'en sais-tu ? reprit le professeur. Vous voulez connaître mon avis ?

— C'est bien pour cela qu'on est réunis, dit Jean.

— Si j'étais un poète, et que je me laissais aller à rêver, voici ce que je dirais : Trois filles ont quitté Hohenbourg en emportant ses fabuleuses richesses. Pour les aider dans leur « mission », comme dirait Jean, Odile a confié à chacune un bouclier spirituel. Jean le nomme Geistliche Schild. Il s'agit d'un livre auquel elles prêtaient la capacité de les protéger et de protéger le trésor. Celui-ci était caché chez l'une d'elle. Par exemple à Dabo ou à Hochfelden. Ce livre et cette cachette se transmettaient à un héritier direct, tout un tas de légendes plus morbides les unes que les autres apparaissant, afin que personne ne se laisse aller à ne pas prendre sa mission au sérieux. Quand la sécurité du trésor ne pouvait plus être assurée, son gardien était chargé de le mettre en sûreté dans l'autre branche de la famille : les descendants d'une autre cousine. Ainsi, il a transité par Dabo, et par Hochfelden.

Le professeur fit une pause.

— Personne n'a rien à ajouter, un détail qui vous titille ?

— De quoi voulez-vous parler, Adrien ?

— Dans le cas de Jean ?

— Expliquez-vous !

— Moi, j'ai compris, dit Isabelle.

— Nous vous écoutons, belle demoiselle.

— Jean était gardien du trésor.

— Oui.

— Il avait un livre pour l'y aider.

— Toujours juste.

— Et un emplacement pour cacher le trésor. À portée de main.

— Exact.

— On extrapole : le trésor a transité par Hochfelden, surveillé par un gardien vivant à proximité.

— On y est, fit le professeur, triomphant.

— Et si Aloyse a un livre, lui également…

Aloyse ouvrit de grands yeux :

— Merde !

— Il était temps que vous compreniez.

— Si votre théorie loufoque s'approche de la vérité, dit Aloyse, ça veut dire que…

— Le trésor se trouve par ici !

Un moment passa. Personne pour gâcher ce délicat sentiment d'avoir marqué des points dans un jeu de piste. Aucun d'eux n'avait envie de briser le charme de ce qui n'était finalement qu'une extrapolation. Tirée par un tout petit et misérable cheveu.

Et brusquement Aloyse brisa le silence :

— Mémé doit savoir !

La sonnerie du téléphone résonna dans la grande maison.

Quand Aloyse revint, il avait des larmes plein les yeux.

— C'était l'hôpital. Mémé est…

Il s'étrangla.

— Je suis désolé pour toi, lui dit le professeur en lui mettant la main sur l'épaule.

— Non, ce n'est pas cela, répondit Aloyse. Elle a été placée dans un coma artificiel. Les médecins pensent qu'elle souffrait trop. Elle n'arrêtait pas de geindre et de délirer dans une semi-inconscience. Ils comptent attendre ainsi pour voir si l'hématome cervical se stabilise.

— Ah bon, fit Jean. J'avais déjà peur de ne plus déguster sa fabuleuse choucroute.

— M'enfin, Jean, tu ne penses qu'à bouffer, fit Manzmann, outré.

— Mais non, c'était pour détendre l'atmosphère, répondit le Gros.

— Toujours est-il que pour tirer des infos de mémé, faudra attendre qu'on la réveille, dit Aloyse.

— Et si on le cherchait, ce trésor ? lança Isabelle.

— Bonne idée, répondit Jean.

Les autres approuvèrent.

— On dirait qu'on est le Club des cinq mais qu'on serait que quatre, continua-t-il.

— Oh misère ! se lamenta le professeur.

— On commence par où ? demanda Isabelle.

— Aloyse, qu'est-ce que tu en penses ?

— Je ne sais pas, professeur. C'est une idée nouvelle. J'ai bien cherché des trésors dans cette baraque depuis que je suis petit. Jamais je n'ai trouvé quoi que ce soit qui pourrait vous intéresser.

— Et le livre ?

— C'est juste un vieux truc avec rien à l'intérieur.

— Moi, dit le professeur, je vois énormément d'objets typiques qui auraient une place de choix dans mon musée. À tel point que c'est dans cette demeure qu'on devrait établir un cabinet de curiosités ! À commencer par le mobilier, le Kachelofe, et j'en passe. Si je ne craignais pas de passer pour un opportuniste, je fouillerais bien les tiroirs, la cave et le grenier.

— La cave ! cria Jean. Chez moi, le passage débouche dans la cave.

— Vous allez être déçus, dit Aloyse. Suivez-moi !

Chapitre XXXVIII

Le groupe se rendit dans la cour. Avant de sortir du vestibule, Isabelle retint Aloyse par la manche. À l'abri des regards, elle se lova tendrement contre son ami et l'embrassa avec fougue. Le jeune homme se laissa faire avec délectation. Il lui fallait bien un petit remontant.

— Qu'est-ce que vous foutez, les amoureux ? demanda le professeur depuis la cour.

— Voilà, on arrive, fit Aloyse qui n'arrivait pas à réprimer un sourire béat.

— Vous aurez le temps plus tard pour vos cochonneries, quand on sera riche.

Le journaliste descendit les quelques marches et fit jouer la serrure de la grande porte de la cave. Cette dernière était très encombrée, avec des étagères sur presque tous les murs. Jean repéra immédiatement la réserve de schnaps.

— Ouh la la, une quetsche de 1978. Tu crois qu'elle est encore bonne ?

Aloyse, tout euphorique, fit sauter la cire et en retira le bouchon.

— Y'a qu'à goûter.

Et il porta le flacon à ses lèvres pour s'enfiler une bonne

rasade d'eau-de-vie. À voir sa tête, elle avait encore toute sa teneur en alcool.

— Laisse boire les hommes, dit Jean, qui fit de même. Putain, c'est pas de la flotte. Elle fait au moins du soixante-dix !

— Fais voir, dit la brunette en s'emparant de la bouteille. Mais non, du cinquante-quatre. Mais elle est vraiment bonne.

— Et moi ? fit le professeur.

Ils passèrent en revue l'ensemble des parois en les sondant à coups de barre de fer. Rien ne ressemblait à un passage, même muré. Adrien tapa au sol. Rien que de la terre battue.

— On creusera un peu plus tard, comme chez toi, Jean.

Ils remuèrent les objets, meubles et autre bric-à-brac courant dans pareil endroit, sans trouver quoi que ce soit qui pût faire penser à une cachette, une pièce secrète ou au départ d'un souterrain.

— Voilà une belle cave, bien ordinaire somme toute. Elle est semi-enterrée, typique des maisons anciennes du village. Du fait de la grande double porte, vous avez pu y emmagasiner tout un foutoir. Elle vous sert de garde-manger, d'annexe et d'atelier.

Aloyse souriait.

— Je sais ce qui pourrait vous intéresser, professeur.

— Vous me faites languir.

— Vous cherchez une cave, eh bien je vais vous en montrer une.

Le maître des lieux ressortit à l'air libre et se dirigea vers la trappe à l'angle de la façade de la maison.

— Vous avez une seconde cave ?

— Oui. Plus profonde. Certainement antérieure à la

construction de cette maison.

— Elle date de quand cette maison ? Mi ou fin XVIe ?

— Non, professeur. Il y a gravé 1501 sur le linteau de la porte, vous n'avez pas vu ?

— Eh bien figurez-vous que si. Je vous donne mon avis ?

— Puisque vous le proposez si gentiment…

— Contre une gorgée de cet excellent schnaps. Merci. Alors voilà. Je pense que ce linteau de grès est plus vieux que la maison, et que ton nom y a été gravé bien plus tard.

— C'est le nom de mon ancêtre.

— Je m'en doute, Aloyse. On utilisait souvent des éléments des édifices détruits pour construire de nouveaux murs. On le remarque quand il s'agit de pièces originales qui sont jolies mais incongrues : tu as vu ces armoiries des Fleckenstein, cette ancienne famille, ou cette meurtrière magnifique, sur les murs de certaines maisons de tes voisins. Elles proviennent à coup sûr du château du village qui a été détruit pendant la guerre de Trente Ans ou la guerre de Hollande, comme ce fut souvent le cas dans notre région.

— Bon, on descend ? s'impatienta Isabelle.

Ils ouvrirent la trappe. Aussitôt l'odeur des caves profondes leur sauta à la gorge.

— Faudrait aérer plus souvent, dit Jean.

— Je passe en premier et je vous allume la lumière à partir du bas. L'escalier est assez raide.

Pour une fois dans sa vie, Aloyse n'eut pas d'appréhension en pénétrant dans les profondeurs noires. Arrivé au bas des marches, le professeur ne put s'empêcher de siffler d'admiration.

— Voilà ce que j'appelle des caves, fit-il. Mais je crains bien que là s'arrêtent nos recherches. C'est vide.

— Oui, presque. J'ai rangé récemment les cochonneries qui y pourrissaient. On ne se sert plus vraiment de cet endroit. Trop difficile d'accès. Et puis on a l'autre cave, qui est nettement plus pratique et accessible. Pour avoir un peu plus de lumière, j'ai changé les fusibles et les ampoules. Mais bon… Vous voyez, c'est pas terrible.

— Pas terrible ? s'exclama le professeur. Vous vous moquez. Elles sont superbes, ces caves, et dans un état de conservation remarquable.

— Elles doivent bien avoir mille ans, dit Jean, subjugué par la majesté des voûtes et la puissance des colonnes.

— Mille ? fit Manzmann. Je dirais même plus…

— Vous croyez ?

— Aloyse, ces caves passent par-dessous celles de la maison !

— Oui, je sais bien. On est au bas mot à huit mètres de profondeur.

— Elles couvrent une sacrée partie de la cour et des dépendances.

— Faut pas exagérer tout de même.

— Ces dalles de grès sont très anciennes.

— Sans déconner !

— Bon ! C'est pas un peu fini de vous foutre de ma gueule, tous ?

Aloyse se munit d'une puissante lampe torche laissée là lors des derniers bricolages sur l'installation électrique et éclaira les murs les plus éloignés. Les chasseurs de trésor firent silence pour mieux apprécier l'endroit. On se serait cru dans la crypte d'une église romane, qui se prolongeait, de travées en travées, en de nouvelles salles longues et parallèles, séparées par les colonnes massives.

— On devait y stocker des denrées périssables.

— Et par où les aurait-on descendues ? Par l'escalier ? Cela me semble très risqué, tout de même.

— Selon son utilisation, l'endroit a certainement subi de nombreux réaménagements depuis des siècles. En particulier son accès.

— On visite ? demanda Isabelle.

Le petit groupe fit le tour du caveau, en prenant bien soin d'en sonder les murs, comme il l'avait fait à l'étage supérieur.

Jean fit remarquer que l'endroit aurait pu être une des dépendances de l'ancien Schloss, dont les ruines étaient situées cent à deux cents mètres plus loin.

— Peut-être, dit Adrien Manzmann. Cependant le château a dû être édifié entre le XIe et le XIIe siècle. Il est donc plus récent que ces caves, ce qui n'empêche pas qu'elles aient eu cette fonction.

— On aurait pu y entreposer le trésor, remarqua Isabelle.

— Tout à fait.

— Mais il ne s'y trouve pas.

— Fin du rêve, fit le Gros.

Soupirs.

Après un instant, Adrien dit :

— Vous entendez ?

— Quoi.

— Le bruit...

— Y'a pas de bruit.

— Taisez-vous !

Dans le silence presque complet, seul un bruit de goutte se faisait remarquer.

— Là, vous entendez ? fit le professeur.

— Mais quoi donc à la fin ? demanda Aloyse.

— Mais le « ploc » !

Silence.

— Effectivement. Il y a bien un « ploc ». Et alors...

— Qui voit de l'eau ici ? s'énerva Manzmann.

Ils eurent beau éclairer l'ensemble des surfaces, tout semblait sec. Aloyse se réveilla :

— Oh, vous voulez sans doute parler du puits.

— Il y a un puits ici ? Où, s'il te plaît ?

Le jeune homme se dirigea vers l'endroit qu'il avait repéré quelques semaines auparavant. Il retrouva la cheminée dans la voûte, avec un halo clair qui en éclairait la maçonnerie. Puis il dirigea le puissant rayon de la lampe vers le sol.

— Mémé m'a dit qu'il y avait là le puits de la maison. Pépé l'a obstrué il y a une soixantaine d'années, après que mon père faillit tomber dedans.

Sous le sable et la poussière qui recouvraient le sol, des dalles étaient disposées en un cercle de deux mètres de diamètre. Une plaque qui semblait être en métal couvrait toute la surface intérieure du cercle. Elle devait être très épaisse car elle sonnait presque de la même façon que le grès. Après l'avoir examinée sous tous les angles, le professeur s'éclaircit la voix.

— Je pense que nous devrions la soulever.

— C'est un puits a dit Aloyse, fit remarquer Jean.

— Soit. Je pense tout de même qu'il nous faudrait la soulever.

— Mais vous vous imaginez le poids que cela représente ? s'inquiéta encore le Gros.

— On peut utiliser un pied-de-biche et des leviers. Tu dois avoir ça dans ta trousse à outils, mon petit ? demanda l'ancien à Aloyse.

— Ça doit pouvoir se trouver. Tu viens Isabelle ?

Les deux tourtereaux prirent le chemin de la surface, suivis par les regards complaisants des vieux.

— Je pense qu'on va attendre un bout de temps. J'ai senti le petit gars très excité par la donzelle, dit Jean.

— Il a du goût, ce petit con. C'est pas moi qui me

ramènerais une poule pareille, soupira Manzmann.

— Et la *contessa* ?

— Allons, Jean, c'est purement désintéressé comme relation.

— Désintéressé de quoi ? De son argent ou de sa charmante personne ?

— Je ne m'intéresse ni à ses relations ni à ses plantes vertes.

— Je vois.

— Il faut bien que je comble ma solitude. Je m'ennuie au musée.

— Ne crois pas que je te juge, Adrien. Moi-même, je dois bien reconnaître que depuis que je suis à la retraite…

— Tu te fais chier.

— C'est un peu ça.

— Bon, et nos deux amoureux ! Ils font plus ample connaissance ou ils nous rapportent des outils ?

— On vient, professeur. On a ramassé ce qu'on a trouvé : cordes, barres à mine et pied-de-biche.

Une demi-heure d'effort leur fut nécessaire pour faire bouger la lourde plaque. Après l'avoir légèrement soulevée à l'aide du pied-de-biche, les hommes introduisirent des barres à mine et firent levier. La plaque glissa lentement sur le côté, dévoilant un trou sinistre. À l'aide du faisceau lumineux, ils tentèrent d'en éclairer le fond.

— Merde, il y a de l'eau, fit Jean.

— Tu t'attendais à des coffres d'or ? lui demanda ironiquement Aloyse.

— Pour ne rien te cacher, pourquoi pas !

— Il faudrait que quelqu'un descende à l'aide d'une corde et sonde le fond du puits. On ne sait jamais, dit Adrien. Quelqu'un est volontaire ?

— Pas moi, gloussa Jean. J'ai pas le gabarit pour entrer dans un trou aussi étroit. Faudrait y envoyer Isabelle. Elle…

— Qu'as-tu dit ?

— Quoi ? Qu'il faudrait y envoyer Isabelle ?

— Non, juste avant, insista Aloyse.

— Que je n'ai pas la place pour descendre dans le trou.

— C'est ça.

— Que veux-tu dire, lui demanda le professeur ?

— C'est bizarre.

— Quoi ?

— Regardez ! Le diamètre du puits.

— Je ne vois rien, dit Isabelle.

— Regarde mieux, dit Aloyse, qui tourna autour du trou en faisant jouer le rayon lumineux sur la maçonnerie. Vous ne trouvez pas curieux que cette plaque soit si large et ne dévoile qu'un orifice aussi étroit ? Regardez !

La lumière créait des ombres à l'intérieur du conduit.

— Un escalier ! s'exclama Isabelle.

— Eh oui ! Avec une lumière normale ou faible, un effet d'optique nous le dissimule à la vue. C'est extraordinaire !

— Vous avez raison, professeur, dit Jean. Mais à quoi peut servir un escalier aussi étroit ? Quitte à me répéter, un gabarit comme le mien aura du mal à l'emprunter.

— Pour curer un puits, on n'envoie pas forcément Bibendum.

— Merci Aloyse, délicat de ta part. Ne t'approche pas trop de moi, ou il pourrait t'en cuire.

— Je sais, reconnut l'autre en se massant la gorge. Tu m'as montré pas plus tard qu'hier une partie cachée de tes talents. Bon, dit-il encore, histoire de changer de sujet, je pense qu'il me revient de droit d'effectuer une petite descente dans les entrailles de ma maison.

— OK, concéda le professeur. Mais sans précipitation. Même si l'endroit me paraît en état de conservation étonnant, il faut se méfier de l'air confiné ou du risque d'effondrement.

La corde fut solidement attachée autour de la taille d'Aloyse. Jean fut chargé de la faire coulisser, Isabelle d'éclairer sa progression et le professeur, comme à son habitude, de diriger l'opération. Dès qu'il eut descendu les premiers degrés et qu'il ne put plus se retenir à la margelle, le jeune homme fit part de son malaise :

— Je n'ai rien pour me retenir.

— Descends sur les fesses, si tu te sens mieux.

— Les marches sont trop étroites !

— Remonte ! dit Isabelle.

— Comment est la pierre ? demanda Adrien.

— Sèche et stable. Je continue. On finit par s'habituer.

Après une révolution complète, il était déjà descendu de trois mètres. Soudain, il poussa une exclamation d'horreur.

— Quoi ? dit Isabelle tout affolée.

— Il doit y avoir des araignées, là-dessous…

— Elles ne te mangeront pas, va !

— Éclaire-moi mieux, s'il te plaît. Avec les ombres, je distingue moins bien les marches. Je suis presque au fond.

Nouvelle exclamation. La profondeur en déforma le son. L'angoisse était palpable dans la petite équipe.

— Qu'y a-t-il ? cria le professeur en se penchant au-dessus du trou.

— C'est fou, lança Aloyse. Vous ne me croirez pas !

— Mais quoi ?

— Une galerie qui part à l'horizontale ! À quelques dizaines de centimètres au-dessus du niveau de l'eau.

— Je le savais ! hurla le professeur.

— Descendez-moi la torche que j'y voie clair.

Jean fit prestement un nœud autour de la lampe et la fit glisser dans le trou.

— La galerie semble en très bon état. Elle fait deux mètres de haut sur un mètre de large. Elle est pleine de toiles d'araignées ! C'est horrible, on se croirait dans un *Indiana Jones*. Allez, pour une fois dans ma vie, je vais dépasser mes peurs.

— Doucement, implora Isabelle.

Jean fit coulisser la corde tant que le garçon la sollicita. Un mètre, puis deux, trois. Ainsi jusqu'à dix. Puis plus rien.

— Aloyse ? Aloyse ?

Adrien Manzmann s'inquiétait. Une minute passa, puis deux. Sans signe de vie. Dans la cave, la tension était à son comble.

— Aloyse !

Isabelle était la plus nerveuse.

— Je descends. Il a un problème, je le sens !

— Non, tu attends, dit le professeur fermement.

Encore une minute. Trop longue.

Enfin, la corde bougea. Le spéléologue amateur remontait.

— Tu vas bien mon pote ? s'enquit Jean. On s'inquiétait ici !

Le jeune homme émergea. Ses cheveux étaient couverts de toiles d'araignées. Isabelle chassa prestement une de ces bestioles qui se promenait sur son épaule.

— Alors ?

Aloyse ne répondit pas. Sous la lumière blafarde des ampoules, il semblait livide. Il leva des yeux inexpressifs vers le professeur. Il tremblait de tous ses membres.

— Ça ne va pas, petit ?

Le journaliste leva lentement le poing juste sous la lumière de la torche. Il ouvrit sa main.

— C'est quoi, ces conneries ! fit Jean, gagné par l'énervement. Du gravier ?

La main était pleine de petits bouts noirs et plats. Le professeur, bouche ouverte jusqu'au sol, saisit l'un des morceaux et le frotta entre ses doigts.

— Nom d'un couvercle de four ! Que... Dieu me damne, c'est pas possible, murmura-t-il.

— Mais c'est quoi, professeur ? dit Jean, au comble de l'excitation.

— Putain de putain de merde de bordel de sac de chiffons de putain de merde ! Mais tu ne vois pas ?

Il lui plaça l'objet juste sous les yeux.

— Tu ne vois pas, pauvre Lorrain ! C'est une putain de putain de putain de pièce d'or. Et il en a plein la main, ce trayeur de taureau, de putains de pièces d'or !

Chapitre XXXIX

Ils le harcelèrent de questions. Sans attendre de réponse. Dans sa paume, il avait remonté des monnaies d'or, noircies de poussière. Ils se les passaient devant leurs yeux brillants d'excitation, les frottaient entre leurs doigts, faisaient revivre l'éclat originel du métal précieux.

— Il y en a beaucoup ?

— C'est comment en dessous ?

Mais Aloyse semblait écrasé par le poids de sa découverte. Pantois, comme incrédule devant ce qu'il tenait dans sa main tremblante. Il demanda à s'asseoir, sa tête tournait. Le Gros le soutint juste avant qu'il ne s'effondre. On l'installa contre une colonne. Isabelle, soudain très inquiète, lui dégagea le cou.

— Qu'est-ce qui ne va pas ? Tu ne te sens pas bien ?

— C'est l'air. Le puits n'a pas été aéré depuis des lustres. Laissez-le respirer, dit le professeur.

— Tu crois que l'endroit est piégé, comme l'accès aux salles funéraires des pyramides ? demanda Jean.

— Je ne sais pas, ça me semble peu probable. C'est l'air, à tous les coups.

— C'est bon, les gars, dit Aloyse. Ce n'était qu'un petit étourdissement. Je vais mieux.

Isabelle avait retrouvé le sourire.

— Alors ?

— Alors quoi ?

— Mais dis-nous ! Il y en a beaucoup ?

— De quoi ?

— Mais d'or, espèce de bœuf cornu ! fit le professeur, hors de lui.

Les trois autres le dévisagèrent. Jean le remit à sa place :

— Eh ! Le papy, tu te calmes. Je trouve que tu dis beaucoup de grossièretés. Trésor ou pas, tu n'as pas à traiter Aloyse de bœuf cornu, ni de trayeur de taureau, d'ailleurs.

— Quant à Jean, il est peut-être lorrain, mais il a tout de même droit à un minimum de respect ! siffla Isabelle.

Adrien Manzmann parut déconcerté :

— Je vous prie d'accepter mes excuses. Je ne sais pas ce qui me prend. Vraiment. D'ordinaire, je suis un garçon posé, affable…

— C'est ça, tu nous en diras tant, continua Jean. En attendant, tu mets ta grossièreté en veilleuse, sinon je te balance au fond du trou.

— Vous avez pourtant bien vu ce qu'il a remonté ! Y'a de quoi être bouleversé, ne trouvez-vous pas ?

— Pas faux, reconnut Jean. Alors, reprit-il, cul de bébé, il y en a beaucoup des pièces d'or ? Parle, ou je t'explose la tête !

— Jean ! cria Isabelle, outrée.

— Ben quoi, je plaisante. On peut encore plaisanter ici. Je suis pas comme ce vieux pervers, là !

Il montra le professeur du menton. Ce dernier sembla faire peu de cas de l'ironie du Gros.

— Si ces messieurs voulaient un peu se taire, je pourrais peut-être raconter ce que j'ai vu.

Le silence se fit.

— Tout d'abord, les moellons qui sortent du mur forment des marches tout à fait acceptables. On peut se retenir à la paroi quand on descend. Pas la peine de s'attacher. On descend d'environ six mètres. Arrivé au-dessus de l'eau, il y a un petit rebord, comme une mini-terrasse. À cet endroit s'ouvre la galerie que j'ai empruntée. Quelques pas seulement, puis on débouche sur une pièce plus grande. Y'a un tas de bordel là-dedans, et je n'ai pas bien vu. Il y avait un pot sur le sol, dans lequel j'ai plongé la main et sorti des trucs. Vous en savez autant que moi.

— On peut y descendre tous, demanda Isabelle ?

— Sans problème.

— Alors, qu'est-ce qu'on attend ?

— Un peu plus de lumière. La torche ne suffit pas. On va prendre toutes les lampes de poche de la maison, et tirer une rallonge pour la lampe baladeuse.

— On pourrait prendre un ou deux sacs au cas où on trouverait quelque chose d'intéressant, suggéra Jean.

— Quelque chose comme des pièces d'or ? insinua Manzmann dans un sourire.

— Ou des billets de banque, si on en trouve !

La sérénité avait regagné le petit groupe, et une razzia fut vite opérée dans les ateliers pour ramasser du matériel d'éclairage. Jean attacha solidement la corde à une colonne voisine et en jeta l'autre extrémité dans le puits.

— On pourra toujours s'y agripper comme à une main courante.

La largeur des marches semblait beaucoup le préoccuper du fait de son gabarit.

— Ne te fais pas de souci, tu passes sans problème, le rassura Aloyse. Qui descend le premier ?

— À toi l'honneur, dit Manzmann, tu es chez toi.

— Vous avez la trouille ! C'est ça ? C'est bon, j'y

retourne. Quand je serai en bas, je tendrai la corde, si quelqu'un a besoin de se sentir rassuré.

— Étant donné l'importance de l'événement, si tu as une parole historique à prononcer qui puisse entrer dans l'histoire, c'est le moment, suggéra Jean, ironiquement.

— Euh… genre « Veni, vidi, vici » ? « Sex, drugs and rock'n roll » ?

— Genre.

— Du fond de ce trou, quatorze siècles de petites économies nous narguent.

— C'est nul.

— Je peux descendre ?

— On te suit.

Prudemment, Aloyse redescendit. Arrivé en bas, il tendit la corde. Isabelle s'engagea à son tour dans le puits, suivie d'Adrien. La descente fut plus difficile pour le Gros qui fut contraint de se tenir à la corde.

— Faites-moi penser à descendre en rappel la prochaine fois, je serai plus à l'aise.

Ils s'engagèrent dans la galerie. Les murs étaient recouverts de toiles d'araignées mais laissaient entrevoir la maçonnerie.

— Impressionnant, fit Manzmann qui en étudiait la facture à la lumière de sa torche. On remonte dans le temps.

Ils progressèrent lentement, en prenant soin de vérifier l'état de la voûte. L'un après l'autre, ils débouchèrent dans un espace sensiblement plus vaste.

Le silence se fit.

Les lampes balayèrent les murs et le plafond pour en découvrir la structure. Cela semblait être une cavité naturelle, d'une quinzaine de mètres de profondeur sur autant de largeur, et dont certains pans avaient été retaillés par la main de l'homme. L'endroit était très encombré.

— Regardez, dit Aloyse en éclairant un pot d'une soixantaine de centimètres de haut, posé à même le sol tout près de l'embouchure du souterrain. Je ne suis pas allé plus loin. C'est là-dedans que j'ai ramassé les pièces.

Le professeur plongea délicatement sa main dans le pot et, sous les yeux du petit groupe, en retira d'autres pièces. De toutes tailles.

— Ce vase en est rempli, c'est fabuleux !

— Regardez professeur !

Jean s'était penché sur le pot et l'éclairait. Avec un mouchoir, il en nettoya la surface.

— Pas possible ! fit-il. Il est tout en or ou je rêve !

Il révéla progressivement la couleur de l'objet.

— Des pierres précieuses sont incrustées dedans. On dirait un rubis… Il est énorme ! s'extasia Isabelle.

Pendant ce temps, Aloyse avait fait une découverte.

— Quelqu'un a du feu ?

Jean lui passa un briquet. En quelques secondes, Aloyse enflamma une torche de résine qu'il avait trouvée posée contre le mur juste à côté du vase.

— Il n'y a pas mieux, en attendant la veilleuse, pour éclairer une salle.

Le professeur était toujours penché sur son vase. Il pleurait :

— Je n'ai jamais vu une pièce si belle et si richement décorée. Elle a traversé les siècles sans s'abîmer. C'est un miracle. Vous n'avez même pas idée de sa valeur…

— Professeur…

— Il doit au moins y avoir plusieurs milliers de pièces d'or de la Romania, là-dedans. C'est l'une des découvertes les plus importantes de tous les temps.

— Professeur !

— Je n'ai pas entendu dire qu'un trésor ait été aussi riche jusqu'à présent dans nos contrées…

— Professeur !

— Qu'y a-t-il, enfin, vous ne comprenez pas ?

— Regardez, lui lança Isabelle en désignant la salle qui s'ouvrait devant eux.

À la lueur de la torche de bois, Aloyse s'était avancé dans la pièce. Des amoncellements d'objets divers étaient recouverts de sortes de bâches. Le jeune homme les retirait délicatement, par lambeaux. Sous les yeux illuminés de Jean, d'Isabelle et d'Adrien, il révéla de rustiques coffres ouverts, débordant de vases, colliers...

— Que Dieu me damne ! C'est pas possible. C'est pas possible, répéta le vieux savant.

Certaines caisses étaient remplies à ras bord de pièces identiques à celles du vase en or. D'autres étaient éventrées et leur contenu s'était répandu sur le sol : colliers à pendeloques, fibules, bagues, boucles d'oreilles, paillettes de toutes formes, miroirs et autres objets précieux... À côté, protégé par de la sciure en décomposition, des flacons ouvragés, des vases de verre finement travaillés, parfois brisés. Et encore des pièces de monnaie. D'autres vases en métal précieux avaient roulé plus loin. Sous chaque drap, Aloyse découvrait de nouvelles merveilles. Statues, ivoire sculpté, coffres remplis de vaisselle précieuse, assiettes incrustées.

— Mais c'est quoi, tout ça ? demanda Aloyse.

— On a trouvé le trésor de sainte Odile ? demanda Jean.

— Probable que oui, murmura le professeur, ému au-delà des larmes. D'après ce que je vois, c'est le plus grand trésor mérovingien jamais mis au jour.

— On est riches, alors ? demanda Jean.

— Aloyse est riche, dit Isabelle. On est dans sa propriété.

— Mémé est riche, dit Aloyse.

Le professeur les interrompit :

— Ce n'est pas aussi simple que cela. La loi française dit que la moitié de la découverte appartient au propriétaire du terrain, et l'autre moitié à l'inventeur du trésor. Les inventeurs, c'est nous quatre. La propriétaire, c'est mémé.

— Oh, fit Jean, déçu.

— Ce qui fait de toi, Jean, un homme fabuleusement riche, conclut le professeur Manzmann. Potentiellement.

— Potentiellement ?

— Tu crois que tu peux t'offrir une Bentley en payant avec ce splendide collier gallo-romain ? lui demanda Adrien. Tout dépendra de ce que l'on nous laissera faire de tout cela. Et on n'est pas sortis de l'auberge : si l'État préempte et…

— Regardez ! cria Aloyse.

Au fond de la salle, couché le long de la paroi, un squelette. Isabelle poussa un petit cri et se réfugia entre les bras de son ami.

Éclairant le squelette à l'aide de sa lampe, le professeur l'examina avec minutie.

— C'est curieux. On dirait qu'il a été placé intentionnellement de cette façon : les bras le long du corps. La tête légèrement redressée. On dirait qu'il a été recouvert de chaux.

Jean avisa une bouteille disposée à côté du cadavre.

— Il y a un rouleau de papier à l'intérieur.

D'un coup de canif, il fit sauter la cire qui obstruait le goulot et en retira avec précaution le papier.

— Tiens, professeur, fais ton travail. On aura peut-être des réponses aux questions que nous ne manquerons pas de nous poser.

Avec une infinie douceur, le conservateur de musée déroula le papier puis demanda un peu de lumière.

— C'est de l'allemand ancien.

— Qu'est-ce que ça raconte, demanda Jean.

— Tu as gardé la bouteille de schnaps ?

— Euh, oui, répondit confusément le colosse.

Il la tira de sa poche.

— Bois-en une bonne rasade, intima le professeur.

— Pardon ?

— Fais ce que je te dis.

Il ne se fit pas prier deux fois.

— Passe à Aloyse.

— Moi aussi je dois boire ?

Il en avala une grande gorgée. Manzmann en profita également.

— Et moi ? dit Isabelle visiblement outrée qu'on l'ait ainsi oubliée.

— Mais tu es une fille ! dit le professeur.

— Donne, pauvre type, lui dit-elle en la lui arrachant des mains avant de la porter à sa bouche.

Adrien Manzmann regarda Jean droit dans les yeux et lui fit la lecture :

— « Ici repose Christian Wacht, homme de foi qui accomplit sa mission sacrée puis mourut en sa famille. Honorez-le et veillez comme lui sur le trésor d'Odile. » Et c'est signé – j'ai du mal à lire la signature – Richard Christmann, 1677.

— Ben ça alors, fit Jean. Mon ancêtre ! Mais qu'est-ce qu'il fait là ?

Aloyse, Manzmann, Isabelle et Jean se recueillirent spontanément devant cette dépouille. Devant leurs yeux, il y avait quelqu'un qui avait souffert pour protéger un secret, qu'eux-mêmes partageaient.

— Tu le connais, lui demanda Isabelle ?

— Non. Jamais rencontré. Je veux dire que je n'en ai jamais entendu parler… Ça me fait tout drôle de me trouver face à un arrière, arrière-grand-père, qui est mort depuis… voyons… plus de trois siècles !

— Mais le lien est fait : nous avons trouvé le trésor, ton ancêtre identifié par l'ancêtre d'Aloyse, ce Richard… La boucle est bouclée, et nous sommes riches. Je n'en reviens pas.

— C'est certain : vous n'allez pas en revenir, professeur, annonça une voix sortie de la galerie, derrière eux.

Le petit groupe se retourna brutalement. Pour prendre un puissant rayon lumineux dans les yeux.

— Je vous félicite, messieurs, fit encore la voix. Et je vous remercie pour votre découverte.

L'inconnu restait invisible derrière sa torche électrique éblouissante. Cette façon de parler… Aloyse connaissait cette voix. Il serra Isabelle contre lui pour la protéger. Il discerna clairement un pistolet pointé vers eux qui se détachait dans le halo lumineux.

— Messieurs, veuillez lever les mains bien haut, s'il vous plaît. Pas toi, Isabelle !

— Papa ? s'étrangla-t-elle.

— Oui, ma chérie. Tu en as mis du temps !

— Fuchs, je te reconnais, cria Aloyse.

— Bravo, petit gars !

— Mais qu'est-ce que tu fais là ? Isabelle est ta fille ? Pas ta collègue ?

— Oui, mon cher Aloyse, confirma le professeur. Je me souviens maintenant. Flic de père en fille. Isabelle porte le nom de sa mère. C'était inscrit dans le dossier universitaire de ma studieuse élève. Gamine de parents divorcés. Charmante famille, n'est-ce pas ?

— Je n'ai rien à voir là-dedans, s'écria Isabelle.

— Bien sûr que si, ma chère fille. Je ne t'ai pas révélé toute l'ampleur de ta mission. Disons que tu as involontairement espionné notre ami Aloyse. Ne dis pas qu'une historienne comme toi n'a pas encore compris quel est son véritable rôle dans cette affaire ?

— Que nous veux-tu ? lui lança agressivement Aloyse. Je pensais que tu enquêtais sur l'accident de l'Airbus ?

— J'ai enquêté. Absolument. Ceux qui étaient réellement chargés du dossier étaient Vacheret et Courtin, mes collègues. Tu dois t'en souvenir. Moi, je n'ai fait que m'insinuer dans les recherches à titre personnel.

— Pourquoi ? demanda Aloyse, incrédule.

— Voyons, Christmann, tu n'as toujours pas compris ?

— Il veut le trésor, fit Jean.

— Il me revient de droit, répondit sèchement le policier.

— De quel droit ?

— Du droit du sang. C'est mon ancêtre qui a emporté et protégé le trésor. C'est à ma famille que sainte Odile a confié la responsabilité d'en assurer la pérennité. C'est uniquement pour le mettre à l'abri des attaques continuelles que nous l'avons temporairement sorti des caves sous le château de Hochfelden pour le laisser à Dabo, au bon soin des Wacht. Ma famille a payé le prix fort pour cette mission, en vies humaines. Et par une vie inhumaine pour les survivants, continuellement seuls à porter pareille responsabilité. Aussi, depuis qu'il a été confié, nous n'avons eu de cesse de le récupérer. Mais les Wacht l'avaient trop bien caché. Aujourd'hui, je récupère mon bien.

— Il n'est pas à vous, ce trésor. Il est à Aloyse, ou sinon à l'humanité toute entière. Mais en aucun cas à vous.

— Ne me défie pas, vieux maboul poussiéreux. Tu ne sais pas de quoi je suis capable…

Aloyse le regarda intensément :

— Moi je crois que si. C'est toi qui as tué Brigitte, la fille de Jean.

Fuchs se mit à rire. Et plus il voyait Jean Wacht se raidir, plus il riait.

— Moi, non ! Je ne l'ai pas tuée ! C'est le Bouclier.

— Le Bouclier ? railla Aloyse.

— Oui, le livre. Elle lui a tourné le dos, ne sachant pas les risques que cela lui faisait prendre. Elle en est morte.

— Tu mens, sale con, gronda Jean. Tu l'as tuée. Tu as volé le Geistliche Schild.

— Tu veux dire le livre ? Oui je l'ai. Mais je ne l'ai pas volé. C'est ta fille qui me l'a jeté à la figure quand on s'est rencontrés. Par défi, je suppose. Crois-moi, il n'est absolument pas utile de tuer qui que ce soit. Le livre s'en charge bien tout seul.

— Le crash de l'avion, c'est toi ? demanda Aloyse incrédule.

— Décidément, vous ne comprenez pas, dit Fuchs, jouant la lassitude. En 720, juste avant la mort de sainte Odile, les trois cousines ont accepté une mission qui a apporté la mort et la désolation autour d'elles et de leurs descendants. Les trois grimoires, le mien, celui de Wacht et le tien, Aloyse, n'ont réellement servi qu'à se retrouver à travers les siècles. Et au fil des ans, nos ancêtres se sont croisés. Maintes fois. Sans parfois le savoir. Le crash du 20 janvier 1992 ? Un tragique hasard, mes amis. Vous étiez déjà proches. Moi également, de par mes fonctions. Voilà comment on se retrouve. Nous voici réunis, après plus de mille deux cent soixante-quinze ans. Vous rendez-vous compte ?

— Je me rends compte que vous travaillez du chapeau, lui lança le professeur.

— De quoi je me mêle, monsieur le spécialiste des costumes traditionnels. Tout cela n'est pas ton affaire.

— Je crois que si, lui répondit Manzmann. Il faut bien quelqu'un pour vous apprendre d'où viennent tous ces morts : les membres de votre famille, Christian Wacht qui est couché là-derrière, ceux de l'Airbus, Brigitte la fille de Jean, les parents d'Aloyse et mémé. J'en passe certainement beaucoup. Ils sont morts par la cupidité de votre famille. Elle a voulu récupérer un bien précieux dont elle s'attribuait indûment la propriété. Vous avez, à toutes occasions, utilisé le livre pour faire du mal à ceux dont vous estimiez qu'ils se mettaient sur votre chemin. Votre bouclier spirituel, vous l'avez chargé de haine ; puis vous l'avez déchargé sur des innocents. Certes, vous n'avez peut-être pas décidé de la souffrance de ces êtres. Cependant, vous libériez sa violence pour vous frayer un chemin jusqu'à ce tas d'or.

» Ce tas d'or dont vous ne ferez rien car, si l'abbesse Odile confia une mission à ses nièces, c'était dans le dessein qu'un jour ce trésor serve à réaliser de grandes choses. Et dans vos yeux, je ne vois rien de grand. À part la folie.

— Tais-toi, cria Fuchs en pointant son arme vers le vieil homme.

— Tu as tué ma fille ! Crève ! hurla Jean en se jetant sur Fuchs.

Comme une cassure dans le déroulement d'un film, l'image qui se fige progressivement… Aloyse vit le professeur ouvrir grande la bouche. Il vit le Gros, comme lorsqu'il avait découvert le codex dans l'encoignure, se jeter à la gorge du policier. Il vit Fuchs tomber à la renverse et, ce faisant, relever le canon de son pistolet juste en direction de sa tête. Il vit Isabelle, sa chère traîtresse Isabelle, comprendre ce qui allait suivre et esquisser un geste pour l'écarter de la ligne de mire. Il vit dans le regard d'Isabelle tout l'amour dont il avait rêvé. Il comprit qu'une fois de plus, il passerait à côté de la femme de sa vie. Il ressentit un profond désespoir. Il vit le canon de l'arme s'embraser. Et même la balle fuser. Il ne vit plus rien. Il ne ressentit pas de douleur.

Chapitre XL

Quelle vie pendant la mort ? Image d'Épinal : à l'instant où tu t'en vas, la famille qui te retrouve, te salue, t'entoure de sa chaleureuse présence. D'abord maman toute douce et papa si tranquille. Ils n'ont pas changé. Je suis là. Je suis avec vous maintenant. Moi aussi, je suis content de vous retrouver. Vous m'avez tellement manqué. Ne pleurez pas ! Je ne suis pas malheureux. Mémé ! Toi aussi tu es là. Ils prétendaient t'avoir plongée dans un coma artificiel.

Et ce tunnel ? Avec une lumière au fond. Parfois il m'arrive de le voir. Cette lueur n'est pas blanche. Elle est glauque. C'est moche. Après tout je m'en fous. Je suis mort.

Quelle vie après la mort ? Ils sont tous là. Les vivants et les autres. Ils m'apparaissent, à travers les nuages. Parfois je vole jusqu'à eux. Je tombe sur ce cher Adrien. Vraiment quelle tronche de monsieur Je-sais-tout. Je l'aime bien quand même. Et Jean, tout de blanc vêtu. Chaque fois c'est pareil. Il doit se sentir obligé de me secouer, de me tordre en tous sens. Arrête, le Gros, tu pourrais me casser !

Non, il ne pourrait pas. Je suis un ectoplasme, je plane

dans mon univers glauque. Sans forme, sans muscle, sans os. Je suis confortablement désinstallé. L'au-delà, dont on se défie tant, est pourtant un monde bien agréable. Doux. Peuplé de tes souvenirs terrestres. Rien n'y est fugace, le temps est ton allié. Les caresses de tes amis t'ont transformé en chat ronronnant. Il ne manque que le feu de cheminée. Ce feu, cette chaleur. Une douleur.

La douleur ne fait pas partie de mon nouvel univers. Elle appartient à l'ennemi. Celui d'en bas. Où l'on rôtit sans pouvoir abréger sa souffrance. Je peux l'imaginer. Je peux même la ressentir.

— Arrête le Gros ! Tu me fais mal !

Il a cessé de me malaxer. Je lui ai fait peur, je crois. C'est drôle. Ainsi fonctionnent les fantômes. Pour s'amuser, ils interfèrent dans le monde des vivants, en de brèves, invisibles, mais surprenantes incursions. Et le Jean qui a pris ses jambes à son coup. Je l'ai déjà vu, bondissant, surtout en ma défaveur, mais jamais avec une telle célérité. On croirait qu'il a vu un fantôme… Je m'amuse tout seul. J'aime cette vie de mort.

Le voilà qui repointe le bout de son pif. Accompagné du professeur. Ils veulent qu'on se marre tous les trois. Je vais leur pousser le cri de l'esprit frappeur. Il faut que je me concentre et que je le projette à travers l'espace afin qu'il leur parvienne avec force. J'ai vu faire ça dans un film, dans une autre vie.

— Bouhhh !

Aucune réaction de leur part. J'en serais presque déçu. Je vois bien, pourtant, qu'ils attendent que je me manifeste. Allons, Aloyse, rassemble toute ta puissance nouvelle et colle-leur la frousse de leur existence :

— Hè-è-èè-è-hhh-e !

On aurait dit une chèvre constipée. Mais j'ai réussi. Faut voir leur tête à ces deux vieux tromblons. Je pense qu'ils ont reconnu ma voix. Et ça leur fait plaisir, en plus. Ils font venir du monde pour me montrer. Je ne suis pas un phénomène de foire. Que ces filles sortent ! Elles ne sont pas mes amies, je ne les connais pas. Dehors !

— Euh-hohhh !

De plus en plus de monde. Et voilà que le professeur s'approche du tunnel avec la lumière au bout. Elle me fait mal cette putain de lumière. Elle m'éblouit !

Ça y est, je les ai perdus. Je ne les croiserai pas de sitôt dans mes pérégrinations désincarnées. M'ont fait chier. Ces autres-là, c'est un peu de l'enfer dans mon paradis. Je m'y replonge avec délice. De nouveau la lumière au fond du tunnel. C'est Manzmann qui la tient entre ses doigts. Manzmann est-il Dieu ? Il me demande si ça va. Il me demande si je sais où je suis. Il me demande si je l'entends. Il doit faire une séance de spiritisme. Pire que tout, il me demande de revenir. Je ne veux pas revenir. Je suis bien où je suis. Il y a papa, maman, mémé. Seule Isabelle me manque, délicieuse traîtresse qui tenta de me sauver. Isabelle me manque terriblement. Je voudrais la revoir. Tu peux me la faire voir, professeur ? Tu peux ? J'arrive. Je lui dis : j'arrive. Il faut que ma voix passe les murs trop lourds qui séparent trépas de vie.

— Arriff !

— C'est très bien, Aloyse, continuez comme cela.

Le professeur m'a entendu. Ma voix a porté. Je le referai, mais je dois me reposer. Parler aux vivants est fatigant.

Jean est présent à mon réveil. Il me parle tout en me malaxant comme une boule de pâte.

— Alors, petit gars, on revient de loin ?

T'as pas changé, le Gros. Toujours aussi con. Dis-moi plutôt ce que vous avez fait du trésor. Vous l'êtes-vous partagé ? Ce n'est pas ce que j'aurais choisi. Maintenant que j'ai calanché, je sais ce qu'il fallait en faire. C'est tellement simple !

— Trésor !

— Mais moi aussi, je t'aime, Aloyse, me répond Jean.

Mais qu'a-t-il compris que je lui disais ?

Ce matin, il fait froid. Le professeur est arrivé en premier, suivi de Jean. Ils me parlent à tour de rôle. Et qui entre dans ma chambre glauque ? C'est mon amour, c'est Isabelle.

— Jean Wacht s'occupe de votre rééducation physique et Isabelle Durieux de la rééducation de votre esprit.

Mais qu'est-ce qu'il me dit, cet abruti. Il fait semblant de ne pas me connaître. Et pourtant, il n'arrête pas de me parler. Il me parle tout le temps.

— Tu me saoules. Laisse-moi dormir.

Quand Jean me pétrit, il me parle d'Isabelle. Avec un tel manque de pudeur. S'il a vraiment envie de se la faire, qu'il essaie. Je sais qu'elle n'aime que moi. Je l'ai senti jusqu'à son dernier regard.

Après le froid, j'ai ressenti la douleur. Sourde, tendue. Elle a accompagné toute ma rééducation. À chacun de mes gestes. À chacune des tentatives de former une phrase. J'ai compris que je n'étais pas mort. Et soudain la vie m'a semblé très difficile. Le premier de mes mouvements a été de vérifier ma blessure. Avais-je été défiguré par le projectile ? Mon bras a gravi la montagne de mon corps un long moment. Jusqu'à mon front. J'ai tâté entre les deux yeux. Rien. Un peu plus haut… Là, oui. Pas énorme, mais quelque chose tout de même. Une cicatrice. La blessure avait-elle guéri si vite ?

Quand Isabelle a voulu me parler, j'ai bien compris qu'elle n'allait pas m'annoncer une bonne nouvelle. Il ne faut jamais tomber amoureux d'une fille trop belle pour soi. Elle a tout d'abord essayé de me rassurer, en m'expliquant mon état. Alors, comme cela, je sors d'une longue période de coma… Passionnant. Occupe-toi plutôt de me redonner des sensations où tu sais, petite coquine. Je n'ai pas oublié.

Mince, j'ai dû parler, elle a rougi.

— Vous commencez à comprendre que vous n'êtes pas décédé dans cet accident ?

— Dommage.

— Pourquoi dommage, Aloyse ?

— Parce qu'il y a peu, tu me tutoyais encore. Là, tu me parles mais tu m'ignores.

— Et pourquoi vous tutoyais-je ?

— Parce que…

Je n'allais pas essayer de lui expliquer. D'une, parce que mon esprit était encore trop embrouillé, et de deux, parce que je ne m'étais jamais agenouillé devant une fille. Même si j'avais pu m'arracher le cœur pour elle. Je te hais de te comporter ainsi avec moi. J'ai besoin de toi maintenant que j'ai froid.

— Et Jean ? Et le professeur ?

— Ils pensent comme moi que vous allez bien vous remettre. Mais vous devrez vous battre.

— OK, alors je me bats. Pourquoi ne me tutoies-tu plus ?

— Si tu préfères, on peut faire ainsi.

— Merci. Je n'attends pas de pitié de ta part. Je voudrais que tu te souviennes.

— De quoi ?

— De nous.

— De nous ? Tu veux dire, d'avant ?

— Oui, d'avant.

— Tu es arrivé ici dans un triste état. Tu es mon patient

depuis quelques jours. Je t'ai parlé régulièrement pendant ta phase de réveil. Le professeur Manzmann pense que ça te fait du bien.

— Et toi ?

— Pareil. La preuve, tu es avec moi en ce moment.

— Explique.

— Que veux-tu savoir ?

— Où suis-je ?

— LD, hôpital de Strasbourg.

— LD ?

— Longue durée.

— Et c'est ?

— Un service médicalisé de surveillance pour les patients plongés dans un coma de longue durée.

— Depuis combien de temps ?

— À ton avis, Aloyse ?

Je n'ose y croire. Assez de temps pour que tu m'aies oublié.

— Trois semaines ?

— Bien plus longtemps.

Mon Dieu, où étais-je tout ce temps ? Dans le coma. Une balle dans la tête, et Isabelle m'oublie. Jean me tripote. Ma tête me fait mal. Je veux dormir. Mes muscles me font mal. Je veux dormir un peu.

— Bonjour Aloyse. Vous êtes-vous bien reposé ?

— Salut Adrien. Depuis combien de temps suis-je là ?

— Le docteur Durieux ne vous a rien dit ?

— Docteur ? Elle est flic, non ?

— Intéressant.

Il se fout de moi le père Manzmann. Ou alors je suis en plein cauchemar. Je dois me réveiller.

— Bonjour Aloyse. Tu vas bien ?

— Salut ma chérie. Merci de t'en inquiéter. Non, je ne vais pas bien.

— Pourquoi ?

— C'est à toi de m'expliquer. Depuis que j'ai pris cette balle, tout a changé. Toi. Adrien et même Jean.

— Une balle ?

— Celle que ton père m'a balancée entre les deux yeux.

— Tu veux parler d'une balle de revolver ?

— Non ! De soft tennis ! Bien sûr une balle de revolver ! Pourquoi je suis si fatigué…

— Tu es resté un très long moment sans bouger.

— Combien de temps ?

— J'aimerais bien savoir si toi tu le sais.

— Tu veux que je devine ?

— J'aimerais que tu me le dises.

— Trois mois ?

— Bien plus longtemps.

Ce n'est pas un cauchemar. Je viens de sentir une angoisse. Et j'ai transpiré. J'ai chaud. J'ai mal.

— Plus de trois mois ? Trois ans…

— Trois ans. Tu vois que tu savais.

Ce n'est pas vrai ! Trois ans dans le coma. Pas étonnant que tout ait changé. J'ai envie de pleurer.

— J'ai déjà perdu trois ans de ma vie. Et voilà que ça recommence.

— Déjà ?

— Oui, après l'accident. La dépression.

— Tu étais dépressif ? Ce n'est pas dans ton dossier.

— Mais enfin tu le sais bien. Après le crash, j'ai eu du mal à me relever. Ton père a dû te l'expliquer.

— Mon père ne te connaît pas, Aloyse. Il vit dans les Pyrénées et n'est jamais sorti de son pays.

— Impossible. Il est flic comme toi. Il s'occupe de l'accident de l'Airbus. Mais en fait, il veut récupérer le trésor de sainte Odile.

— Je suis psychologue clinicienne. Tu es mon patient. Je suis censée t'aider à reprendre pied après trois ans de coma. Aloyse, comprends-moi. Avant que tu n'arrives dans ce service, je ne t'avais jamais rencontré.

Ce que je redoutais d'entendre.

— Laissez-moi dormir. S'il vous plaît.

J'ai rêvé. Durant mon coma. J'ai rêvé d'Isabelle. De Jean. Du professeur. Pourtant Jean, je le connais depuis le crash. C'est lui qui a fermé les yeux de Charlotte. Charlotte ! Cela me semble si loin déjà. Quelque chose ne colle pas.

— Bonjour Isabelle.

— Bonjour Aloyse. Comment vas-tu aujourd'hui ?

— Super ! On ne peut mieux. Et vous, docteur ?

— Tu me vouvoies maintenant ?

— Puis-je vous poser une question idiote ?

— Si tu penses que ça peut t'aider.

— S'est-il jamais passé quelque chose… entre nous ?

— Entre nous ? Tu veux dire, quelque chose de l'ordre de la vie privée ?

— Exactement. Je n'aurais pas mieux dit. De privé. D'intime, même.

— Je suis désolée, Aloyse, mais en aucun cas, du fait de mon…

— C'est bon, docteur. Je voulais juste vérifier. Il me restait un doute. N'en parlons plus.

— Entendu, Aloyse, n'en parlons plus. Maintenant, si tu préfères, je peux te vouvoyer de nouveau.

— Non, c'est très bien comme cela. Continue, je ne ferai pas d'amalgame.

— De quoi parle-t-on aujourd'hui ?

— Des circonstances de mon arrivée dans ce service.

— Très bien. Tu es en ces murs depuis trois ans. Tu venais d'avoir ton accident.

— Accident, c'est vite dit. Ce n'est pas ton père qui a failli me tuer d'un coup de pistolet, mais quelqu'un que je prends pour ton père. Qui est-ce ?

— Es-tu certain d'avoir été blessé par une arme à feu ?

— Bien sûr. Pourquoi ? J'ai encore la cicatrice sur mon front.

— Ce n'est pas une balle qui t'a fait cette marque.

— Mon Dieu ! C'est pendant le crash de l'Airbus. J'ai dû imaginer, pendant ce coma, que je continuais à vivre…

— Tu parles du crash du mont Sainte-Odile ?

— Évidemment. J'en suis sorti vivant.

— Je vais t'étonner Aloyse, mais ton accident s'est produit quelques semaines après cet événement dramatique. Tu n'étais pas dans cet avion, je le saurais. J'ai suivi cette affaire de près, car j'ai fait partie des cellules de soutien psychologique aux familles et aux rescapés.

Mais où je suis, là ? Je veux me réveiller. Chaque fois que je crois reprendre pied dans la réalité, ça repart en vrille.

— Docteur, s'il vous plaît, aidez-moi.

— Je suis là pour ça, Aloyse.

— Il faut tout me dire.

— Es-tu prêt à l'entendre ?

— Je le veux.

— Demande-moi ce que tu veux que je te dise.

— Qu'est-ce que j'ai eu comme accident ?

— Tu es tombé.

— Sur la tête ?

— Oh oui, voilà pourquoi tu portes cette cicatrice.

— Mais où ?

— Chez ta grand-mère, dans l'escalier.

— C'est tout ?

— Non.

— Mais quoi ?

— Tu étais ivre.

J'étais saoul très souvent après l'accident. C'est mémé qui en a subi les conséquences. Je n'ai pas connu Isabelle. Je n'ai pas pris de balle dans le crâne. Jean est mon kiné, le professeur est bien professeur, mais dans un hôpital. Isabelle, s'il te plaît, dis-moi la vérité.

— Docteur. Je crois que vous allez devoir m'écouter et après cela, vous serez gentille de séparer le vrai du faux avec moi. Seul je n'y arriverai pas.

— Je t'écoute, Aloyse.

Je lui racontai tout. Du crash à l'accident de Brigitte, de ma rencontre avec le Gros, des livres sacrés, du professeur. Je lui parlai de mémé, de la maison, du *Sapin rouge* et de mon boulot. Je n'oubliai rien. Je n'omis pas de décrire avec le minimum de détails ma relation avec « mon » Isabelle. Et enfin la découverte de ce fabuleux trésor. À mesure que j'avançais dans le récit, ses yeux s'illuminaient comme ceux d'un enfant à qui on laisse entrevoir le sapin de Noël avant l'heure. Elle prenait du plaisir à m'entendre, et quand j'en vins à notre pseudo-relation, elle ne put s'empêcher de rougir.

— Alors, docteur, suis-je fou ?

— Tu n'es pas fou, Aloyse. Depuis ton choc à la tête, tu es dans le coma. C'est un domaine qui reste très mystérieux pour la médecine. Que se passe-t-il dans le cerveau quand les connexions sont perturbées de l'intérieur vers l'extérieur ? Nous avons des idées, des témoignages, mais les preuves scientifiques d'activités électriques ne nous décrivent pas le ressenti, la vie intérieure du patient. Les personnages de ton histoire sont bien réels, ce sont ceux qui t'ont entouré pendant ta période de réveil. Et d'ailleurs, tu vas être surpris d'apprendre que tu n'es pas journaliste. Tu es comptable.

— Non ! Quelle horreur. Je déteste compter.

— Tu en auras pourtant l'occasion, bientôt.

— Et mémé ?

Je serrais les dents, de peur d'entendre une mauvaise nouvelle.

— Ta grand-mère va très bien. Elle est même venue te voir plusieurs fois par semaine pendant ces quelques années. Beaucoup plus souvent que tes parents.

— Mes parents ne peuvent pas me rendre visite. Ils sont morts depuis longtemps.

— Pas à ma connaissance.

— Si je te le dis.

— Prépare-toi à un choc supplémentaire, Aloyse…

— Tu veux dire que…

— Oui, ils sont bien vivants. Fonctionnaires d'ambassade en Suède.

Je restai là, abasourdi. Devant cette jolie fille. Elle me plaisait toujours autant, et sa présence dans le réel me faisait beaucoup de bien. Cependant, j'apprenais que ma vie n'avait été qu'un délire, un rêve comateux, fait de bric et de broc attrapés au fur et à mesure que j'approchais de la surface. Pourtant, au fond de moi, je refusais de quitter ce monde imaginaire. J'y avais été bien. Même s'il était tragique, même s'il était romanesque.

— Quel dommage, Isabelle. Tu ne sauras jamais quelle joie cela a été de fureter dans les vieux livres et dans les souterrains plus que millénaires, à la recherche d'un trésor sacré. Tu ne peux pas imaginer…

— Mais toi, Aloyse, le peux-tu ?

— … Comprends pas.

— Peux-tu imaginer le choc émotionnel que procure la découverte d'un fabuleux trésor ?

— Je viens de t'en parler, non ? Je l'ai vécu. Dans mes rêves peut-être, mais pour moi c'était bien réel.

— Tu as raison, Aloyse, c'est même la raison de ta présence en ces lieux.

— Je ne comprends toujours pas.

— Ta chute dans les escaliers n'est pas due à ton ivresse.

— Non ?

— Tu as eu le temps d'assimiler l'incident, même si tout cela est confus, dans un amalgame de réel et d'imaginaire. Je suis rassurée sur ton état psychopathologique et je pense que tu seras aujourd'hui en mesure d'accuser le coup.

— Ah oui ?

— Tu vas comprendre tout de suite : ta grand-mère t'a trouvé étendu dans une mare de sang, au bas des marches d'escalier, serrant dans tes doigts le billet gagnant de la loterie la plus dotée de tous les temps. J'en ai oublié le montant, mais il était fa-ra-mi-neux. Malaise vagal provoqué par le choc.

— …

— Ton cerveau a préparé ton réveil et me facilite la tâche. Tu accuseras le coup sans défaillir. Si toutefois tu préfères nous faire un malaise, nous sommes équipés d'un défibrillateur tout neuf, alors ne te gêne pas, dit-elle avec un sourire éclatant.

— Que dois-je comprendre ? Je suis riche ?

— Immensément.

— …

Ainsi, l'histoire et la personnalité que je m'étais forgées pendant mon coma étaient inspirées d'événements réels. Les rôles des personnages étaient tenus par des individus qui m'avaient côtoyé. Cependant la fin était la même : je découvrais la fortune.

Je restais sur ma faim. Quelque chose me manquait. C'est quand je me rendis compte que tout était dépeuplé que je sus quoi. Ou plutôt qui : Isabelle. Elle avait un si joli derrière...

Je fis tant et si bien qu'elle accepta de me ramener chez moi quand on me laissa quitter l'hôpital. Elle abandonnait de ce fait son rôle de thérapeute. Un point pour moi. J'habitais chez mémé, dans cette grande demeure. Inutile de dire qu'elle me fit la fête. Non qu'elle ignorât que j'étais sorti du coma. Elle se réjouissait de pouvoir de nouveau me concocter ses petits plats.

Je retrouvai la maison telle que je la voyais dans mon sommeil prolongé. J'y retrouvai l'odeur que je tentais de décrire à Isabelle, l'emplacement des meubles, la lumière. Il y avait bien deux caves, l'une faisant partie du bâtiment, l'autre construite en dessous. À tout hasard, je demandai à mémé s'il était arrivé que mon père faillît tomber dans un trou, obligeant pépé à l'obturer. Elle me considéra avec étonnement.

— Tu veux parler de l'ancien puits ? C'est drôle, ça remonte à très longtemps. Il me semble que je ne te l'ai jamais raconté.

Suis-je bien réveillé ? Oui, il me semble... Je devrais peut-être... Après tout, je m'en balance : mon trésor à moi, je l'ai trouvé. Et quelle chute de reins !

Pendant que mémé faisait les honneurs de sa cuisine à ma nouvelle copine – allons-y gaiement, après ce que j'ai traversé, ce n'est pas le rapport médecin-patient qui va m'arrêter –, je me faufilai dans la Stube, vers l'encoignure. Je n'ai pas pu résister à la tentation. Avec la plus grande discrétion je l'ouvris et en sortis la Bible, le schnaps, les quelques dossiers. Je tâtai le meuble à la recherche d'un double fond. Jusqu'à ce que j'entende un déclic. Je retirai un paquet que je défis avec précaution. Croyez-moi si vous voulez, j'avais entre les mains un recueil tellement ancien que j'avais peur qu'il ne se déchire et tombe en poussière. Je l'ouvris. Ses fragiles feuillets étaient vierges.

J'ai tout remis à sa place et je n'ai rien dit à personne.

Épilogue

« Je m'appelle Adrien Manzmann et je connais bien Isabelle et Aloyse. Ils se sont rencontrés dans mon service à l'hôpital. Elle était la thérapeute, lui le patient. Un jour, ils ont franchi le pas et se sont unis, pour le meilleur, comme on dit.

C'était à l'occasion de leurs noces. Aloyse et Isabelle nous avaient rassemblés, par un bel après-midi de juin, dans la cour de chez mémé, autour d'un banquet. Il y avait là quelques membres des familles des mariés, les parents, de rares amis. Jean Wacht, qui s'était chargé de la rééducation d'Aloyse, était aussi de la fête. Il flottait dans l'atmosphère un je ne sais quoi, une excitation digne de celle qui précède les révolutions ou les grandes joies. Avec Jean, on avait parié que les tourtereaux allaient nous annoncer une naissance. J'avais mis cent euros sur la table.

C'est vrai qu'ils nous réservaient une surprise. Leur bébé, ça a été la SOFFA. Cette ONG qu'ils avaient conçue en douce, tous les deux, pour y placer la colossale fortune gagnée à la loterie. "St. Odilia Fund for Africa" avait – et a toujours – pour objectif d'investir sur le terrain, en Afrique : écoles, hôpitaux, camps de réfugiés, forages de puits et j'en passe. Ils nous ont sorti ça de leur chapeau, le jour de leur mariage ! Une fois la surprise passée – je dis surprise, mais plus d'un convive a failli s'étouffer avec sa tranche de Kougelhof – ils ont fait appel à la générosité des convives : qui est volontaire pour tout abandonner et ficher le camp dans un des coins les plus misérables du monde pour se consacrer à l'action humanitaire ?

Je ne sais toujours pas ce qui m'a pris. Peut-être m'ennuyais-je un peu trop à la retraite, loin de mon hôpital. J'ai levé la main. Jean a fait de même.

Était-ce une connerie ? Si les événements ne s'étaient pas précipités depuis, j'aurais dit : certainement pas. Maintenant, je ne sais plus. Voilà trois semaines que les époux Christmann ont disparu. Ils devaient se rendre en Somalie pour y rencontrer nos correspondants locaux, mais personne ne les y a vus.

Bon, les connaissant, je me dis qu'ils sont tout à fait capables d'avoir cherché quelques moments d'intimité entre amoureux…

Vous dire que je ne suis pas inquiet pour Isabelle et Aloyse ? Un peu tout de même .

Quand je suis allé l'annoncer à mémé, elle n'a pas bronché. Par prudence, j'ai attendu qu'elle se couche avant de la quitter, et au moment de lui dire au revoir, je l'ai trouvée, assise dans la pénombre. Elle lisait un curieux petit livre.

Postface

Le Bouclier de sainte Odile est une fiction. Odile, sa famille, Erhard et Hidulphe font partie du folklore historique et religieux en Alsace. Je me suis autorisé quelques libertés en adaptant des passages de leur légende. Quant au pape Léon IX, je lui ai attribué une traduction d'un passage du Satyricon de Pétrone, ce qui l'aurait sans doute surpris. Les autres personnages de ce roman sont fictifs, y compris Armand de Hochfelden.

La catastrophe du mont Sainte-Odile s'est déroulée le 20 janvier 1992. Il n'est pas dans mon intention de donner une quelconque explication à ces faits, ni de porter atteinte à la mémoire des quatre-vingt-sept victimes, des neuf survivants ainsi qu'à leurs proches.

Merci à ceux qui m'ont relu et corrigé, je ne les citerai pas tous car ils sont trop nombreux et leur modestie en pâtirait. Donc merci à Thiébaud « Brother » Fritsch, sans qui l'histoire n'aurait pas été la même, au docteur Brigitte Payard, à Sophie Harinck, à mon papa Paul, pour ses conseils, ainsi qu'à ma maman Hélène pour avoir repris, le temps d'une relecture au stylo rouge, son métier de prof de français.

Le Bouclier de sainte Odile a été couronné du prix du Roman de l'été 2010 par les lectrices et lecteurs des Editions Les Nouveaux Auteurs, alors mille merci à ce jury populaire, ainsi qu'au groupe Prisma Presse et à mon éditeur pour leur louable initiative.

Enfin, merci à Paulo Coelho d'avoir honoré mon roman de son Coup de cœur.

Éditions Les Nouveaux Auteurs
www.lesnouveauxauteurs.com

**Des romans plébiscités
par un comité de lecture grand public*.**

**Des auteurs de talent qui signent
leurs premiers romans.**

**Comité composé de lecteurs et lectrices indépendants.
Toutes les notes sur www.lesnouveauxauteurs.com*

GAGNANTE
Prix Palissy
2010

20 ans du Prix, parrain Francis Cabrel

Frère du vent

Monique Plantier

Entre action et humour, les pérégrinations au Tibet d'un trio de personnages hauts en couleur : la jeune bourgeoise parisienne, le capitaine du GIGN et le moine tibétain.

À la suite d'une prise d'otages, Alex, capitaine du GIGN obsédé par son métier, doit sauver une personnalité tibétaine proche du dalaï-lama. Une succession d'événements le conduit sur les hauts plateaux himalayens flanqué d'une journaliste people, Charlotte Bâton de la Butte, et d'un moine bouddhiste. Ces individus que tout oppose découvriront les nomades Khampas ainsi qu'un mystérieux naldjorpa, « homme à la parole secrète ». Au bout de l'aventure se trouvent d'autres voies que ni Alex ni Charlotte ne pensaient emprunter un jour !

**Un roman plébiscité
par un comité de lecture grand public.**

GAGNANT DU GRAND PRIX
***Femme Actuelle* 2010**
CATÉGORIE THRILLER

L'homme aux papillons

David Moitet

Êtes-vous prêt à accompagner Alex Ablance dans sa descente aux enfers ?

À 31 ans, Alex Ablance est un jeune chef de groupe de la prestigieuse brigade criminelle et mène une vie presque parfaite. Un appel anonyme plonge l'enquêteur du 36 quai des Orfèvres au cœur d'une curieuse mise en scène. On a découvert son nom sur un cadavre ! Le mort, affublé d'un costume flambant neuf, tient entre ses mains une enveloppe contenant un poème et une photo déchirée…

Ablance se lance sur les traces du mystérieux poète, mais les apparences sont parfois trompeuses… Il lui faudra affronter ses propres démons, et échapper à ses collègues pour faire éclater la vérité, au risque de réveiller un passé qu'il ne soupçonnait pas.

**Un roman plébiscité
par un comité de lecture grand public.**

GRAND PRIX
Président du jury :

COUP DE CŒUR DES LECTRICES

Un roman de terroir et d'amour.

Dans une ferme ancestrale, Marie vit un enfer au près d'un mari despote et maladivement jaloux épousé à l'adolescence. Issue d'un milieu urbain, elle affronte courageusement l'âpreté du monde paysan, le machisme et la rigidité de sa belle famille. Survient Martin, vétérinaire simple et décontracté, ébloui par l'intelligence et la beauté de Marie, dont il tombe éperdument amoureux. Amants désespérés renonçant à leur amour par loyauté, ils se retrouvent enfin après une terrible traversée du désert…

Un roman plébiscité par un comité de lecture grand public.

GAGNANT DU PRIX VSD DU POLAR 2010

Le tueur intime

Claire Favan

Attention ce roman n'est pas à mettre entre toutes les mains. Vous allez entrer dans la tête du tueur… et avec Will Edwards vous n'en sortirez pas indemne. On vous aura prévenu !

À quinze ans, Will a déjà conscience de sa différence. Solitaire, maltraité, il jette son dévolu sur une de ses camarades de classe. Ce qui n'aurait dû rester qu'une banale amourette devient une véritable obsession pour celui qui se révèle déjà comme un prédateur redoutable. Car Will est un tueur en série en devenir qui se construit pas à pas.

Lorsqu'il estime le temps venu de livrer ses victimes au monde, il part sur les routes des États-Unis. Sa signature déroutante ne tarde pas à attirer l'attention du FBI. Pourtant, l'enquête de l'unité spéciale s'enlise.

Un nouveau profiler, RJ, arrive alors en renfort dans l'équipe. Tous les espoirs reposent sur lui pour démêler les mises en scène de ce tueur diabolique.

Le roi des crânes Laurent Guillaume

La suite de MAKO

Après vingt ans de Brigade anticriminalité, le major Makovski, dit « Mako », sent de plus en plus la crasse lancinante de la rue lui coller aux rêves. Il accepte donc une affectation aux Stups, abandonnant les rondes de nuit, ses collègues et l'adrénaline. Mais les Stups ne sont pas non plus une promenade de santé : la brigade a son compte de sordide. Mako, pourtant, parait s'assagir, allant même jusqu'à envisager de se reconstituer un semblant de vie…

Mais, lorsqu'une jeune juge est poignardée dans le parking même du Palais de justice, la machine s'emballe et les démons de ses vieilles colères refont surface. Il n'est bientôt plus question que de l'instinct du chasseur, de celui de la survie… Surtout quand la proie se révèle plus puissante que le prédateur, et que le « roi des crânes » nage dans les mêmes eaux que Mako…

Salué par les grands noms du genre

Olivier Marchal : *Guillaume nous touche par son écriture sans concession, ses personnages sont ambigus et attachants malgré leur violence et leurs défauts.*

Laurent Scalese : *Ici tout sonne juste. L'intrigue est soignée mais aussi, et surtout, l'aspect humain. Flics ou voyous, les personnages sont si vrais qu'on peut les toucher du bout des doigts.*

Franck Thilliez : *Avec Laurent Guillaume, c'est comme si les films de Marchal avaient été transformés en romans ! Écrit au scalpel.*